ELENA PIACENTINI

Elena Piacentini est corse et vit à Lille, comme le héros de ses livres, Leoni, commandant de police en charge de la section homicide de la PJ. Ses aventures sont relatées dans *Un Corse à Lille* (2017), *Art brut* (2018), *Carrières noires* (2012), *Le Cimetière des chimères* (2013, prix Calibre 47 et prix Soleil noir), *Des forêts et des âmes* (2014, finaliste des sélections du prix des lecteurs Quais du polar/*20 minutes* et du grand prix de littérature policière) et *Aux vents mauvais* (2016) parus aux Éditions Au-delà du raisonnable. Elle est également l'auteur de *Comme de longs échos* (Fleuve Éditions, 2017, récompensé du Prix Transfuge du Meilleur polar français et Plume d'or ; dans la sélection *Le Point* des 20 romans de l'année) et du *Dernier Homme* (Éditions In8, 2018).

Retrouvez toute l'actualité de l'auteur sur :
www.carrieres-noires.com

AUX VENTS MAUVAIS

DU MÊME AUTEUR
CHEZ POCKET

CARRIÈRES NOIRES
LE CIMETIÈRE DES CHIMÈRES
DES FORÊTS ET DES ÂMES
AUX VENTS MAUVAIS

ELENA PIACENTINI

AUX VENTS MAUVAIS

AU-DELÀ DU RAISONNABLE

MIXTE
Papier issu de sources responsables
FSC
www.fsc.org
FSC® C003309

Pocket, une marque d'Univers Poche,
est un éditeur qui s'engage pour la préservation
de son environnement et qui utilise du papier fabriqué
à partir de bois provenant de forêts gérées
de manière responsable.

ISBN : 978-2-266-27853-9

Dépôt légal : juin 2018

À mes filles, en leur souhaitant
la force de rendre ce monde meilleur.

Mémé, tu es toujours avec moi.
Tu as bien fait ton travail, je t'aime.

— Mais cela me plaît, les désagréments.

— Pas à nous, dit l'Administrateur. Nous préférons faire les choses en plein confort.

— Mais je n'en veux pas, du confort. Je veux Dieu, je veux de la poésie, je veux du danger véritable, je veux de la liberté, je veux de la bonté. Je veux du péché.

— En somme, dit Mustapha Menier, vous réclamez le droit d'être malheureux.

— Eh bien, soit, dit le Sauvage d'un ton de défi, je réclame le droit d'être malheureux.

— Sans parler du droit de vieillir, de devenir laid et impotent ; du droit d'avoir la syphilis et le cancer ; du droit d'avoir trop peu à manger ; du droit d'avoir des poux ; du droit de vivre dans l'appréhension constante de ce qui pourra se produire demain ; du droit d'attraper la typhoïde ; du droit d'être torturé par des douleurs indicibles de toutes sortes.

Il y eut un long silence.

— Je les réclame tous, dit enfin le Sauvage.

Le Meilleur des mondes, Aldous Huxley

Prologue

Jean-Toussaint a trié le grain de ses souvenirs, frotté sa mémoire jusqu'à la trame et retroussé le passé. C'est dans la boutique de M. Guo que la maille de son destin a filé. Un simple objet suffit-il à infléchir le cours d'une vie ? Jean-Toussaint dit que oui.

À l'évocation du couteau au manche incrusté de nacre, le fantôme de son cœur de neuf ans cogne dans sa poitrine d'homme. Jean-Toussaint se sent coupable. Coupable d'avoir abrité un désir trop grand pour lui. Un désir qui l'a calciné en dedans, dispersé par-delà l'océan et dont la rémanence le brûle encore. Samuel a beau lui répéter que, couteau ou pas, son avenir était scellé et planifié en haut lieu, Jean-Toussaint n'en démord pas. Il est seul coupable. Coupable d'avoir butiné centimes et demi-francs durant des mois dans le porte-monnaie de Mamilouise. Coupable d'avoir déserté la classe de Mme Lambert pour les champs de canne à sucre et de chouchous dans le but de grossir son pactole. Coupable de s'être battu en pirate pour jouir de ce trésor si chèrement acquis.

Quand Jean-Toussaint entonne la litanie de ses

fautes dans un réquisitoire sans appel, Samuel serre les lèvres et les poings. Pour lui, il n'y a qu'un seul responsable : la République sous ses grands R et son idéal tout-puissant. Et des dizaines de coupables, généraux bien-pensants en tête, donnant le *la* à une armée de serviteurs zélés. Samuel est convaincu que les grands desseins des États, même cuirassés des plus nobles ambitions, sont des chars lancés à plein régime sur l'autoroute du totalitarisme. La mécanique des utopies, huilée par des exécutants vides de libre arbitre, actionne leurs chenilles. Sous cet acier, des hommes.

Jean-Toussaint est de ceux qui ont été broyés. Pourtant, à cinquante-huit ans, le Cafre[1] continue de balayer les arguments de Samuel d'un revers de la main. « Le couteau dans la boutique de M. Guo, je te dis. C'est le point de départ et ma faute, Samuel. Si je l'avais pas voulu si fort, rien de tout ça ne serait arrivé. Ton Debré, je sais même pas qui c'est. Ton État, je m'en fous. Je vais rien lui demander parce que je veux rien lui devoir. Rien. Même pas la fosse où on va me jeter. Dans toute cette merde, j'ai eu droit à deux cadeaux du ciel : Marie-Ève et toi. La seule chose que je veux, mon frère, c'est retrouver Marie-Ève. Parce que c'est mon devoir d'homme. »

Quand Jean-Toussaint parle comme ça, Samuel a toujours envie de chialer.

1. Réunionnais d'origine africaine et/ou malgache.

1

Pardonne-moi Seigneur parce que j'ai péché.
Ses paroles m'ont cajolé et je n'ai pas fermé mes oreilles,
Ses yeux ont plongé dans les miens et je n'ai pas détourné le regard,
Sa main s'est posée sur la mienne et je ne me suis pas soustrait à cette caresse.
Elle m'appelle et m'obsède en pensée.
À la faveur de la nuit, elle se glisse entre toi et moi, Seigneur,
Elle m'éloigne de ta Vérité pour me plonger dans les ténèbres.
Et moi, aussi faible que le vieil homme, je brûle de me vautrer dans sa noirceur.
Sa peau exhale un parfum de sucre,
Sa bouche est juteuse comme un fruit mûr,
Ses seins sont deux bourgeons dessinés pour éclore dans ma main,
Le balancement de son corps attise mes sens, terrasse ma volonté.
Elle est la nocturne, la faunesse,
Elle est ma tentation, celle de mon Père et du Père de mon Père jusqu'au temps de la chute,
Elle est Lilith.

2

À une encablure de Lille, sur les ruines de la friche industrielle de l'Union coincée entre Tourcoing et Roubaix, des panneaux géants prophétisaient l'éclosion de la cité intégrée du XXIe siècle. Aux avant-postes de cette reconquête économique et sociale, bulldozers, grues et machines à pieux conduites par des unités de fantassins en bottes et casques de chantier. Plus au sud, la zone de sécurité prioritaire de l'Alma et son labyrinthe d'immeubles bas en brique rouge témoignaient que les guerres se perdent dans la durée, souvent faute de combattants. L'engagement militant des années soixante-dix et la résistance des habitants montés au front pour se réapproprier la rénovation de leur quartier avaient fait pschitt. Face au pilonnage du chômage, au gazage sécuritaire et à la tentation de la ghettoïsation, la victoire avait été éphémère. Pour les plus désabusés, sans voix et sans dents, sans doute tenait-elle de la légende urbaine. Limitrophes de Roubaix, ville la plus pauvre de France, les communes de Mouvaux et de Croix pavanaient en bonne place dans le classement de l'ISF.

Pierre-Arsène Leoni ne s'expliquait toujours pas cette coexistence pacifique des extrêmes. Et bien que son métier de flic le rangeât en théorie du côté de l'ordre, son sens pratique de la justice s'étonnait qu'une invasion massive n'ait pas pulvérisé les lignes de démarcation. Lorsqu'il gara son véhicule rue de Roubaix, en bordure d'une palissade annonçant le lancement de la deuxième phase du programme Urban Harmony, la juxtaposition des deux termes arracha au Corse une grimace sceptique. Le plus dense des ronciers de son île lui paraissait receler davantage de douces promesses. Ses yeux verts striés de gris se plissèrent, scannant les alentours immédiats.

Vingt mètres en amont, aux abords d'une maison murée et en partie éventrée, les agents de la PTS délimitaient un nouveau no man's land. À l'écart du va-et-vient des combinaisons blanches, deux silhouettes se faisaient face, dont le lieutenant Thierry Muissen, benjamin du groupe Leoni. Sa silhouette de beau gosse penchait vers l'avant dans une attitude menaçante. Le Corse accéléra le pas dans leur direction.

— Une camée ou une pute, hein ? Et pourquoi pas les deux ? gronda Muissen en empoignant son vis-à-vis au col avant de le secouer avec violence.

Les poings de l'homme battirent l'air dans une pitoyable tentative de riposte. Le lieutenant lâcha le vêtement de son adversaire et lui décocha une bourrade qui le propulsa deux mètres en arrière. L'homme chancela en crachant des insultes, retrouva son équilibre et se lança à l'assaut du jeune flic qui s'éloignait en lui tournant le dos. Sa charge fut stoppée net par Leoni.

— Holà ! On se calme !

— Vous êtes qui, putain ? Lâchez-moi !

Leoni accentua la torsion sur l'avant-bras de l'énervé jusqu'à ce qu'il cesse de se débattre.

— Commandant Leoni, DIPJ. Je peux savoir ce qui se passe ici ?

La question s'adressait autant à Muissen qu'à l'inconnu toujours immobilisé. Thierry shoota dans un monticule de gravats.

— Ce sombre con estime que la mort d'une pute ou d'une camée ne justifie pas qu'on retarde son chantier, cracha-t-il, la bouche tordue sous l'effet d'une rage à peine contenue.

— Il m'a frappé ! Je veux porter plainte ! s'indigna l'autre à la limite de l'hystérie. Vous êtes témoin…

— Témoin de quoi ? le coupa Leoni. D'une tentative d'agression sur un officier de police, monsieur… comment ?

— Renaud.

— Votre fonction ici ?

— Directeur des opérations, mais…

La réponse claqua, nette et sans appel :

— Pas de mais.

Leoni relâcha son étreinte et épousseta l'épaule du « sombre con » dans un geste énergique qui n'avait rien d'amical. Renaud recula, évalua la taille du flic qui le dominait d'une bonne tête et tangua, pris au piège de son indécision. Sa lâcheté l'emporta sur son envie d'en découdre. Ses yeux balayèrent le sol et il chercha à se redonner une contenance en caressant la montre massive qui ornait son poignet. Le Corse laissa filtrer un demi-sourire carnassier. Vanité…

— Vous allez retourner bien sagement à votre bureau, monsieur Renaud. Vous informerez votre hiérarchie que, jusqu'à nouvel ordre, ce n'est plus votre chantier mais ma scène de crime. Vous en profiterez pour réunir toutes les informations sur la maison où le corps a été découvert et ses précédents propriétaires. Informations que vous tiendrez à disposition de mes enquêteurs. Ai-je été clair ?

— Oui, mais…

— Pas de mais. Au revoir, monsieur Renaud.

Sur cette fin de non-recevoir lancée d'un ton abrupt, le directeur des opérations congédié tourna les talons. Ses paroles, mâchées lèvres serrées, se perdirent dans une rafale de vent qui fit mousser les poussières de démolition en écume et aspira, dans son sillage, papiers d'emballage et sacs plastique. Leoni chercha Thierry du regard, mais ce dernier avait précédé Renaud dans sa fuite et se hâtait dans la direction opposée. Le commandant le vit enfourcher sa moto et appuyer sur le démarreur sans même tourner la tête lorsqu'il le héla. *C'est le « Tout ça pour une pute » qui t'est resté en travers de la gorge, hein ? À cause de ta mère, évidemment…* Pour Thierry, fils de pute, ce qu'il était, ces mots résonneraient toujours comme un déni d'humanité. De l'acide versé sur une plaie ouverte. L'abruti en costume ne serait pas le dernier à en faire les frais. C'était pourtant la première fois que le lieutenant en venait aux mains pendant son service. Leoni fronça les sourcils. *Et en plus tu prends la tangente pour éviter une explication...* Il soupira. *Mais qu'est-ce qu'il t'arrive ? Tu sais bien que tu n'y couperas pas...*

— Eh, commandant ! C'est par ici que ça se passe !

Dans la voix inimitable de son adjoint, à la fois grave et bourrue, traînait une larme de miel qui adoucit l'expression soucieuse sur le visage anguleux du Corse.

— Ils en ont fini avec les premières constatations. Je suis monté prendre l'air parce que l'atmosphère en bas, je t'explique pas... Ça m'a presque coupé l'appétit, précisa Baudoin en massant son abdomen en forme de brioche bien levée.

Le « presque » alluma une lueur d'amusement dans les prunelles de Leoni qui, après avoir refusé de piocher dans un paquet de chouquettes, emboîta le pas à son second. Ensemble, ils contournèrent un dégueulis de briques pour se diriger vers un soupirail qui ventilait une haleine de pourriture sèche et de vieux cachot. Mais aussi, avec un peu d'attention, quelques bouffées plus vives d'agrumes et le souvenir suave des fleurs et de la vanille écrasées sur du cuir gras. Un sourire imperceptible étira les lèvres du commandant. *Perséphone...*

— Ce que je te disais ! maugréa Baudoin en secouant les miettes accrochées à ses mains aussi larges que des battoirs. Ambiance Toutânkhamon garantie ! François est en bas et Grégoire interroge les gars du chantier. Je vous rejoins dans cinq minutes. Ah ! J'ai oublié de te dire...

— Je sais, le coupa Leoni en posant le premier pas sur la marche. Éliane est déjà sur place.

3

Le lieutenant Grégoire Parsky referma la porte de la baraque de chantier et invita l'homme qui l'accompagnait à s'asseoir.

— Quelques questions de routine, annonça-t-il sans autre préambule. Slimane Boudraa, c'est bien ça ? Vous pouvez m'épeler ?

De l'autre côté de la table en Formica maculée de taches de café et de brûlures de cigarettes, l'ouvrier dans la petite trentaine rentra le cou dans les épaules et obtempéra sans enthousiasme. Mais avait-il le choix ? Le flic qui lui faisait face avait les avant-bras aussi larges que des poutres de soutènement et le nez d'un gars qui n'en est pas à sa première explication virile. Les yeux clairs de Grégoire pétillèrent. Il retroussa ses manches et se frotta les mains, conscient de son effet.

— Bon, alors, c'est vous qui avez découvert le corps, si j'ai bien compris ? Il était quelle heure ?

— C'est moi, oui. Je sais pas trop… Vers les trois heures, je dirais. C'est ça. Un peu avant qu'on lève le camp.

— Et donc… Mais, au fait, qu'est-ce qui vous

a donné envie d'aller jeter un coup d'œil à la cave ? Ça vous arrive souvent de visiter les baraques que vous foutez en l'air ?

— Non, non, mais là… j'ai cru entendre un chaton.

Grégoire Parsky passa la main dans ses cheveux ras puis se gratta la mâchoire, qu'il avait massive. Il haussa les sourcils d'un air étonné. *Un chaton ? Ben celle-là !* Les doigts de Boudraa se mirent à balayer les saletés et résidus divers jonchant la surface mélaminée jusqu'à former un terril miniature.

— Attendez que je voie si j'ai bien compris. Vous êtes en train de manœuvrer la boule de démolition, la façade ouest est déjà à terre, écroulée, et là, juste avant d'attaquer le mur du fond, vous entendez miauler une bestiole grande comme la moitié de ma main. Et donc vous coupez les moteurs, vous arrêtez tout pour voler à sa rescousse. C'est ça ?

— À peu près, oui.

— Pourquoi ? Vous pensiez filmer le sauvetage et mettre la vidéo sur le Net pour avoir tout plein de « J'aime » ?…? Dites, vous vous foutez de ma gueule ou quoi ?

— Non, mais…

— Mais quoi, hein ? Est-ce que j'ai l'air du type qui croit encore aux lutins et à la poussière de fée ? Parce que, dans le monde réel, un faux témoignage dans une affaire d'homicide, ça peut vous valoir un paquet d'embêtements du type passage par la case prison, vous me suivez ?

— Oui, souffla Boudraa.

— Vous m'avez pas l'air d'un mauvais bougre. Alors, je vais oublier votre version de joueur de flûte, puis vous allez m'expliquer, bien calmement et dans le détail, comment les choses se sont vraiment passées.

— OK, OK, mais je veux pas avoir d'histoires avec les collègues.

— Ça, c'est le cadet de vos soucis. Je vous écoute.

— Ben, ça nous arrive de faire un tour vite fait, des fois qu'il reste des trucs à récupérer, surtout du métal. Des poignées de porte, des fils de cuivre, des plaques d'égout… Tout ce qui peut se revendre. C'est pas avec ce qu'ils nous payent…

Grégoire hocha la tête. D'après les informations consignées dans la plaquette du promoteur, il doutait que le salaire de Boudraa lui permette de devenir propriétaire dans le quartier qui sortirait sous peu de terre.

— Bon, je vois pas où est le mal. « Nous » c'est qui ?

— José et moi.

— Et la trappe, elle était fermée comment ?

— Une barre en fer et un cadenas. Avec José, on l'a fait sauter et on est descendus. C'est moi qui tenais la lampe. J'ai tout de suite repéré un truc dans le fond. J'pensais pas… Enfin, j'ai cru que ça pouvait être du matos. Mais quand je me suis approché… Putain, j'vous jure ! J'arrive pas à me sortir ce machin d'la cervelle !

Au tic qui crispait sa joue, ses yeux mobiles et ses jambes agitées de soubresauts, Grégoire le crut volontiers. Boudraa n'oublierait pas de sitôt ce qu'il avait vu dans cette cave.

— Et après ? Vous êtes remontés ? Tous les deux ?

— Tu parles, ouais ! On n'avait pas envie de planter la tente ! José est resté devant l'entrée et moi, je suis allé prévenir le chef d'équipe. Après, ça a été le branle-bas de combat, et puis vous êtes arrivés. C'est tout.

— Oui, mais, quand même… Entre le moment où vous êtes descendus avec José, disons trois heures, et le moment où on a été prévenus, ça fait plus d'une heure. Qu'est-ce qui s'est passé durant cet intervalle, pourquoi ça a pris autant de temps ?

Boudraa s'essuya le front en haussant les épaules.

— J'en sais, moi ? J'étais choqué et puis, de toute façon, on nous a dit de nous tenir à l'écart et de nous occuper de rien.

Les deux coudes plantés sur la table, Grégoire se pencha en avant jusqu'à frôler le nez de son témoin.

— De toi à moi, il y aurait pas eu conciliabule avec la maison-mère ? Genre, on fait comme si de rien n'était et on remet la saleté sous le tapis histoire de continuer les travaux peinard ?

Lèvres pincées, Boudraa croisa les deux bras sur sa poitrine. Un silence que le flic vétéran interpréta comme un aveu.

— C'est toi qui as appelé la police, pas vrai ? C'est pour ça que tu n'as pas voulu donner ton nom, pour ne pas avoir d'ennuis avec ton employeur ?

Du pouce et de l'index, Boudraa fit exploser le monticule de miettes et redressa le menton, sans chercher l'esquive.

— Le chef d'équipe, il est venu nous voir avec José pour nous dire que demain on serait affectés sur un autre chantier de démolition et qu'il n'y avait pas à s'en faire. Il a dit que c'était rien qu'une vieille momie, un truc faux pour la déco, genre celles qu'on voit dans les musées. Qu'on avait paniqué pour rien, quoi ! Mais pendant qu'il nous servait son baratin, il arrivait pas à nous regarder en face. Mais merde ! Je sais bien ce que j'ai vu, moi, en bas ! Et pareil pour José ! C'était un mort et les morts, ça mérite le respect !

— Alors tu as appelé et tu as bien fait.

— Possible. N'empêche que si ça se sait, ça va me valoir un tas d'emmerdements.

Grégoire glissa une carte de visite sur la table.

— Mes coordonnées, au cas où on te ferait des misères. Tu peux me croire, sur ce coup-là, ce sont pas tes fesses qui vont chauffer.

Assis sur les marches du bungalow, Grégoire tira une longue bouffée de sa Gitanes maïs, en observant la silhouette de Boudraa qui s'éloignait, buste en avant, en luttant contre le vent. Au plus fort des bourrasques, cliquetis de chaînes, grincements d'acier et vibratos de câbles tendus lacéraient l'espace dans un concerto désaccordé qui montait jusqu'au ciel. Avant une heure tout au plus, la nuit avalerait ce jour disloqué de fin d'automne. Le regard perdu dans la zone encore à l'état de squelette, Grégoire n'en finissait pas de faire non de la tête en crachant des signaux de fumée aussitôt gommés par le vent. *Putain ! Toujours les mêmes trous du cul avec un portefeuille et un plan de carrière à la place du bide ! Toujours les mêmes ordres à la con et les mêmes cons aux manettes. Et dire que je suis obligé de tirer les vers du nez à un gars « coupable » d'avoir bien agi ! Tu parles d'un monde...*

Grégoire se releva et, d'un mouvement sec, éjecta

son mégot incandescent en faisant naître une gerbe d'étincelles. *Foutus chefs de mes deux, tiens !* Il crispa le poing droit et se caressait les premières phalanges avec un sourire mauvais quand la cloche de sa messagerie sonna le repli de ses batailles passées ou imaginaires. Baudoin l'informait que le commandant venait d'arriver.

Un sourire franc étira les lèvres fines de l'ancien militaire. *Leoni, l'exception qui confirme la règle.*

4

Pétrifié au centre de la cave, le capitaine François de Saint-Venant considérait la forme humaine allongée et en partie recouverte d'un drap léger. Ainsi éclairée par le faisceau du projecteur, la figure bistre de la momie semblait taillée dans un cuir tanné, façonnée par un artiste torturé. Ce qui le tourmentait, lui, c'était la posture dans laquelle le corps avait été étendu sur sa couche de pierre. Paupières scellées, visage incliné et mains jointes aux doigts entrecroisés ramenées sur la poitrine. *Et il y a le chapelet... Ah ! Seigneur, les fous de Toi auront Ta peau !* Du haut de ses presque deux mètres, aussi raide et efflanqué qu'un tuteur à haricots, il n'en menait pas large. Dans son esprit, la connotation religieuse de la scène ne faisait pas un pli. S'il avait tombé la soutane pour prendre femme et se donner une descendance, François de Saint-Venant n'avait pas renié sa foi. Tout au plus avait-il changé de sacerdoce en formulant le vœu de protéger et de servir son prochain. Y compris contre les exaltés, fanatiques et mystiques sociopathes dont l'époque est féconde. De sa poitrine osseuse s'échappa une plainte sourde.

— Ne fais pas cette mine d'enterrement, François, ce n'est peut-être pas aussi tordu qu'il y paraît, dit la voix d'Éliane Ducatel derrière lui.

La légiste avait interrompu son inspection du cadavre pour fixer le capitaine Saint-Venant d'un air malicieux, auquel il répondit par un sourire sans conviction.

— Si le pire n'est jamais certain, j'ai quand même le pressentiment qu'il est à venir.

— Tsss… Pour l'instant, je ne saurais même pas dire si la cause de la mort est naturelle ou criminelle. Ni même quand elle est intervenue ! Une énigme, des interrogations, une ribambelle d'hypothèses, voilà tout ce que j'ai récolté.

Pensive, elle se mit à maltraiter une mèche brune qui lui tirebouchonnait devant le nez. En dépit de sa combinaison informe et du masque lui couvrant le bas du visage, il émanait de sa personne un champ d'attraction à l'opposé des stéréotypes d'ordinaire associés à son métier. Pour preuve, les coups d'œil furtifs et concupiscents d'un type de la scientifique accroupi derrière elle, pile dans l'axe de ses fesses, qui n'en finissait plus de ranger son matériel. La voix piquée d'ironie et de menace lui fit instantanément baisser les yeux et accélérer le mouvement :

— Alors, Castel, on lambine ? demanda Éliane sans tourner le visage dans sa direction. Besoin d'un petit coup de main peut-être ?

Tête baissée, l'agent marmonna des explications confuses et se hâta de lever le camp pour laisser le passage à Leoni. À la DIPJ, la liaison entre le commandant et la légiste était de notoriété publique.

Du coup, même les supporters les plus mordus des appas du Dr Ducatel se contentaient de faire du lèche-vitrine. En évitant si possible de se faire prendre.

— Ah ! Commandant ! s'exclama Éliane. Tu tombes à pic.

— Il semble, oui, murmura le Corse avec fatalisme.

De sa main gantée, elle lui souffla un baiser qu'il attrapa en pensée, réprimant son envie de l'enlacer. Au lieu de cela, il prit place à trois mètres de distance, aux côtés de son capitaine et de là procéda à un état des lieux silencieux. L'impression poignante d'être descendu dans une crypte se confirma à l'examen de la dépouille. *À quelle sorte de croyant avons-nous affaire ? Et quels secrets sont enterrés ici ?*

— Tu en penses quoi ? demanda Leoni.

— Je crains, chuchota Saint-Venant morose, que cette affaire soit un peu trop catholique. Et je déteste ça par avance.

— C'est pas comme si on avait le choix, hein, François ?

— Je n'aurai pas de scrupules, si c'est ce qui vous inquiète, commandant.

Leoni agrippa brièvement le bras de l'ancien homme d'Église en lui rendant un regard entendu.

— Éliane, qu'est-ce que tu peux nous apprendre ?

— Peu de choses, j'en ai peur. À commencer par la réponse à la question numéro un : depuis combien de temps est-elle morte ? S'il s'agit de plusieurs années, l'état de conservation de son corps relève du miracle. Enfin… d'un miracle scientifique auquel nous allons trouver une explication logique, se dépêcha-t-elle de corriger en voyant Saint-Venant se décomposer. J'ai contacté un collègue spécialiste des processus de momification qui m'aidera pour la datation.

— Excuse-moi, Éliane, tu dis « elle » pour la momie ou…

— Les cheveux ras prêtent à confusion, mais c'est une femme, une jeune femme, même. De type africain. Et bien que certains traits de son visage se soient affaissés, je pense qu'elle devait être jolie. Très jolie peut-être… « Je suis noire, mais je suis belle, filles de Jérusalem[1] », conclut la légiste avec emphase.

— « Ne vous étonnez pas de ce que je suis noire, de ce que le soleil m'a brûlée », compléta Saint-Venant d'une voix sombre.

1. Cantique des Cantiques.

5

Colette Chabroux consulta sa montre. Dix heures zéro deux. D'après le schéma statistique élaboré sur l'échantillon significatif de vingt-sept années d'observation, soit mille quatre cent huit semaines pleines, la probabilité que le camion-poubelle remplisse son office passé cette heure était nulle. Sauf accident. Auquel cas il lui faudrait intégrer de nouveaux paramètres. Voire envisager l'irruption du chaos dans sa modélisation de l'incompétence et de la gabegie. Sur son semainier, elle traça une croix en face du jeudi. Quatre fois depuis le début de l'année que la société chargée de la collecte des ordures séchait la tournée.

D'un geste décidé, la professeure de mathématiques à la retraite glissa le journal du jour sous son bras sec, saisit son téléphone portable et poussa sa porte d'entrée pour se retrouver dans l'impasse. Elle ouvrit son bac, déposa le quotidien sur le tas de sacs plastique et photographia la preuve du délit. À la fin de l'année, elle se ferait un devoir de soustraire, au centime près, les collectes manquantes du montant forfaitaire réclamé. Question de principe. Colette Chabroux leva ses yeux clairs et scruta le ciel en rajustant ses lunettes cerclées d'acier. Avec ses cheveux gris, coupés court sur son crâne à la complexion délicate, le nez aquilin au vent, elle semblait une grue aux aguets. Dix mètres en contrebas, dans le saule pleureur planté sur la berge, une colonie d'hirondelles des fenêtres s'était rassemblée et frémissait dans l'attente de son prochain départ vers l'Afrique. Après un bref et savant calcul de densité, Colette estima leur nombre à deux cents. Moitié moins qu'il y a dix ans. Au caractère impérieux du trissement des volatiles et aux battements nerveux de leurs ailes, elle sut que l'heure du départ était proche. Avant la nuit, les voyageuses auraient déserté les roseraies du canal. Avec une semaine de retard sur l'année précédente. La retraitée serra les lèvres et dodelina de la tête. Les chiffres ne mentaient pas. Tous secteurs confondus, ils rendaient compte d'un monde dont les fondements se désagrégeaient à vitesse accélérée. Chaque jour et à tout instant, en observatrice objective et désabusée, Colette consignait les données et collectionnait des équations de fin de règne. *Sourds, aveugles et lobotomisés ! Tu parles d'une espèce évoluée... J'espère que le prochain coup, les poulpes prendront le relais, tiens !*

Du coin de l'œil gauche, la septuagénaire enregistra l'apparition de deux variables inédites dans son environnement immédiat. La fourgonnette de l'entreprise de peinture et de rénovation qui stationnait depuis un mois devant la propriété mitoyenne de la sienne avait été remplacée par un camion de déménagement. *Ah ! je vais enfin voir quelle tête a mon nouveau voisin !* Et la prédiction de Colette se matérialisa aussitôt sous la forme d'un homme d'apparence quelconque qui apparut sur le pas de porte de la maison. Celle que deux générations de lycéens avaient rebaptisée Pythagore renonça à lui donner un âge. Ce matin, elle avait déjà enduré le babillage d'Emily-avec-un-i-grec, sa femme de ménage, une petite chose écervelée de vingt-cinq ans portant faux cils et caleçons moulants. Cinquante-huit minutes de torture, où les poncifs avaient succédé aux idioties dans un défilé ininterrompu de prêt-à-porter du lieu commun et de cousu main de la bêtise. Les réserves de tolérance de Colette avaient été siphonnées et sa sociabilité frisait le taux plancher. Pour autant, sa curiosité intacte titillée par la perspective de se frotter à un nouveau thème d'étude, elle regagna son antre et grimpa à l'étage pour regarder en direct, depuis son bureau, la suite des événements. Colette avait rapidement formulé trois postulats quasi avérés au sujet de son voisin : il était célibataire, occupait une fonction d'autorité et avait fait le choix du strict nécessaire au détriment du superflu.

Mais, à la moitié du déchargement, survint un incident qui l'amena à reconsidérer son troisième axiome.

En s'engageant à reculons sur le perron, l'un des déménageurs trébucha, perdit l'équilibre et lâcha son fardeau. L'objet de près de deux mètres de longueur heurta la première margelle dans un bruit sourd avant de rouler au bas des escaliers. Dans sa chute, le drap le recouvrant glissa, révélant un visage de femme sculpté dans un bois foncé. Un visage de toute beauté. Plus que l'irruption de ce paramètre original, l'expression d'effroi, de colère et de désir entremêlés qui se peignit sur le visage du nouveau maître des lieux interpela Pythagore, qui décida de nommer son voisin « X » et se fixa le défi de résoudre son équation personnelle avant la fin de l'année.

Sans répit depuis le décès de son mari survenu trois mois plus tôt dans des circonstances absurdes, Colette donnait du grain à moudre à son intelligence pour éviter de broyer du noir.

6

1966, la Réunion, cirque de Salazie.

Jean-Toussaint inspecte son reflet dans la flaque d'eau. C'est bien ce qu'il craignait. Sa lèvre est fendue et sa bouche a doublé de volume. Sur sa gorge frêle, le sillon rosé d'une brûlure. Il aurait dû se douter que Teddy préparait un coup fourré. Ce n'était pas un hasard s'il traînait à la sortie de l'école. Pas un hasard non plus s'il rôdait du côté de la boutique de M. Guo. Il l'a attendu, épié et suivi. Quand Jean-Toussaint trottinait sur le sentier, ses chaussures nouées entre elles battant la cadence autour de son cou, Teddy a surgi du couvert de la forêt et lui est tombé dessus. Il a tiré d'un coup sec sur les lacets. Le temps d'une inspiration, Jean-Toussaint s'est vu mourir et monter au ciel. Alors qu'il était à terre, suffoquant et toussant, Teddy lui a décoché deux coups de pied au visage. Puis il s'est jeté sur lui et a commencé à lui tâter les poches.

Jean-Toussaint passe la langue sur sa lèvre endolorie et crache un filet de sang. *Salopri ! Fidgars !* N'empêche que, même avec deux ans de plus, Teddy en a été pour ses frais. Lorsque Jean-Toussaint a senti les mains de Teddy palper le couteau au travers du tissu, une explosion dans son ventre a balayé sa peur. Un autre lui, plus grand et plus fort, a pris les commandes du minus recroquevillé et vaincu qui gémissait dans la poussière. Le nouveau Jean-Toussaint a griffé, mordu, tordu, giflé et boxé. Un chat dans un ouragan. Son agresseur n'a rien vu venir, il n'a rien su parer. Et lorsque Jean-Toussaint s'est enfui, Teddy-la-brute ressemblait à un ver coupé en deux qui se tortille sur le chemin.

Oui, et maintenant ? Qu'est-ce qu'il va raconter à Mamilouise ? Qu'est-ce qu'il va inventer pour expliquer le pantalon déchiré, les boutons de sa chemise arrachés et cette figure de carnaval ? Jean-Toussaint se redresse et passe son visage sous l'eau qui jaillit du rocher. Ses jambes sont cotonneuses. Son cœur n'en finit pas de galoper. Il se sent différent, changé. Il a quelque chose à défendre. À perdre aussi. Contre sa hanche maigre, la présence et le poids du couteau. Le prix de sa sueur et de ses mensonges. Sa fierté et sa honte. Sa propriété. Il saurait le décrire les yeux fermés. Le manche dense, brun et bombé, serti d'éclats irisés si doux sous la paume, la lame vif-argent au fil incurvé. Il ressent par anticipation la résistance du métal sur son pouce au moment où il attaquera le bois, où il fera gicler les premiers copeaux, où il atteindra le cœur pour façonner une forme. Mais pas ce soir. Il doit d'abord mettre son trésor à l'abri. Pas question de le ramener à la maison. Tôt ou tard, Mamilouise sera prise d'une frénésie de grand ménage et de rangement. Et il n'y a personne comme sa sœur Eulalie pour fourrer son nez dans les affaires des autres. Surtout les siennes.

Jean-Toussaint fait un tour complet sur lui-même. À moins de dix mètres sur sa droite, se dresse la silhouette familière du vieux camphrier. Il n'a pas de mal à hisser ses trente-cinq kilos d'os et de muscles jusqu'à la deuxième fourche, où il a repéré une niche. Ça fera l'affaire jusqu'à demain. Jean-Toussaint se laisse glisser au sol et froisse les feuilles qu'il a arrachées dans sa descente. L'odeur vivifiante lui remplit les poumons et lui fouette le sang. Un dernier regard vers les hauteurs pour s'assurer de la sûreté de sa planque et il se met à courir. Sous la protection de la végétation, il suit la ligne du sentier qui serpente en contrebas. Il file en évitant les pièges des racines, des lianes et des branches basses, insouciant des fougères qui cinglent ses avant-bras. Dans sa course, il cisèle le boniment qu'il servira à sa grand-mère. Il a voulu grimper à un arbre, il est tombé et il s'est fracassé le menton contre une pierre. Voilà. C'est simple, si simple, trop simple. Ça coule tout seul en lui laissant un arrière-goût rance au cœur. Bientôt, il aperçoit les premières cases. Celle aux volets rouges se devine à flanc gauche du mamelon. Sur son toit de tôle, la lessive du jour en train de sécher dessine des taches de couleurs vives. En quelques enjambées à l'oblique, Jean-Toussaint rejoint le chemin. Il n'a plus à craindre de mauvaise rencontre.

Une chose pourtant détonne dans le décor et l'interpelle. C'est la voiture blanche garée sur l'esplanade avant le raidillon. Dans le coin, c'est un événement. *Barok…*

7

Noires, brûlées par les feux des enfers,
Menteuses et sournoises,
Elles vous abusent avec leurs yeux pleins de larmes.
On croirait des larmes de saintes.
Comme les saintes, elles joignent leurs mains et elles supplient.
Bien sûr, on voudrait les consoler,
Les protéger, même.
Mais c'est le vice qui coule dans leurs veines.
Combien faudra-t-il que tu en mettes sur ma route ?
Nous avons déjà tant souffert ! Est-ce trop te demander, Seigneur ?
Je suis si fatigué et elles sont si fortes.
Ce matin, elle m'a presque touché et j'ai respiré son odeur.
L'odeur noire.
La même qu'il y a quarante ans.
Elles ont toutes la même odeur,
La même façon d'incliner la nuque,
La même façon de battre des cils,
De sourire,
De poser leurs doigts sur les mains des hommes.
Ça fait comme des araignées aux pattes interminables.

Et si douces.
Alors on les laisse entrer dans nos maisons.
Et quand on prend conscience de leur vraie nature, il est trop tard.
Elles ont tissé leur toile, inoculé leur venin.
Je veux bien sauver tous tes enfants, Seigneur, mais, par pitié !
Ne m'envoie plus ces créatures.

8

Cela tenait à de petits riens, d'infimes variations. La manière dont la porte claqua sans qu'il cherchât à la retenir. Le soupir au moment où il accrocha son blouson à la patère de l'entrée. La pesanteur de ses premiers pas sur les marches. Depuis son poste de guet en haut de l'escalier, mémé Angèle, le poing sur la ceinture de son tablier et les pieds en compas, fixait son petit-fils avec une acuité inquiète et déjà soupçonneuse.

— Toi, on dirait bien que tu es contrarié !

Leoni rejoignit sa grand-mère sans un mot et l'embrassa sur la tempe en lui étreignant l'épaule.

— Mais non, mémé, juste une nouvelle affaire, rien de p…

— Ne me raconte pas d'histoire à moi, hein !

Sourcils froncés, bouche pincée à l'oblique et l'index agité, elle aurait pu paraître menaçante n'eussent été la larme de velours dans son regard et le pli de sollicitude au coin de ses lèvres. Leoni saisit la main accusatrice et l'emprisonna entre les siennes. Depuis l'âge de ses sept ans, cette main, croûte rêche, mie douce, avait été son seul guide et son seul refuge. Elle avait creusé les fondations de sa vie. Leoni y déposa un baiser. Vouloir abuser mémé Angèle eût été vain. Ne pas chercher à le faire eût constitué une entorse à leur rituel.

— Rien de grave, je t'assure. Mais… Dis-moi, tu es brûlante ! Tu n'aurais pas un peu de fièvre ?

— *Oimè !* Et maintenant, toi aussi, tu as un thermomètre intégré ?

Elle se lissa les cheveux, qu'elle avait noirs et raides, serrés dans un chignon d'un autre âge.

— Je viens de mettre des bûches dans la cheminée ! Ah, toi ! Comme enquêteur ! Tu le vois pas, que je suis toute décoiffée ? J'ai remonté le bois du jardin et dehors, il fait un vent à décorner les bœufs ! Bon, j'imagine que tu restes manger et que tu repars…

— Si ça continue, tu vas pouvoir me remplacer…

— Han han ! Et c'est toi qui vas faire à manger ! *Quant'è tù dici scimità*[1] *!* Allez, allez, va voir la petite pendant que je termine mes affaires.

Leoni se lava les mains et rejoignit sa fille, occupée à empiler des cubes dans son parc. Depuis la cuisine, lui parvenait le bruit d'un couvercle de casserole qu'on soulève. Lentilles au petit salé. Il en saliva d'avance.

— Toi aussi, tu les aimes, les lentilles de mémé ?

— Hum ! s'exclama la fillette de quatorze mois en frottant sa menotte contre son ventre.

Leoni éclata de rire et souleva Lisandra à bout de bras pour la coller contre son cœur. L'enfant avait

1. « Tant que tu dis des bêtises ! »

hérité du nez et de la bouche de sa mère. Ses yeux aux nuances mouvantes étaient semblables à ceux de son père. La manière dont elle retroussait son nez minuscule en riant et ses expressions comiques n'appartenaient qu'à elle seule.

Une heure et demie. Voilà le temps dont disposait Leoni avant de rejoindre Éliane à l'IML, où la légiste avait sonné la mobilisation des troupes pour entamer l'autopsie au plus vite. En l'absence d'identité de la victime, la datation de la mort constituait le seul point d'ancrage de l'enquête. Une heure et demie de répit. Cinq mille quatre cents secondes blanches dans une partition dominée par le noir.

— Au fait, l'interpella mémé Angèle, qui venait d'apparaître dans l'encadrement de la porte. Si tu veux rester chez Éliane ce soir, ne te tracasse pas pour moi, j'ai ma soirée rami.

La vieille dame souleva le paquet enveloppé dans un torchon qui pendait à sa main droite.

— Et avant qu'on passe à table, tu iras porter ça au voisin d'en face. Il a la grippe et ses enfants, c'est pas souvent qu'ils font le déplacement. Enfin… Sauf pour sortir des meubles de la cave. Si c'est pas malheureux !

Leoni acquiesça. D'aussi loin qu'il s'en souvienne, sa grand-mère ne lui avait jamais assené ni leçon de morale ni grand sermon. Une collection de proverbes et de dictons, quelques gronderies méritées, des lancers de savate, ça oui… Les valeurs qu'elle lui avait transmises tenaient en peu de mots. À la regarder être, il était devenu homme.

9

Côtes fissurées. Clavicule droite brisée. Fracture des avant-bras. Écrasement des doigts. Fêlure de l'os crânien. Les radios effectuées sur le corps momifié avaient permis d'inventorier une suite ininterrompue de violences dont les plus anciennes remontaient à la petite enfance. En revanche, aucune trace dans les mois ayant précédé la mort. Excepté la cause de la mort elle-même : fracture de l'os hyoïde. Strangulation, la sentence était tombée avec la force de l'évidence, une conclusion logique, presque attendue. Logique. Le mot tournait en boucle dans l'esprit de Leoni et sonnait comme le terme d'une série de défaillances dont il lui faudrait reconstituer l'historique jusqu'à la nausée. *Logique, peut-être pas, mais prévisible, c'est sûr. Et si c'est prévisible, ce n'est pas inéluctable. Merde !*

Du pouce et de l'index, le commandant se compressa l'arête du nez et alla faire quelques pas sur le parking déserté de l'IML. Le vent qui n'avait pas faibli le giflait par intermittence, testant sa résistance. Ce soir, il se sentait inutile et fatigué. Découragé d'intervenir en bout de course, trop longtemps après que les dés avaient été jetés, retournés sur des combinaisons perdantes. Fins logiques, attendues, inexorables. Il arrivait après la bataille. Pour ceux qui y avaient laissé leur peau, la vérité ne changeait rien. D'ailleurs, rien ne changeait.

Leoni sortit son portable et composa le numéro de Thierry Muissen. La voix mécanique de la messagerie accusa réception de son appel. Depuis l'altercation sur le chantier et son départ précipité, le jeune lieutenant pointait aux abonnés absents. Le Corse raccrocha en râlant. *Un vale à fischjà quandu u sumere ùn vole beie*[1] *!*

Au premier étage du bâtiment, les dernières lumières s'éteignirent. Leoni fit demi-tour et rejoignit l'entrée où Éliane ne tarda pas à apparaître, emmitouflée dans un châle aux senteurs capiteuses. Il posa sa main sur l'épaule de la légiste et l'attira à lui, faisant barrage au souffle insistant de la nuit. *Illusion.*

— Désolée d'avoir un peu tardé. J'ai envoyé un message aux collègues des urgences de la région, au cas où un de leurs dossiers matcherait. Avec un peu de chance, elle a fait l'objet d'un signalement.

— Avec un peu de chance, oui…

— Pour la datation de la mort, Jean-Bernard pourra être plus précis une fois qu'il aura entré les données manquantes dans son modèle. Un an, peut-être moins, peut-être plus. Demain matin, je retourne avec lui dans la cave et je te tiens au courant dès qu'on a du neuf. Ah ! Et dans la foulée, tu auras un portrait en trois dimensions de la victime. Son programme de

1. « Il ne sert à rien de siffler un âne qui ne veut pas boire. »

reconstruction est bluffant. Quand il aura fini de mouliner, tu auras une image aussi fiable qu'une photo !

Leoni serra Éliane un peu plus contre lui pour franchir les derniers mètres qui les séparaient de la voiture.

— Tu es bien silencieux, commandant…

— Dis donc, ton Jean-Bernard, là, il serait pas en train de te faire du rentre-dedans ?

— Jean-Bernard ? Sa seule passion, c'est les momies ! Et comme j'en ai une sur ma table d'autopsie, je peux lui demander à peu près n'importe quoi. Mais, même pour une momie, tu peux me croire, Jean-Bernard ne virera pas sa cuti. D'ailleurs, il m'a demandé si tu étais libre.

Le Corse ébouriffa le chignon de sa compagne. Ils se sourirent avec une bienveillance complice. Aucun des deux n'était dupe. Leoni avait à dessein détourné la conversation. Son stratagème de flic avait été éventé. La légiste était capable de lire en lui à corps ouvert. Elle agita les clés de sa voiture sous son nez.

— Ce soir, je te laisse conduire. D'ailleurs, pour la suite de la soirée et comme c'est moi qui ai le plus bossé, considère que tu es mon esclave personnel !

— Je suppose que…

— Tu supposes bien, effectivement tu n'as pas le choix. Et pour commencer, tu me feras couler un bain et tu me laveras les cheveux. C'est un ordre, commandant.

— Je veux bien commencer par là… (Leoni glissa ses doigts dans la coiffure tarabiscotée d'Éliane et enroula une mèche autour de son index.) Mais je t'assure, tes cheveux ne sentent que la mûre et la vanille.

— L'odeur n'est pas dehors, commandant, elle est dedans. Et il n'y a rien comme l'amour pour décoller un peu de la puanteur de la mort.

Une demi-heure plus tard, assis sur le rebord de la baignoire et un verre de whisky à la main, Leoni régla la température et ouvrit le robinet au maximum. Le bouillonnement régulier de l'eau et le feu de l'alcool commencèrent à diffuser en lui le halo de l'oubli. Il ôta la montre de son poignet et consulta l'heure. Onze heures quinze. Il était encore temps d'essayer de joindre Thierry. Le commandant palpa la poche de son jean. Vide. Son portable était probablement dans son blouson. Ou posé sur le guéridon de l'entrée à côté de son arme de service. À quelques mètres à peine. De l'autre côté d'une frontière invisible le séparant de l'âpreté du réel. Le frottement de pas glissés dans un froufroutement de soie mit fin à son dilemme.

Leoni porta le verre à ses lèvres et avala une pleine gorgée du liquide ambré. *Dumane*[1].

1. « Demain. »

10

D'une pichenette, Thierry fit valser son verre en direction du barman. L'homme lui servit un rictus en guise de sourire, deux doses de gin et se détourna aussitôt pour prendre la commande d'un groupe d'adolescents qui s'esclaffaient à l'extrémité opposée du comptoir. Le regard vague, Thierry avala la moitié de sa boisson. Le bistrot avait vieilli à l'identique. Mêmes tables carrées aux plateaux fatigués. Mêmes chaises au rembourrage famélique tapissé de skaï rouge. L'atmosphère s'était vidée des fumées de cigarettes, mais la lumière fusait toujours aussi chiche, d'un jaune pisseux. Le bois des murs lambrissés lui parut plus foncé que dans ses souvenirs. Sept années y avaient ajouté leur patine, un dépôt d'une crasse huileuse au toucher.

Thierry fixa son reflet dans le miroir. En plissant les yeux à demi, il lui était possible de faire apparaître la silhouette de sa mère. Il leva son verre. Le blondinet à la tignasse en broussaille répondit à sa propre invitation en tordant la bouche. *Bon anniversaire, maman.* Il était revenu au point de départ. Englué dans ce sentiment poisseux de n'être à sa place nulle part. Les muscles électrisés par une hargne qui n'avait pas pris un coquard. Cabossé de l'intérieur. À vif. *Fils de pute, ouais ! Mais pas seulement...*

Les conversations des clients lui parvenaient dans un bourdonnement confus d'où se détachaient des bribes de paroles dont l'assemblage absurde lui donnait le tournis. Il se prit le crâne à deux mains et ferma les yeux un instant. Une main se posa sur son épaule. Thierry se retourna, muscles bandés, poings brandis, déjà en position de frappe.

— Et c'est comme ça que tu me souhaites la bienvenue ! Faut croire que c'est pas chez les flics que t'as appris les bonnes manières !

— Jenny ! Si je m'attendais...

— Et c'est toi qu'as l'air surpris de me voir, en plus ! Le monde à l'envers !

Elle avait vieilli sans changer. Même carré court aux mèches décolorées. Même décolleté bâillant sur une poitrine modèle réduit dopée au push-up. Le bleu de ses yeux lui sembla un peu passé, comme un tissu frotté laissant par endroits entrevoir sa corde brute. Mais son sourire avait conservé ce pli d'insolence douloureuse qu'il lui avait toujours connu.

— Tu m'accompagnes ? Qu'est-ce que tu bois ? demanda Thierry.

— C'est moi qui t'invite. J'habite à deux pas d'ici, tu te rappelles ?

Une demi-heure plus tard, Thierry claquait la porte d'entrée d'un coup de pied. Dans l'ascenseur, elle avait balancé son bassin contre le sien, sourire aux lèvres. Il l'avait embrassée, mordue. Ça lui avait fait l'effet de croquer dans un souvenir.

Il n'avait plus été question de boire.

Passé l'entrée, il lui attrapa la nuque et glissa son index dans sa bouche, sur sa langue. Elle ne cessa pas de sourire, lui prit la main et lui lécha les doigts un à un. Thierry la souleva par la taille et la porta jusqu'au lit. Jenny pesait toujours le même poids, un paquet de brindilles. Ils roulèrent l'un sur l'autre. Lui le regard fixe, elle souriant toujours. Elle défit les trois boutons de son chemisier, il fit sauter les deux derniers et dégrafa l'attache de son soutien-gorge. Les seins de Jenny. Si petits que les mamelons, en se dressant, en aspiraient toute la sève. Si blancs qu'ils luisaient dans la pénombre. Il les malaxa et les suça en gémissant. Elle se dégagea, le chevaucha, défit la ceinture de son jean et le fit coulisser. Elle lui écrasa le sexe au travers du caleçon, puis tira le tissu et l'empoigna, lui agaçant les nerfs de la pulpe de ses doigts. Il la repoussa en râlant. Ils finirent de se déshabiller dans un ballet désordonné.

— Tu as des…

— Toujours au même endroit.

Dans l'air glacé de l'appartement, leurs bouches semblaient cracher de la fumée. Thierry ouvrit le tiroir du chevet, saisit un préservatif, mais Jenny le lui arracha des mains, déchira l'emballage et déroula la membrane sur le même mouvement ralenti que les étoiles pivotant dans les rouages de l'univers. Lui, haletant, les yeux rivés sur son sourire à elle. Le putain de sourire de Jenny. Lorsqu'elle eut fini, il bascula sur le côté, lui écarta les cuisses et glissa sa main sous ses fesses en les soulevant. Les poils de son pubis étaient aussi opalescents que sa peau. Son pouce entra en elle. Fissure de chair chaude où s'était réfugié le cœur de Jenny. Il la tint ainsi le temps de quelques palpitations, puis la reposa, se coucha sur elle et la pénétra si lentement que chaque infime poussée le brûla, l'écorcha. Il ne cessa pas de la regarder pendant qu'elle s'obstinait à sourire en silence. Les os de leurs hanches se frottèrent enfin et ils se mirent à bouger à l'unisson. Comme si l'un et l'autre, chacun de son côté, avaient continué à s'agiter sur un rythme que le passage des années n'avait pas réussi à désynchroniser. Lorsqu'elle jouit, une longue note aiguë filtra au travers des persiennes de son sourire. Thierry l'accompagna, mâchoires tétanisées, yeux écarquillés, conscient de n'être revenu de nulle part, de n'avoir jamais franchi la ligne de départ. Ils se séparèrent en se laissant retomber lourdement sur le couvre-lit aux motifs bohèmes. Les minutes se succédèrent, durant lesquelles Jenny se laissa regarder en souriant au plafond nu. Du doigt, Thierry suivit la ligne de crête d'une fine cicatrice courant de son flanc droit jusqu'à la moitié de ses côtes saillantes.

— C'est quoi, ça ?

— Rien de méchant… Pas d'importance.

— Et ta mère ?

— Quoi, ma mère ?

— Elle est où, elle va bien, qu'est-ce qu'elle devient ?

— Un vrai flic, ma parole ! Elle bosse, qu'est-ce que tu crois ? Elle fait aller, ajouta-t-elle sur un ton radouci. Et toi, tu t'es marié à ce que je vois. J'aurais pas cru… T'as des gosses ?

Thierry renversa la tête en arrière et ferma les yeux.

— Pourquoi t'es pas partie d'ici, Jenny ? Tu disais…

— Toi aussi, tu disais que tu te laisserais pas mettre la corde au cou. Et voilà où t'en es… Je disais, tu disais… Si c'était aussi facile ! La preuve que non, puisque tu es revenu. Tu es revenu pour quoi, au fait ?

— Un rendez-vous avec ma mère, souffla-t-il après quelques secondes.

— Ben tu vois, rien n'a changé pour ceux qui sont restés. D'ailleurs, vaudrait mieux pas que tu t'éternises.

— Qu'est-ce que tu fais, je veux dire…

— J'me débrouille. Des petits boulots par-ci par-là. Je gère. Je vends pas mon cul si c'est ce qui t'inquiète.

Thierry se redressa et embrassa le front de Jenny. Il était froid et lisse. Il déposa un nouveau baiser entre ses seins à peine poussés, sur son ventre plat et tendu et sa petite main retournée et inerte. Elle ne prononça pas une parole tandis qu'il se rhabillait. Sur le seuil de la chambre, il se retourna. Jenny avait porté une cigarette à ses lèvres. Ses jambes étaient ouvertes, sans pudeur, comme deux lames pâles de ciseaux. Le briquet, suspendu dans les airs, paraissait attendre que son sourire s'éteigne.

— Tu sais, Thierry, d'ici, on ne part jamais vraiment. Ici, c'est nous.

— Prends soin de toi, Jenny. *Essaye.*

Thierry referma derrière lui, ignora l'ascenseur

et descendit les trois étages en paraissant fournir le même effort que s'il était en train de les gravir. Dans le hall, il consulta le journal d'appels de son portable et renvoya un bref message. La porte resta suspendue après son passage, retenue par un vent tourbillonnant qui mélangea, dans son tambour, saletés du dehors et saletés du dedans. Depuis la fenêtre de sa chambre, Jenny le vit enfourcher sa moto après un dernier regard dans sa direction. Elle fumait toujours, le visage fendu par cette blessure qui n'en finissait pas de sourire.

11

Et ça fume à moitié à poil à la fenêtre... J'aurais dû envoyer mon fils et son fils au Diable, tiens !

Dissimulée sous sa capuche, Colette Chabroux vitupérait dans le vent en longeant le trottoir. En fin d'après-midi, son fils Daniel avait débarqué sans crier gare avec deux cadeaux empoisonnés. Le premier, un carton estampillé du logo Ikea. « C'est l'agence de Nina qui a conçu le design. Je ne t'en dis pas plus, mais tu verras, c'est un must ! » Le second, son unique petit-fils, Rémi, un échalas chevelu et quasi muet de seize ans. « Si tu peux le prendre avec toi quelques jours, tu nous sauves ! J'ai un déplacement imprévu à Londres et Nina ne rentre pas de Berlin avant la semaine prochaine. » Prise au piège, Colette avait consenti un « merci » du bout des lèvres pour le carton, suivi d'un glacial « si tu n'as pas d'autre solution... » pour le fiston. Avant que sa mère ne soit tentée de revenir sur l'accord qu'il venait de lui extorquer, le fils pressé s'était éclipsé. (« J'aurais aimé rester plus longtemps, mais je dois filer à l'aéroport. Ah, et si tu peux regarder un peu les maths avec Rémi, parce que j'ai l'impression qu'il est en train de décrocher. Encore merci, maman, hein ! En ce moment, tu comprends, c'est un peu compliqué à la maison... »)

Non, décidément, Colette ne comprenait pas. Elle ne comprenait pas par quelle défectueuse combinatoire du destin, son fils Daniel gaspillait son intelligence à échafauder des montages financiers dont l'unique but était d'éviter l'impôt à ses clients. Elle ne comprenait pas non plus qu'il se soit amouraché d'une femme dont les sujets de préoccupation les plus graves consistaient à trancher entre le jaune moutarde et le bleu canard. Et elle comprenait encore moins que l'un et l'autre se soient encombrés d'un enfant alors que l'entretien d'un cactus eût mieux convenu à leurs emplois du temps surchargés. Avec son petit-fils enfin, leur plus petit dénominateur se résumait à un ensemble vide depuis quelques années. Bref, le fauteuil Ikea et l'extraterrestre planqué derrière ses cheveux lui avaient été livrés en paquets plats et Colette n'avait aucune envie de se pencher sur les notices de montage. Elle avait remisé le meuble en kit dans son garage. Et voyait l'adolescent qui fumait en tee-shirt et, pensait-il, en cachette comme un obstacle à ses projets immédiats. Car, depuis quelques heures, Colette avait progressé dans l'enquête au sujet de son nouveau voisin et elle ne comptait pas s'interrompre en si bon chemin.

Chose étrange, la statue de bois avait pris le chemin de la cave. Cela, Colette le tenait des déménageurs qui avaient eu le plus grand mal à manœuvrer l'objet dans l'étroit passage voûté. De plus, X, une fois son emménagement terminé, ne s'était pas soucié de déballer un seul carton. Par la fenêtre de son bureau, Colette l'avait vu déambuler de pièce en pièce en remuant les lèvres. À l'aide de ses jumelles d'ornithologie, elle avait pu vérifier l'absence d'oreillettes. Donc, l'homme parlait seul et à voix haute. Une caractéristique non significative, avait conclu la septuagénaire, elle-même coutumière du fait.

Depuis trois heures, X s'était évanoui de ses écrans radar. Nulle trace de lui au rez-de-chaussée ni dans les étages. À moins qu'il ne se soit enfermé dans les toilettes ou la salle de bains, l'hypothèse du sous-sol demeurait la plus plausible.

Le temps d'arriver à la grille du soupirail donnant sur la rue et elle en aurait le cœur net.

De la lumière, CQFD !

Sur le trottoir, Colette s'accroupit et jeta un coup d'œil furtif dans la cave. Rien. Elle tendit l'oreille. Une phrase répétée en mantra : « La douleur est le vaisseau qui me guide vers toi, Père, sois fier de moi. » *Ah ben !* Pythagore se déplaça vers la gauche pour changer de perspective. *Là, c'est mieux.* En se contorsionnant, elle aperçut la portion d'une épaule masculine, peau nue, parsemée de poils épars… En se mettant à quatre pattes sur le bitume, Colette distingua nettement la peau zébrée de sillons sanguinolents. *Un pénitent moyenâgeux, nous voilà bien !*

« Oh putain, la lose ! » murmura Rémi en laissant tomber son mégot dans un pot de yaourt. Il savait sa grand-mère spéciale et décalée, mais pas au point d'embrasser le pavé à une heure du matin en pleine tempête. De son angle de vue, Rémi apercevait un cul levé vers le ciel comme si la vieille prof adressait une prière impie aux étoiles.

12

1966, île de la Réunion, cirque de Salazie.

Dans les yeux de Mamilouise, Jean-Toussaint lit une supplication muette. Aussi, quelque chose en plus qui ressemble à de la tristesse. La colère ou l'inquiétude, il aurait compris, mais la tristesse…

C'est sûrement à cause de la visiteuse qui fait face à sa grand-mère. Une femme dans le style de sa maîtresse d'école, Mme Lambert. Elle porte des habits élégants, une jupe plissée, un chemisier de dame. Surtout, elle est chaussée de souliers en cuir vernis. Jean-Toussaint possède des idées bien arrêtées sur le sujet. Dans la vie, il y a deux sortes de personnes : celles qui portent des souliers, des vrais, et les autres. Lui, par exemple, il porte ses vieilles chaussures autour du cou et il ne les met que sous les bancs de l'école. Ces dernières semaines, il ne les a pas beaucoup usées… Le reste du temps, il est pieds nus ou en sandales. Et puis, l'inconnue est blanche. Et ça, évidemment, ça compte pour mille paires de souliers.

Les deux coudes sur la table, Mamilouise, paupières

à demi fermées, couve un petit verre de rhum entre ses paumes. Son énorme poitrine se soulève par à-coups. Elle ouvre la bouche, hésite. La femme pose sa main sur l'avant-bras de Mamilouise et le flatte avec un sourire fabriqué. Le contraste de cette main pâle et fine aux ongles peints sur l'avant-bras noir et potelé de Mamilouise saisit Jean-Toussaint. Il y a un truc de pas normal. Cette dame n'est pas à sa place ici. Et son sourire, il le connaît bien et il ne l'aime pas du tout. C'est celui qui veut dire « je te l'avais bien dit ».

— Alors, c'est toi Jean-Toussaint ? Moi, je m'appelle madame Rivière. Approche un peu par ici que je te regarde de plus près.

Jean-Toussaint lance un coup d'œil inquiet à Mamilouise. Sa grand-mère dodeline de la tête en rentrant les lèvres. Elle a l'air aussi faible et vaincue que lui tout à l'heure, quand Teddy l'a mis à terre.

— Qu'est-ce qui est arrivé à ton visage ? Tu t'es battu ?

— Non, je suis tombé. D'un arbre. J'ai tapé contre une pierre.

— Oui, une pierre, bien sûr… Et l'école, ça va comment ?

— Bien.

— Ce n'est pas ce qu'on m'a dit, Jean-Toussaint. Tu as manqué beaucoup de jours d'école, je le sais. Dis-moi, tu n'as pas envie d'étudier, d'avoir un métier ?

Jean-Toussaint fait la grimace. L'école, évidemment ! Il savait qu'il ne pourrait pas passer au travers. Tôt ou tard, ça devait lui retomber dessus. Qu'est-ce qu'il peut bien dire ? Rien. S'il avoue avoir travaillé, on lui demandera pourquoi et où est passé l'argent. Tout ça pour un couteau ? Même Mamilouise ne comprendrait pas. Mieux vaut se taire. De toute façon, il n'est pas le premier à manquer l'école.

— Et ta maman, tu la vois souvent ?

Jean-Toussaint serre les dents. Il a la désagréable impression que Mme Rivière ne pose que des questions dont elle connaît la réponse. Bien sûr qu'il ne voit plus sa mère, ou si peu. Il sait parfaitement comment elle gagne sa vie avec les hommes. Pas besoin qu'on lui fasse un dessin. Quant à son père, il ne sait pas qui c'est, et, vu le gabarit du type qu'elle a ramené l'année dernière, il préfère rester dans l'ignorance. Maman est très bien à Saint-Denis et lui, il est très bien avec Mamilouise.

— Je sais qu'elle est loin, mais elle pense à toi, à ton avenir, tu peux en être sûr. Ça fait beaucoup de responsabilités pour ta grand-mère de vous avoir à la maison, ta sœur et toi, tu t'en rends compte ?

La bouche de Jean-Toussaint s'arrondit. Il essaie de croiser le regard de Mamilouise, mais sa grand-mère est en train de se frotter les yeux du plat des pouces.

— Alors voilà, Jean-Toussaint, reprend Mme Rivière. Si je suis là, c'est parce que ta maman a signé un papier pour qu'on puisse s'occuper de toi. Ça ne veut pas dire que ta grand-mère ne le fait pas bien, mais il faut penser à te construire une bonne situation pour plus tard. Ta sœur est déjà grande, bientôt elle quittera la maison. Mais toi, tu as encore du chemin à faire et nous, on veut te mettre sur les bons rails. Tu vas avoir la chance de continuer tes études en métropole. Tu as une idée des métiers que tu aimerais faire ? Pilote d'avion peut-être ?

Jean-Toussaint n'a pas tout compris à ce qu'a dit Mme Rivière. Juste qu'il allait sauter la mer pour apprendre un métier en métropole. Métropole. Le mot lui paraît un continent à lui tout seul. Il reviendra chez Mamilouise pour les vacances. S'il travaille bien à l'école, évidemment. La suite se passe très vite. Mamilouise lui prépare une valisette dans laquelle elle plie ses vêtements en silence. C'est elle qui la porte jusqu'à la voiture. Sa grand-mère, si grande et si forte, avec cette mini-valise dans sa pogne dodue, Jean-Toussaint trouve l'image cocasse. Mamilouise l'étouffe entre ses seins avant qu'il ne monte dans la voiture. Jean-Toussaint adore et déteste. Il adore la sensation de moelleux, de sécurité, et l'odeur sucrée, un peu grasse. Il déteste qu'on le voie comme ça. Il n'a pas envie qu'on le prenne pour un bébé. Mamilouise lui fait ses recommandations. « Sois poli, apprends bien tes leçons, écris-nous. » Jean-Toussaint acquiesce d'un timide mouvement du menton. Le « nous » c'est un code entre sa grand-mère et lui. Elle ne sait pas lire, alors c'est sa sœur Eulalie qui sera chargée de la commission. La portière claque, le moteur démarre. C'est la première fois que Jean-Toussaint monte dans une voiture. Durant le trajet qui lui semble durer des heures, Mme Rivière ne cesse de jacasser. Jean-Toussaint l'écoute d'une oreille distraite. Il pense à son couteau. Il espère l'avoir bien caché. Surtout, qu'il soit protégé de l'humidité. Et de Teddy. Parce que, s'il calcule bien, ça va faire long jusqu'aux prochaines vacances.

13

Front large et bombé. Arcades sourcilières à la courbure douce s'étirant sur les tempes. Yeux en amande. Pommettes hautes et saillantes. Nez droit, court et légèrement retroussé sur un renflement enfantin. Bouche pleine et menton pointu. Sur l'écran de l'ordinateur, le portrait reconstitué de la victime dévoilait, en rotations lentes, les secrets de son architecture. « Fascinant », souffla Aglaé Cimonard. À quelques légères variations génétiques près, ce visage virtuel aurait pu être celui de sa grand-mère paternelle, réunionnaise. Même structure générale délicate et même teint tirant sur l'ébène. Plus la jeune flic étudiait l'animation, plus l'impression de familiarité se confirmait.

Aglaé secoua la tête. Ses doigts se remirent à jouer leur partition mystérieuse, virevoltant d'un clavier à l'autre. Le fichier lui avait été transmis aux aurores par le commandant Leoni, assorti d'une simple consigne : identifier la victime. S'il existait une trace du passage de l'inconnue sur le Net ou dans une quelconque base de données informatique, la Fée de la DIPJ la débusquerait. Elle évoluait dans cet environnement binaire avec une aisance dont elle ne pouvait se prévaloir dans le monde réel. En ce domaine, ses talents lui avaient valu sa réputation de magicienne et son surnom.

Aglaé accéléra la cadence. Entre elle et la jeune fille anonyme, un lien spécial s'était tissé. Mais même sans cela, si Leoni ou sa mémé Angèle le lui avaient demandé, elle aurait craqué les codes du Pentagone sans sourciller. *Tu t'es perdue, mais je vais t'aider à trouver le chemin du retour, petite sœur.* Elle lança deux programmes de recherche en simultané et se leva pour se préparer du thé. À sept heures trente du matin, le plateau était encore désert. Fée le traversa à pas amples et gracieux, avec l'insouciance d'une danseuse seule en scène, au centre d'une arène vierge de spectateurs. Au moment où elle passait devant le bureau des enquêteurs, une porte s'ouvrit brutalement. Aglaé sauta d'un pas de côté en poussant un cri d'animal.

— Je ne t'ai pas fait peur, quand même ?

Pour toute réponse, elle esquissa un sourire gêné. Thierry se frotta une joue mal rasée, visiblement aussi embarrassé que sa collègue.

— Je sais, je sais que j'ai une sale gueule, d'ailleurs…

Il se mit à fouiller dans la poche intérieure de son blouson et lui tendit une enveloppe d'un geste gauche.

— J'avais des jours de récup' à prendre depuis plusieurs mois. Je sais que ça tombe mal, mais… Enfin… Là, j'en ai vraiment besoin. Si tu peux donner ça au commandant, ce serait sympa. J'avais prévu de l'attendre, mais je crois qu'il vaut mieux que je retourne sous la couette.

— Euh… d'accord. Mais tu n'avais pas besoin de venir juste pour ça. C'est bête…

— Un rapport à finir. Trois fois rien, mais je préfère avoir l'esprit tranquille avant de partir. À plus !

Thierry lui tapota l'épaule. Sur sa gueule d'ange aux traits tirés et au teint gris affleura le sourire mi-céleste mi-bravache dont il avait déposé la marque. Après un dernier signe, ils se séparèrent. Lui vers l'escalier de service, elle vers la salle de pause. En enclenchant le bouton de la bouilloire, Aglaé se félicita de ne pas avoir tressailli, rougi et bredouillé au contact de la main du lieutenant sur son épaule. *Tu fais des progrès, tu fais des progrès, agent Cimonard…*

Fée s'approcha de l'unique fenêtre donnant sur la rue. L'air froid qui s'infiltrait au travers des joints la fit frissonner. À moins que ce ne soit les paquets d'air enragé venus s'assommer contre la vitre. Ou les gémissements des arbres aux branches nues, soumis au supplice de l'écartèlement. Elle nota que la moto de Muissen avait quitté le parking souterrain trois minutes avant que le 4 × 4 de Leoni ne s'y engouffre.

Elle glissa un sachet de thé dans son thermos et y versa l'eau. Puis elle se dirigea vers l'ascenseur. Cette fois, ce n'est pas elle qui se ferait surprendre.

— Fée !

Devant le mouvement de recul de Leoni, la petite

Sino-Africaine étouffa un rire cristallin dans sa main de poupée.

— Je vous ai fait peur, commandant ?

— C'est malin, tiens ! Quand je t'ai transféré le mail, ce n'était pas dans l'idée de te tirer du lit pour te mettre à la tâche à l'aube, Aglaé !

— Je ne dormais pas, je vous assure, commandant. Et puis j'aime bien travailler quand…

— Quand il n'y a encore personne. Je sais.

Fée baissa les paupières le temps d'un battement et les releva en croisant le sourire de Leoni.

— Ah, Thierry est passé ! dit-elle soudain. Il m'a remis ça pour vous. Il voulait vous attendre, mais il a préféré rentrer se recoucher. Vous vous êtes loupés à quelques minutes, c'est dommage.

Leoni déchira l'enveloppe et jeta un bref regard sur la feuille.

— Ses jours de récup', oui, il vient de m'envoyer un message. Mal en point, comment ?

— Crevé, je dirais. Comme quelqu'un qui a mal dormi ou pas du tout. Mais… pour décrypter les gens, ce n'est pas moi la plus forte.

— Et tes recherches alors ? Des résultats ?

— On va le savoir tout de suite, commandant.

La promesse de Fée n'avait pas été formulée en vain. À son poste de travail, les machines avaient cessé leur ronronnement continu. Sur l'écran de gauche s'affichait un avis de recherche émis pour Jessica Diao, quinze ans, inscrite au fichier des personnes disparues depuis dix-sept mois. Sur l'écran de droite, un kaléidoscope de photographies rattachées au compte Facebook de JessD. La collégienne souriait en prenant la pose typique des selfies d'ados, menton en avant, lèvres ourlées et regard travaillé. Sa chevelure tressée pleuvait en un rideau de cordes épaisses et luisantes jusqu'à sa taille. Leoni fit crisser sa barbe sous ses doigts. *Tes cheveux ! Ils ont été rasés... Quel genre de malade a pu te faire ça ?*

14

Ça c'est signé ou je ne m'y connais pas ! D'un coup de botte rageur, Louise Soler dégagea une motte de gazon à dix mètres. Smashés par une rafale insolente, des brins d'herbe lui revinrent en pleine face et s'accrochèrent à sa crinière d'un rouge incendiaire. Elle la secoua en rugissant.

— Bande de petits fumiers ! Nazillons de merde ! Si je les chope, ces raclures !

Cette fois, les vandales ne s'étaient pas contentés de taguer le mur d'enceinte. Ils avaient franchi une limite en osant s'introduire sur ses terres. De nuit, bien sûr. *Sales petits lâches...* Les deux poings sur les hanches, la propriétaire de la ferme hippique fulmina de plus belle en lisant les inscriptions bleu blanc rouge. « Salope de suceuse de bites noires. » « Les nègres et les singes en Afrique. » « La rousse pue le Black. » « Ras la France des envahisseurs… » Une vingtaine de messages du même acabit souillaient la porte de la grange. La jeune femme ficha sa bêche en terre d'un geste définitif. La guerre était déclarée.

En dépit de son format de mignonnette, de ses yeux

ronds et de ses joues rebondies constellées de taches de rousseur, cataloguer Louise Soler en fragile fleur des champs eût constitué une grave erreur de jugement. Elle avait coupé, taillé et planté chaque piquet de son domaine et, à cru, entre ses cuisses, elle était capable de soumettre l'étalon le plus ombrageux. Par tempérament, hérité d'une longue lignée de bagarreurs, Louise ne dédaignait pas le contact physique, encore moins dans le cas présent et sachant à qui elle devait ces vomissures : trois presque-hommes bien connus dans la micro-région ; Marc, rejeton d'une famille possédant un hôtel-restaurant sur la commune, Jean-Marie, dit JM, ainsi baptisé en hommage au borgne bilieux et dont les deux parents exerçaient la profession de chauffeur de taxi, Charles enfin, fils d'un avocat et d'une préparatrice en pharmacie. En unissant leurs efforts, Marc et JM ne réussissaient pas à égaler les performances d'un cerveau mou. Mais, pour Louise, la bêtise ne constituait pas une circonstance atténuante. À peine une explication. Charles en revanche était doté d'une intelligence perverse et manipulatrice capable de tordre le monde et d'essorer l'humain au nom d'un ramassis de principes dits supérieurs. De ce trio nauséabond, pompeusement autoproclamé Ligue de la France éternelle, Charles était le théoricien, l'inspirateur et le général en chef. Dans ce groupuscule, nul laissé-pour-compte ou paria. Aucun de ses membres n'avait déclaré de pathologie reconnue par la Sécurité sociale, ni subi de traumatisme déclencheur. Tous souffraient de la maladie de la haine.

Louise en avait autant à leur service. À cet instant

précis, si la gueule de l'un de ces morveux s'était retrouvée sous son talon, elle l'aurait broyée sans remords. Les premiers graffitis étaient apparus six mois auparavant, le lendemain du jour où elle avait embauché Ali. Trois dépôts de plainte plus tard, l'enquête piétinait. Le chef de brigade de la gendarmerie locale avait traité l'affaire par-dessus la jambe. Confondre des lycéens en pleine crise identitaire, selon sa propre expression, ne constituait pas une priorité de service. *Ça va leur passer, ça va leur passer, tu parles ! C'est moi qui vais leur faire passer l'envie, oui ! Sans l'aide des pandores et à la façon des Soler !*

Louise prit une dizaine de photos de la grande porte taguée avec son portable et se dirigea vers l'arrière de son pick-up, où traînait un bidon de peinture. L'urgence n'était pas à la contre-attaque. Ali ne devait rien savoir des derniers exploits de la milice locale. Elle avait deux heures devant elle avant qu'il n'arrive prendre son poste au centre équestre. Les protestations d'un moteur en surrégime l'interrompirent dans ses préparatifs. Elle se tourna, plissa les yeux et se détendit en reconnaissant le véhicule roulant à vive allure sur le chemin irrégulier.

Tout de même, elle était intriguée. Richard Angevin n'était pas coutumier des visites matinales. Encore moins de cette conduite sportive. Un pincement au ventre, elle trottina à sa rencontre. Son visiteur tira le frein à main d'un coup sec et demeura quelques instants à l'intérieur de sa voiture avant de se décider à sortir. Il tenait un journal froissé qu'il faisait claquer dans la paume de sa main. Son visage hâve et marqué était hanté par un regard limpide.

— Eh ben, Richard ! Qu'est-ce…

— Les ordures ! Ils ont recommencé ! Toute cette merde… Ça finira donc jamais !

— Tu savais ! Mais comment ?

Richard Angevin secoua la tête en dépliant le numéro du jour de *La Voix du Nord*. Ses lèvres avaient blanchi. Son menton tremblait. Tout comme son index pointé sur l'article en première page. « Un corps momifié retrouvé dans une cave à Roubaix. » *Non, s'il vous plaît, non, faites que ce ne soit pas elle !*

— C'est elle, Louise, j'en suis sûr. Des flics de Lille m'ont appelé ce matin et…

Du revers de la main, il essuya ses premières larmes avant qu'elles n'empruntent les ravines de douleurs plus anciennes. Louise Soler lui ouvrit les bras. Richard Angevin s'y jeta sans pudeur. Leurs épaules s'entrechoquèrent, libérant des sanglots assourdis par les mugissements de l'air. À trois cents mètres de là, fondues dans la masse d'une haie, trois paires de jumelles pointaient dans leur direction.

15

Équipés de jets à haute pression, des agents de la propreté de la ville de Lille s'employaient à faire disparaître l'inscription géante apparue durant la nuit. *L'État nous surveille, crevons-lui les yeux*. Sans risque d'erreur possible, le message tagué était destiné aux occupants de l'immeuble d'en face. Celui de la DIPJ. Au pied des bâtiments de la police, justement, une équipe d'élagueurs dépeçaient le cadavre d'un marronnier couché en travers de l'asphalte. Depuis deux heures, le bruit lancinant des Kärcher et des tronçonneuses s'était ajouté au vrombissement persistant du vent. Leoni se compressa les tempes puis fixa la jeune femme debout devant lui, une lueur d'incompréhension dans le regard.

— Pourquoi tu n'es pas venue m'en parler, Éléanore ? Même si tu n'es plus dans mon groupe, ma porte t'est toujours ouverte, tu le sais ça quand même ?

Éléanore Muissen fit tourner son alliance et soupira. Leoni observa ce visage franc levé vers lui et dont les muscles tendus trahissaient le dilemme. La stagiaire qu'il avait connue s'était effacée au profit d'une femme plus mûre, moins impétueuse. *Plus marquée. Ce pli amer... Si on se blinde, ça finit par vous pétrifier de l'intérieur. Sinon, c'est comme gratter tous les jours la même croûte. À force, c'est un peu de notre âme qui vient sous les ongles.*

— Parce que Thierry me l'a demandé.

Le commandant accusa le coup d'une brève contraction des lèvres.

— Et ça fait combien de temps que vous vivez séparés ?

— Deux semaines. Il… Il dort chez Momo, son ami d'enfance.

— Ne te sens pas obligée de me répondre, mais je dois quand même te poser la question…

— Les enfants, lâcha l'épouse du lieutenant Muissen tout à trac. Moi j'en veux, et lui… Je crois qu'il n'est pas prêt. Alors, plutôt que se disputer les rares soirs où on se croise à la maison, on a décidé de prendre un peu de recul. Chacun de son côté. C'est une tête de mule, vous le connaissez comme moi.

Leoni leva les mains en signe d'impuissance.

— Je ne sais pas comment je peux vous aider, Éléanore, mais si tu as une idée, je suis là.

— Je ne sais pas non plus, commandant. S'il a décidé de prendre quelques jours pour réfléchir à tout ça, je suppose que c'est un bon début. D'ailleurs, je vais suivre son exemple. Aux mœurs, en ce moment, c'est plutôt calme. Autant en profiter parce que ça ne va pas durer bien longtemps.

Un voile de mélancolie brouilla le sourire du Corse. *C'est pas que rien ne dure, c'est que ça n'en finit pas de recommencer. Et nous, on sent bien qu'on se régénère moins vite que le mal.*

Éléanore passa sa main devant le regard absent de son ancien patron.

— Hé commandant ? Ce n'est pas notre première dispute et ce ne sera pas la dernière. On continue de s'appeler tous les jours, si ça peut vous rassurer.

— Excuse-moi, Éléanore. Je… Tant mieux. Merci de ta confiance. Je ne voulais pas être indiscret, c'est juste que je me soucie de vous.

— Je le sais et je ne me formalise pas. En attendant, ça m'a fait du bien d'en parler. Surtout… Pour ce que je vous ai dit…

— Sois tranquille, Thierry ne saura rien de notre discussion. Ni lui ni personne, tu as ma parole. *Acqua in bocca*, comme on dit chez moi. De l'eau dans la bouche.

Leoni frotta le dos d'Éléanore en guise d'au revoir, puis alla se rasseoir derrière son bureau et se resservit une tasse de café. La cinquième de la matinée. Le premier café en peau à peau avec Éliane. Le deuxième dans la cuisine avec mémé Angèle, sa fille Lisandra sur les genoux. Ceux-là seuls comptaient. Les autres avaient eu un goût de vent. Il ferma les yeux en tentant de faire abstraction des gémissements d'un monde secoué par un ciel en furie. Deux coups discrets frappés à la porte le tirèrent de ses songes. Leoni se leva en se demandant par quel miracle d'aussi grandes mains réussissaient à produire un son aussi doux.

— Tu peux entrer, Baudoin.

— Tu avais coupé ton téléphone ?

— J'avais besoin de réfléchir un peu. Éliane a rappelé ?

— Oui, elle vient de boucler la comparaison des radios et des empreintes dentaires. Elle est formelle, c'est bien Jessica Diao.

— J'informe le procureur et je vous rejoins en salle de réunion.

Combiné à l'oreille et doigts suspendus au-dessus du clavier, Leoni contempla le visage juvénile imprimé sur l'avis de recherche. Le sourire de Jessica, vulnérable, tout juste ébauché, lui évoqua une promesse figée à l'état de chrysalide. L'accablement lui crocheta le cœur, libérant ses fantômes. En tête d'échappée, les ombres de sa mère et de sa femme Marie. Suivaient celles des amis disparus et des victimes, tant de victimes… Chaque jour un peu plus. Une file funèbre appelée à ne finir jamais. La sensation de marcher sur une corde tendue entre les vivants et les morts l'aspira le temps d'un étourdissement. La colère, en compagne fidèle, lui évita la bascule. *Disparition inquiétante, tu parles ! Une façon de dire qu'on n'a pas retrouvé le corps... Dix-sept mois qu'un salopard dort sur ses deux oreilles. Eh bien maintenant, c'est fini. Il ne t'a pas réduite au silence, Jessica. Je ne trouverai pas la paix tant que je ne saurai pas qui et pourquoi.*

16

Le monde est fou, Père.
Tous les jours le mal gagne du terrain.
Tout ce mal.
Les maris abattent leurs épouses.
Les épouses complotent avec leurs amants.
Les enfants se retournent contre leurs parents.
Ils s'assassinent en famille.
Les hommes forniquent avec les hommes.
Les femmes forniquent avec les femmes.
La loi bénit ces unions contre nature.
Et ils fabriquent leurs enfants comme ils font pousser des tomates.
Ou alors, ils les tuent dans l'œuf.
Ils les battent comme des animaux.
Ils les massacrent et ils les jettent dans des sacs plastique.
Au rebut.
Pauvres innocents.
Mais pas tous. Pas tous, non.
Elle ? Une victime ?
Tu le sais, toi, Seigneur, qu'ils ont déterré une diablesse !
Elle m'a attendu ce soir-là. J'étais sa proie.
C'est moi qu'elle avait décidé de corrompre.

Elle a supplié.
Elle a juré sur ton nom.
Elle m'a parlé avec la main sur le cœur.
Les larmes coulaient sur ses joues, entre ses seins.
Elle m'a montré sa peau, sa gorge.
Oh Seigneur ! Elle a joué de tous ses noirs maléfices !
Et ses cheveux se tordaient comme des serpents !
Elle se disait victime du mal.
Elle ? Une victime ?
Elle est de la race qui fait pousser le mal en nous.
Toutes, elles crachent un levain des enfers.
Et elles reniflent la vertu comme les chiens la pisse.

17

Le rapport d'enquête de la gendarmerie s'écrasa sur la table de réunion avec un bruit mou.

— Autant vous le dire tout de suite, annonça Leoni d'une voix blanche, c'est du light. Ils ont pissé du PV pour faire du remplissage. Et encore, on ne peut pas dire qu'ils aient fait du zèle.

Le commandant reprit le paquet de feuilles du bout des doigts et le laissa tomber dans la poubelle.

— On repart de zéro. Le job a été bâclé. Pas question de s'en servir comme base.

Grégoire tapota sa cigarette contre le dos de sa main en lançant une œillade à François, lequel leva les yeux au ciel. Assise à la gauche de Leoni, Fée regardait droit devant elle, sans manifester de surprise. Sur son visage lisse et cuivré, Grégoire crut même percevoir le sourire de Mona Lisa. Après un moment de flottement, Baudoin se trémoussa sur son fauteuil en se raclant la gorge.

— Rien de rien, commandant ?

— Aucun suspect sérieux. De maigres pistes qui ont tourné court. Une seule garde à vue qui a abouti à une impasse. Mais le pire… (Leoni souffla bruyamment en fermant les yeux.) Le pire, c'est qu'ils n'ont pas vraiment cherché. Pas comme nous on l'aurait fait et pas comme on va le faire. Ou c'est de l'incompétence crasse ou c'est du mépris pour la victime. Dans les deux cas, il y a faute professionnelle. Ce n'est pas le moment et trop de temps a déjà été perdu dans cette affaire, mais je ne laisserai pas passer un truc pareil.

Les membres du groupe accusèrent réception de ce serment dans un silence solidaire. Le temps d'un bref sourire, l'éclat métallique dans le regard du Corse s'estompa.

— Fée ?

Aglaé hocha la tête et se leva pour distribuer une chemise à chacun des trois enquêteurs.

— Bien, enchaîna Leoni. J'ai demandé à Fée d'extraire ces premiers éléments au sujet de Jessica Diao. C'est à la fois peu et déjà trop… Sa seule famille connue est sa mère, Fatou Diao, originaire du Congo. Elle était enceinte de Jessica quand elle est arrivée en France, où elle a obtenu le statut de réfugiée de guerre. Elles ont occupé un logement social à Lille-Sud avant que la famille ne soit séparée pour faits de maltraitance. Mais ça a pris du temps. Le dossier médical de Jessica mentionne six admissions aux urgences. À la septième, pour un trauma crânien qui lui a valu deux jours de coma, il y a eu signalement. La mère de Jessica a été jugée irresponsable, schizophrénie paranoïde consécutive à un trauma de guerre. Elle est internée en HP et, d'après ce que j'ai lu de son dossier, il y a peu de chances qu'elle en sorte un jour. Huit mois avant sa disparition, Jessica a été placée en famille d'accueil à Genech. Elle était scolarisée en classe de troisième d'insertion au lycée agricole de la commune. Un après-midi par semaine, elle se rendait dans un centre équestre pour se familiariser avec les métiers du cheval. Le 14 avril au soir, elle n'est pas rentrée. Après les coups de fil habituels aux amis, la famille d'accueil a signalé sa disparition à la gendarmerie, mais aucune action concrète n'a été engagée avant le lendemain. Et même après… Bref ! Le dernier bornage de son portable la situe à Genech un peu avant huit heures du matin le 14 avril, c'est-à-dire au moment du début des cours. Mais elle ne s'y est pas rendue. Toutes les coordonnées des personnes gravitant dans l'entourage de Jessica et recensées par l'enquête de gendarmerie sont dans le dossier. Il faut les repasser au crible. Mais ce qui nous intéresse surtout, ce sont les personnes qui n'ont pas été interrogées. Fée en a listé un certain nombre à partir du compte Facebook de Jessica et elle a aussi commencé à étudier son compte Instagram. Je lui ai également demandé de faire des croisements avec le fichier des délinquants sexuels.

— Les cheveux…, murmura François en fixant la photo agrafée sur la couverture de la pochette.

— Rasés, oui. Ça aussi, on le lui a volé… Une sorte de punition ou un trophée. Peut-être même les deux, va savoir…

Leoni se frotta les paupières et se mit à marcher de long en large.

— Genech-Roubaix, ce n'est tout de même pas la

porte à côté… La maison où on a retrouvé le corps, tu as eu des infos, Grégoire ?

— Oui, commandant. Elle appartenait à un veuf sans descendance, René Lemoine. Il est décédé au mois de février. La maison a été préemptée et les ouvertures ont été murées au mois de juillet. Je vais me pencher sur des connexions possibles entre ce Lemoine ou sa baraque et l'entourage de la gamine. Ce coin-là, c'est la zone. On n'y arrive pas par hasard. Ou c'est en rapport avec la victime, ou c'est en rapport avec le tueur.

— Je suis d'accord. Creuse aussi du côté de Lille-Sud. Pas impossible que Jessica y ait conservé des liens. Baudoin, François et moi, on va se partager le boulot à Genech. Le portable de Jessica a cessé d'émettre entre le moment où elle a quitté son domicile et celui où elle aurait dû se trouver en classe. Tout part de là. Je ne peux pas croire qu'elle se soit volatilisée sans que personne n'ait rien vu. Pas dans un village de deux mille habitants.

Baudoin gratta la croûte de chocolat collée à la manche de sa veste et s'adressa à Leoni, l'air chagrin :

— Si je comprends bien, la disparition de cette petite n'a pas fait plus de bruit qu'un pet dans une tornade.

Le visage du commandant se durcit. *Une petite plume perdue dans le vent… À bien y réfléchir, aucun de nous ne pèse plus lourd.*

— Eh bien, ça vient de changer. Maintenant. Allons-y, termina Leoni.

18

1966, île de la Réunion, aéroport de Gillot.

Il y a deux heures, Jean-Toussaint était impatient. Maintenant, ça a changé. Il n'est plus aussi sûr de lui. Ça fait presque un mois que Mme Rivière l'a déposé au Foyer de Bellepierre à Saint-Denis de la Réunion. Autant de jours qu'il n'a pas de nouvelles de sa grand-mère ou de sa sœur Eulalie. Là, tout de suite, même devant tous dans cette foule, il se laisserait volontiers aplatir le visage contre la grosse poitrine et le ventre rebondi de Mamilouise. Elle va arriver, c'est juste un retard. On lui a promis qu'elle viendrait lui dire au revoir à l'aéroport. Ah ! Si elle avait pu voir les beaux habits qui sont dans sa valise ! Un blouson fourré, des gants, des chemises, des pull-overs et même des souliers. Des vrais. En cuir. Tout à l'heure, il se sentait léger à l'idée de quitter cet endroit qui ressemble à un hôpital. Si triste avec ses longs couloirs et ses odeurs de moisi. S'il était resté une semaine de plus, il serait mort d'ennui. La nuit, plusieurs fois, il a eu envie de pleurer. Il n'aurait pas cru que les ronflements de Mamilouise et les petits bruits de succion d'Eulalie lui manqueraient autant. Et puis, ça lui faisait drôle de ne pas pouvoir dormir la fenêtre ouverte. Les premiers soirs, il étouffait.

Heureusement, il y avait les préparatifs du grand départ. La France. À les entendre parler de la France, de la tour Eiffel, de ses châteaux et de mille autres choses dont il ne se souvient plus, Jean-Toussaint a compris qu'un pays pouvait faire rêver aussi fort qu'un couteau. Il se languissait. Il avait hâte de découvrir ces merveilles. De les raconter à son retour et d'épater Mamilouise et Eulalie.

Mais, quand il a vu l'avion, entendu le tonnerre de ses réacteurs, une peur terrible l'a envahi. Une peur qui vous fait les jambes molles et le cœur dur et fou comme une balle rebondissante. S'il doit devenir un Monsieur, là-bas en métropole, c'est sûr qu'il ne sera pas pilote d'avion. Comment un truc aussi lourd et aussi grand peut bien s'arracher du sol ? Comment peut-il tenir en l'air, planer et se poser sans s'écraser ? Une feuille de papier pliée et qu'on lance, d'accord ! Mais va-t'en essayer de faire la même chose avec de la tôle ! C'est tout bonnement pas croyable. Les adultes qui l'entourent ne partagent pas son scepticisme. Mais les enfants, eux, semblent paniqués. Les bébés, surtout. Ça crie et ça pleure. La contagion se répand. À ce train-là, Jean-Toussaint sera bientôt incapable de contenir l'angoisse qui pousse dans son ventre et lui comprime la poitrine. Il se tourne vers le hublot, ferme les yeux et colle ses mains sur ses tympans. Il faut qu'il essaie de penser à quelque chose de rassurant. Quelque chose comme la main de Mamilouise sur ses épaules. Il arrive presque à la sentir. Il la sent !

Jean-Toussaint sursaute et se retourne. Il y a bien une main posée sur son épaule ! Mais c'est une toute petite main, avec des doigts légers et gracieux. Dans les illustrations des livres de contes, les princesses ont ces mains-là. Mais cette main n'appartient pas à une princesse. Non. Elle appartient à un ange.

Jean-Toussaint n'est jamais tombé amoureux, et heureusement. C'est très bête et un peu dégoûtant. Il pense à sa sœur Eulalie, à sa façon de soupirer et de minauder quand elle croise un beau garçon et il aimerait autant ne pas devenir aussi ridicule. Les filles, c'est souvent rien que des casse-pieds et des faiseuses d'histoires. Mais elle, ce n'est pas une fille puisque c'est un ange. Elle brille de l'intérieur. Sa peau est satinée. Exactement comme le chemisier de Mme Rivière. Sauf que sa peau à elle n'est pas blanche, mais d'un noir pur et lustré qu'il n'a jamais vu avant. Son cou est celui d'une gazelle. Ses yeux sont… Non, ils ne sont pas, ils s'ouvrent sur des galaxies. Jean-Toussaint y voit tourner des soleils. Il compte les petits points d'or et il en a le tournis. Elle sourit, c'est timide et renversant. La bouche en « o », il s'extasie.

— Je peux m'asseoir à côté de toi ?

Jean-Toussaint bredouille un oui. Elle ne parle pas, elle chante. Il n'entend plus les pleurs, les cris, les ordres des hôtesses, ceux des assistantes sociales. Je peux ? Seul ce refrain dans sa tête. Jean-Toussaint se dandine. Voilà, il est devenu aussi stupide et risible qu'Eulalie. La foudre lui est tombée dessus. Il ne sait pas quoi dire. Il ne sait plus où poser les yeux.

Combien de temps, il reste comme ça, jambes raides et regard à la dérive, il ne sait plus le dire. Peut-être que le temps s'est arrêté. Non. Il sent l'avion se mettre en mouvement. Prendre de la vitesse. Sa terreur s'envole. Il glisse un regard de côté. L'ange a les lèvres serrées et de grosses larmes roulent sur ses joues. Alors, il vient à Jean-Toussaint un grand courage. Il se saisit de la petite main et la serre dans la sienne. L'avion dresse le nez. Les tripes de Jean-Toussaint sont aspirées vers le haut. Mais il fait bonne figure. Il doit la rassurer, la protéger. L'avion monte au ciel. Et le ciel, c'est le pays des anges. Rien de mal ne peut plus arriver. Pas tant qu'elle est à ses côtés. Avec elle, dans cet avion, il se sent prêt à faire mille fois le tour du monde.

— Je m'appelle Jean-Toussaint, et toi ?

Il sent les doigts de l'ange frémir contre sa paume. C'est chaud, doux, et ça chatouille un peu.

— Marie-Ève. Marie-Ève Nativel.

19

Rémi François Simon Chabroux, sauf probabilité infinitésimale qu'il n'existe aucun lien de cause à effet entre les traces sur les poignets de ton blouson et les « incidents » de cette nuit, tu n'es pas loin d'être aussi con que tu en as l'air !

Délaissant sa tablette, Colette Chabroux releva les lunettes sur son front et observa son petit-fils en plein effort. Depuis plus d'une heure, l'adolescent se mesurait à la batterie d'énigmes mathématiques qu'elle avait soumises à sa sagacité. Une main sous le menton, à demi affalé sur la table de la cuisine, Rémi mâchouillait la gomme d'un crayon de bois avec acharnement. De temps à autre, et sous le store de ses dreadlocks, il adressait des regards torves à son aïeule assise en face de lui. *Et regarde-moi ces cheveux ! Il faudrait une après-midi entière chez le toiletteur pour y faire un peu de ménage ! Comment peut-on avoir les idées claires avec ce fatras sur la tête !*

— Tu as fini ? Je parle des exercices, pas de l'opération de destruction du crayon.

Blasé, Rémi glissa la feuille en direction de sa grand-mère.

— Ça sert à rien, tes trucs. Puis, c'est même plus au programme, ajouta-t-il avec insolence.

Ben voyons ! Une autre façon de dire que je ne suis plus qu'une vieille croûte. C'est ça, fais ton malin ! Sans commentaire, Colette s'empara du devoir. En une poignée de minutes, elle jugea des capacités de son petit-fils, de l'erreur de discernement de son fils Daniel, et de la translation du problème dans un domaine qui ne relevait pas de sa compétence. Rémi avait relevé l'épreuve haut la main et franchi les obstacles mathématiques en faisant preuve d'élégance et de créativité dans le raisonnement. *Il est en train de décrocher, tu m'en diras tant...*

Colette ralluma sa tablette et la tendit à l'adolescent. À l'écran, un site d'information continue titrait avec emphase « Souffle libertaire et nouveaux tags sur la ville ».

— Tu m'expliques ?

— Que je t'explique quoi ? Je ne sais même pas de quoi tu parles, là, mamie...

Mamie ! Ça fait combien de temps qu'il ne m'a pas appelée mamie, ce grand dadais ? S'il croit m'avoir aux sentiments !

— Je veux que tu m'expliques comment tu as quitté la maison en pleine nuit. Comment tu t'es rendu à Lille et avec qui. Et depuis combien de temps tu participes à ce genre d'expédition au nez et à la barbe de tes parents.

Rémi croisa les bras et se renfrogna. Colette pencha

la tête pour établir un contact visuel. Peine perdue. *C'est donc à ça que servent toutes ces... tresses ?*

— Tu délires complètement. J'ai rien à voir avec ça.

— Tu n'es pas au tribunal, là, Rémi, embraya Colette en tâchant de conserver son calme. Et je ne vais pas te faire la morale. Ce n'est pas ma discipline. Mais, pour le reste, je sais encore additionner deux et deux. Maintenant, si tu veux me faire le coup de la présomption d'innocence, je peux toujours aller porter ton blouson chez les flics...

— C'est ça, hein ! Je suis pas chez les flics, mais t'es quand même bien de leur côté, vu comment tu m'espionnes !

Colette inspira sans desserrer les dents. Pour être honnête, la découverte des activités nocturnes de son petit-fils l'avait davantage amusée que fâchée. Peut-être même soulagée. À l'évidence, Rémi n'était pas que le prolongement de son téléphone. Il possédait une vie intérieure. Voire un embryon de conscience politique. Et il avait trouvé d'autres usages pour ses mains que celui d'actionner les manettes d'une console de jeu vidéo. Du côté des neurones, et bien que le développement de ses lobes frontaux soit loin d'être achevé, le potentiel était patent. Pour la mathématicienne qu'elle était, la psychologie et les relations humaines en général recouvraient une frange grise et floue, et les agissements de ses semblables relevaient d'un mystère aussi insondable que l'énigme de Dieu.

— Tu es quoi ? Anarchiste ? Trotskiste ? Marxiste ? Altermondialiste ? Ou c'est juste pour faire suer ton père ?

Rémi rejeta la tête en arrière dans une attitude de défi.

— Je trouve qu'on vit dans un monde de merde. Il n'existe pas encore de nom pour ce courant de pensée.

— Si l'on se fie à la loi des grands nombres, répliqua Colette du tac au tac, le postulat d'une civilisation qui va à sa perte est plus proche de la réalité. Pour notre espèce, ça sent le sapin. Enfin, tant qu'il en reste. À moins d'une inversion de tendance…

Mâchoire pendante, Rémi fixa sa grand-mère, un regain d'intérêt dans le regard.

— Et… tu vas le dire à papa ?

Colette se gratta la tempe. *On peut dire que tu ne perds pas le nord !*

— Non, ce n'est pas mes oignons. Mais tant que tu es sous mon toit, tu me tiens au courant de tes projets et de l'endroit où tu te trouves. Surtout si je dois aller te chercher au commissariat. Et si tu te fais prendre par les flics, l'information à tes parents égale ton problème. En clair, tu gères. C'est comme ça que vous dites, non ?

Rémi se mit à jouer avec son crayon, incapable d'évaluer la proposition de sa grand-mère. C'était trop beau pour être vrai. Il y avait un loup.

— Juste je t'informe, c'est ça ?

— Juste. C'est une condition nécessaire et suffisante.

— Et c'est vraiment tout ?

— Il n'y a pas d'à-peu-près en mathématiques. Ou c'est juste ou c'est faux. Enfin… Parfois, c'est relatif. Un avis personnel si tu es disposé à l'entendre ?

— Dis toujours

— Provoquer les flics est moins déterminant que tenter d'inverser la courbe du réchauffement climatique. Je simplifie : une meilleure utilisation de tes talents serait plus à même de changer le monde que des barbouillages sur les murs.

Rémi se laissa basculer en arrière, sourcils arqués en un dôme de condescendance suprême.

— Si c'est aux études que tu penses, j'ai pas envie de finir comme papa, en serviteur du système.

Colette se mordit la lèvre.

— Je te parle de ta manière de penser. Imbécile. Tu as un don. Mets-le au service de tes idées. Si tu fais les bons choix, il pourrait faire la différence.

— Et toi, tu en fais quoi, de tes dons ? Tu les mets en pratique comment, tes grandes théories ?

— Eh bien, contre-attaqua Colette sur un ton qui en avait refroidi de plus agressifs, je donne des cours de soutien à des gamins qui ne sont pas nés le cul dans le beurre et je me soucie des oiseaux, tant qu'il y en a, parce qu'ils sont moins décevants que les humains. Maintenant, tu m'excuses, j'ai à faire.

Non mais ! Petit con prétentieux, va !

Sur ces paroles et cette pensée, la paupière vibrionnante, Colette prit la direction de l'étage.

Rémi s'affala un peu plus sur son siège et se gratta les cheveux de la pointe du crayon. Par curiosité autant que par désœuvrement, il s'empara de la tablette de sa grand-mère et ouvrit l'historique de navigation. Aux sites d'information conventionnels, elle avait l'air de préférer les sources plus marginales des lanceurs d'alerte. Rémi se mit à surfer en se faisant la réflexion que la Colette était plus rock'n'roll qu'il n'y paraissait. *Limite chelou pour une vieille.*

Dans le bureau, Colette avait repris son poste de vigie. Sur le tilleul du jardin, une poignée de passereaux hirsutes s'agrippaient aux branches ballottées en tous sens. Les oiseaux aussi paraissaient soûls de tant de vent. Colette renifla en se tamponnant le coin des yeux. À la mort de son mari, elle avait perdu le seul être humain capable de la comprendre et de rire de ses prophéties. La légèreté de son amour s'était envolée. Ne restait que la certitude d'une lente apocalypse à venir, sans relation complice pour l'adoucir. Elle survivait.

La maison d'en face était vide. Son occupant l'avait quittée, parti sans doute à son travail. De lui, que savait-elle objectivement ? X possédait une grande sculpture qu'il avait remisée dans sa cave. X entretenait un lien émotionnel fort avec cet objet. X s'adressait à Dieu et pratiquait l'autoflagellation. Quels crimes cherchait-il à expier en se punissant de la sorte ? *Interprétation. Tu t'emballes, Colette. Non, je m'interroge.* Le visage de la statue possédait des traits négroïdes. De cela, Colette était sûre. Sa mémoire visuelle était infaillible. Et, ce matin, la lecture des nouvelles avait apporté un nouveau paramètre : « Découverte du cadavre d'une jeune femme noire dans une cave à Roubaix. » Restait à déterminer s'il s'emboîtait dans l'équation. Quelle était la probabilité qu'un meurtrier emménage à côté de chez elle le jour de l'exhumation de sa victime ? *Quasi nulle.* Était-ce une raison pour en rejeter la possibilité ? *Certainement pas.* Quelle était la probabilité qu'elle voie des connexions effectives là où il n'y avait que concordance de hasards ? *Élevée, Colette, malheureusement élevée. Le biais de l'observatrice : tu vois ce que tu veux voir, tu filtres la réalité et tu la déformes au travers de ton prisme. Et si on ajoute à ça que l'observation du phénomène modifie le phénomène... Oui, mais non ! Reviens aux faits. Le système est instable. Il y a trop de variables et d'incertitudes. Mieux vaut garder un œil sur X.*

Ou alors l'ennui te donne des hallucinations, et tu es une antiquité qui s'emmerde. Juste.

20

Le bourg de Genech cumulait les clichés du cahier des charges « quiétude de terroir ». Une vue de l'esprit. Une lecture tronquée, superficielle et sans perspective réelle. Là où il y a des hommes, il y a des histoires. La paix est un mirage, un fantasme brodé pour faire paravent à la peur.

Deux kilomètres et demi, c'était la distance séparant le domicile de Jessica Diao du lycée agricole où elle n'était jamais arrivée. Un itinéraire tracé à la règle au travers d'une campagne rase, morcelée de champs en culture où le vent prenait de la vitesse et cabriolait à cœur joie. Point de départ, la maison de Richard et Myriam Angevin qui avaient accueilli Jessica les huit mois précédant sa disparition. Le couple habitait une grange rénovée en limite des frontières communales.

À peine le 4 × 4 de Leoni se fut-il engagé sur l'allée de graviers que la porte d'entrée battit. Un homme sec, regard translucide et perçant, apparut sur le seuil. Leoni et Saint-Venant échangèrent un bref signe et quittèrent le véhicule dans un même mouvement décidé. Leur hôte ne vint pas à leur rencontre. C'est seulement après une demi-seconde d'hésitation et à contrecœur qu'il accepta les mains tendues. Sans se formaliser, le Corse fit les présentations. Pour toute invitation, Richard Angevin effectua un brusque demi-tour.

— Vu le temps, on sera mieux à l'intérieur.

Sur la table de la cuisine régnait une pagaille familiale ordinaire : deux bols de céréales, un tigre en peluche, des livres pour enfants, une bouteille de jus d'orange vide. L'homme ne s'en excusa pas. Leoni nota que la bouche d'Angevin était tiraillée de tics.

— Monsieur Angevin, je suis vraiment…

— Désolé, c'est ça ? Et qu'est-ce qu'elle en a à foutre, maintenant ?

Leoni hocha la tête en silence. Lui-même avait ressenti une révolte comparable en prenant connaissance du rapport d'enquête. Les investigations des gendarmes avaient eu pour seul mérite de disculper cette famille d'accueil. En creux, elles privilégiaient la piste de la fugue, au point de négliger toutes les autres, avec pour résultat l'absence de résultats.

— Elle, plus rien. Mais pas moi, monsieur Angevin. Pas nous… Nous voulons savoir ce qui est arrivé à Jessica. Pour lui rendre justice et arrêter son meurtrier avant qu'il ne fasse d'autres victimes. Et nous avons besoin de votre aide.

Richard Angevin pointa l'index sur la poitrine de Leoni.

— Qu'est-ce qui me dit que vous allez vous démener pour elle ? Pourquoi je vous croirais, vous ?

Le capitaine Saint-Venant s'agita sur son siège en

observant son patron en douce. Le commandant le rassura d'un coup d'œil.

— J'ai lu votre dossier de demande d'agrément, monsieur Angevin. Vous et moi, on ne fait vraiment pas le même métier. Mais ce qu'on fait, c'est pour les mêmes raisons. Parlez-moi de Jessica. Avec votre femme, vous vous occupez de deux autres enfants, je crois... Comment ça se passait à la maison ?

Lèvres réduites à la taille d'une cicatrice, Richard Angevin fixa Leoni. Le Corse se laissa jauger sans ciller. Ce visage face au sien, bosselé et heurté d'accidents, lui disait des guérillas jumelles des siennes. De celles que l'on mène pour en sauver d'autres de l'écroulement. Parce que c'est en définitive la seule façon que l'on ait trouvée pour rester soi-même debout et l'unique raison de supporter d'appartenir au monde des hommes. Angevin opina et laissa retomber ses mains sur la table. Cessez-le-feu.

Oui, lui et sa femme Myriam s'occupaient de deux gosses, Jordan, un bout de chou de trois ans, et Mélie, six ans. Avec Jessica, c'était encore parfois compliqué. Elle ne se confiait que du bout des lèvres. Richard et Myriam avaient l'habitude. Ils n'en étaient pas à leur première ado. Il y avait deux choses essentielles, cependant, à savoir au sujet de Jessica. La première était que la jeune fille était restée très attachée à sa mère, Fatou. Tous les mercredis, Richard la conduisait dans le centre où Fatou était internée, tout au moins quand l'état de cette dernière autorisait les visites. La seconde : il était impossible de comprendre Jessica sans rien connaître de Fatou. Quand elle n'était pas la proie d'hallucinations, Fatou était une maman presque comme les autres. À quelques détails près. Chaque jour, depuis la maternelle jusqu'au collège, Fatou avait conduit Jessica à l'école et était venue l'attendre à la sortie. Toutes ces années, mère et fille avaient vécu repliées sur elles-mêmes, coupées des autres. Voilà pourquoi le signalement avait tant tardé. En réalité, Jessica avait tenté de protéger sa mère, y compris contre ses propres démons. Raconter son histoire, Fatou n'y était jamais parvenue. Les guerres sont la résurgence de temps sans langage. Elles enfantent des abominations qu'aucun verbe ne peut contenir. Comment nommer ce qui affole les sens et échappe à la raison ? Les chapitres les plus violents de la destinée de Fatou étaient gravés sur son corps en cris de chair. De ce poison n'était resté qu'un extrait sec, sous forme d'une croyance absolue transmise par la mère à sa fille : le monde est mauvais et les hommes sont des Diables.

Leoni médita cette information quelques instants. *Si seulement ce n'était pas si souvent le cas !*

— Ça veut dire que Jessica n'aurait pas suivi un inconnu, pas de son plein gré en tout cas ?

Richard Angevin baissa la tête. Lorsqu'il la releva, Leoni devina en lui le poids de l'incertitude et de la culpabilité.

— Pas quand elle est arrivée, c'est sûr, murmura-t-il d'une voix hachée. Les premiers temps, comme sa mère, je l'emmenais au lycée et j'allais la rechercher. Et puis on lui a acheté un vélo. C'est moi qui lui ai appris à en faire. Le but, c'était qu'elle reprenne confiance, qu'elle devienne plus autonome, qu'elle ait une vie normale quoi… Petit à petit, elle remontait la pente. C'est ma faute ! Elle… Elle n'était pas prête. Si je n'avais pas…

Les yeux de Richard Angevin se remplirent de larmes, ses épaules s'affaissèrent. François lui tapota l'avant-bras.

— Et qu'est-ce qu'il lui est arrivé selon vous ?

— Si je le savais ! Mais je suis convaincu que jamais elle ne serait partie toute seule. Une fugue ? Mais pour aller où ? Comment ? Chez qui ? C'est tout juste si elle commençait à oser parler à des gens de son âge !

— Pas d'amis au lycée ? s'étonna Leoni.

— Non, juste des connaissances. Les autres, elle se contentait de les croiser, ça n'allait pas au-delà. Comme je vous l'ai dit, Jessica avait appris à se méfier.

— Et sur son compte Facebook alors, qui étaient ses contacts ?

— Des gamins qui partageaient sa passion du cheval. C'était plus facile pour elle de communiquer à distance. Les seules personnes dont elle était proche, c'est-à-dire celles dont elle n'avait plus peur, c'était ma femme et moi et Louise et Ali.

Leoni plissa les yeux dans un effort de mémorisation des éléments du dossier.

— Louise… Louise Soler ?

— C'est ça, la propriétaire du club hippique. Ali travaille là-bas, un brave garçon. Avec eux, Jessica commençait à se sentir en confiance. Enfin, autant qu'elle pouvait l'être compte tenu des circonstances.

Les deux policiers échangèrent un regard. François se pencha vers Richard Angevin.

— Ne vous méprenez pas sur ma question, monsieur Angevin, mais je voudrais comprendre pourquoi les gendarmes se sont focalisés à ce point sur l'hypothèse de la fugue. Y a-t-il eu des incidents, au lycée par exemple, concernant Jessica ?

— Bon Dieu, non ! explosa Angevin. Si Jessica a appris une chose essentielle de sa mère, c'est de ne jamais attirer l'attention sur elle. Je vais vous dire, moi, ce qui a foiré, dans cette enquête : c'est la connerie humaine et les préjugés ! Dans l'esprit d'un paquet de gens, les mômes comme Jessica, ce sont au pire de futurs délinquants, au mieux de futurs paumés. Avec ma femme, ça fait vingt ans qu'on est famille de placement. Alors, c'est sûr que les fugues, les petits délits et même les bagarres, on a connu, hein ! Mais la violence, la vraie, c'est de considérer que ces gamins sont nés foutus ! Les tordus, je vais vous dire, ils ne sont pas toujours où on croit qu'ils sont.

François encouragea Angevin d'un sourire :

— Vous pensez à des personnes en particulier ?

— Je pense aux trois petites merdes xénophobes qui se prennent pour l'avenir de la nation. Mais je suppose que vous allez faire un tour chez Louise ? Elle vous dira. J'ai pas envie de me salir la bouche en prononçant leurs noms. Les gendarmes les ont interrogés. Paraît qu'ils sont hors de cause… Maintenant, excusez-moi, mais je dois filer pour récupérer mes petits à l'école. Si vous avez besoin, vous savez où me trouver.

Leoni tendit sa carte à Richard Angevin qui la

rangea dans le tiroir du buffet. Sans autre cérémonial, les trois hommes se levèrent. Devant la maison et avant de rejoindre sa voiture, Angevin fut le premier à tendre la main. Le commandant la serra avec le sentiment d'officialiser un pacte qu'il avait déjà scellé avec lui-même. Le vent avait forci. Dans sa rafle aveugle, il abrasait toute chose et faisait crépiter feuilles, brindilles et poussières. La campagne desquamait. Leoni s'installa dans la voiture en se frottant les yeux. Il ne semblait pas décidé à tourner la clé de contact.

— Quelque chose qui vous contrarie, commandant ?

— Fée et Jessica. Trop de points communs. Je me demande si je ne devrais pas la retirer de l'enquête.

— C'est trop tard, commandant, enfin, je crois. Mais il est toujours possible de la protéger.

— J'ai un mauvais pressentiment, François. J'ignore si c'est cette affaire ou moi, mais je… Laisse tomber. Tu as eu des nouvelles de Thierry ? Au téléphone, je veux dire.

— Juste un SMS.

— Essaie de l'appeler, s'il te plaît. Pour entendre sa voix. Toi, tu sauras deviner s'il va mieux ou pas. Et oublie ce que je viens de te dire. On a du pain sur la planche et pas de temps à perdre en états d'âme. Combien de personnes à interroger entre ici et le lycée ?

— Il y a six habitations.

Leoni démarra et enclencha la marche arrière. Il avait conscience du questionnement silencieux et en suspens de son capitaine. Il en avait trop dit et pas assez. Il n'y avait pas que Fée. Tout à l'heure, et dans un troublant processus d'inversion, Pierre-Arsène s'était reconnu dans le regard de Richard Angevin. La veille, lorsque François s'était penché au-dessus du corps aux mains jointes, l'ombre d'un prêtre en soutane lui était apparue. Et Thierry qui décrochait… Dans cette cave, lui avait vu sa mère. Il éprouvait la sensation de s'être égaré dans une galerie des glaces. Autant de personnes, autant de réalités, autant de blessures. Le vent s'était engouffré dans les brèches pour faire voler les apparences en éclats, disperser les débris du passé et les recomposer dans des jeux de mise en abyme à vous donner le vertige. De mauvaises vibrations… Comme un coin fiché où ça fait mal, avec la prémonition qu'un coup allait partir et l'enfoncer jusqu'au cœur.

21

Le bois crissa et éclata sous le dernier assaut. L'homme délaissa la hache plantée dans le billot et jeta les deux moitiés de bûche sur le tas à sa gauche. De la manche de sa veste, il essuya son visage en sueur avant de prendre une nouvelle pièce et de la positionner en quelques gestes rendus sûrs par l'habitude. Le vent se cabra au moment où l'homme releva sa hache. Pieds écartés et bras armés, il paraissait ferrailler contre un ennemi aux muscles d'air dont les soubresauts invisibles ébranlaient ciel et terre.

Thierry appuya son front contre le tronc de l'arbre et poussa de toutes ses forces. L'empreinte de l'écorce s'imprima dans sa chair blême et du sang goutta d'une fine entaille. La pression dans son crâne n'avait pas faibli. La sensation d'engourdissement s'évanouit et la douleur pulsa à battements sourds, sans lui procurer une once de soulagement. Trente pas le séparaient de l'homme en train de débiter son bois. À cette distance, impossible de ne pas noter certains détails familiers. Le mouvement avec lequel l'inconnu secouait la tête pour chasser ses cheveux vers l'arrière. Dans sa tignasse et à la faveur de la lumière, les scintillements dorés épargnés par la patine de l'âge. Le balancement des épaules et cette manière si singulière de se frotter les paumes des mains contre les poches arrière de son jean.

C'était ici que tout avait commencé. Un ici sans ailleurs. Plantée à fleur d'horizon, une bâtisse aux volets agités de spasmes dont la toiture cintrait sous le poids de tuiles moussues. À l'ouest, ventre à l'air, des mottes de terre brune à perte de vue. Çà et là, les attroupements frileux d'arbres survivants. À l'est, une serre aux panneaux vitrés recouverts d'un vert de vase dont deux larges lambeaux claquaient tels des drapeaux. Un bataillon d'outils fatigués adossés à une cabane de planches. Au bout d'une chaîne rouillée ancrée à une niche, un chien orange. De toutes tailles et de toutes couleurs, une pagaille de bidons en plastique.

Thierry quitta son affût et, un premier pied devant l'autre, se dirigea vers l'allée. Le chien se mit à aboyer en faisant cliqueter sa laisse de métal. L'homme à la hache pivota et plaça ses mains en visière. Personne n'échouait ici par hasard. À moins d'un vent mauvais.

22

Une demi-douzaine de haltes, onze témoins potentiels et c'est à peine si l'on se souvenait d'elle. « Ah ! La jeune fille qui a disparu ? La dernière gamine des Angevin. » « Oui, la fugueuse… Jessica, c'est ça, je n'avais plus son prénom en tête. La petite Black, quoi ! » « C'est que ça fait un bail, quand même ! Évidemment, c'est triste, mais non, je n'ai rien vu. » « Non, je ne lui ai jamais parlé, je l'ai juste aperçue quelquefois sur le chemin du lycée. » « Pas ce jour-là, non, nous étions en vacances chez ma sœur. D'ailleurs je l'ai déjà dit aux gendarmes. » « Je comprends, oui, c'est sûr ça fait un choc, mais ce jour-là j'étais déjà au travail. Assassinée, vous dites ? Quel malheur ! » « Désolé de ne pouvoir vous aider, comme je l'ai déclaré à l'époque, j'étais en déplacement. Ma femme ? Non, je suis divorcé et mes enfants ne vivent pas à la maison. » « Un meurtre ? Quelle horreur ! Mais vous n'avez pas gardé ma déposition ? » « Ben oui, j'étais à la maison, mais je n'ai pas fait attention plus que ça, je ne reste pas toute la journée à ma fenêtre, qu'est-ce que vous croyez ? »

« Sûrement pas quelqu'un de chez nous ! Un malade de passage... On n'est plus en sécurité nulle part, il y a tellement de fous qui circulent de nos jours... »

Leoni passa le portail en dernier. La femme au foyer que Saint-Venant et lui venaient d'interroger donna un tour de clé et remonta l'allée, tête baissée pour se protéger du vent. Sur le front du Corse, un nouveau sillon s'était creusé. Son regard paraissait avoir été étamé. Jessica n'avait jamais fait partie du paysage. Ou alors, elle n'était restée qu'une image floue, lointaine, une tache qui s'efface. Sous le déguisement au col amidonné de fausse sollicitude pointait le désintérêt ennuyé que l'on réserve aux désagréments mineurs. L'idée dérange sans que le cœur ne soit touché. La compassion des gens du coin n'avait pas trouvé de point d'ancrage. La différence de Jessica l'avait privée de l'empathie réservée à ces autres qui nous ressemblent. *Au bout du compte, nous ne savons pleurer que sur nous-mêmes.*

Tout comme après les cinq visites précédentes, Leoni transmit à Baudoin par téléphone les éléments glanés, avec pour consigne de les vérifier et de constituer un nouveau dossier. Et tant pis s'il repassait derrière les gendarmes. Il n'avait plus confiance. Doutait même de son intuition. *Il y a tant de couches à gratter. « Un ghje miccaa volpe chi l'hà tomba*[1] *! »* D'un mouvement brusque, le commandant se tourna vers son capitaine.

— Et la femme qu'on vient de voir à l'instant, tu en penses quoi, François ?

1. « Ce n'est pas le renard qui l'a tuée ! »

— Je ne sais plus quoi penser, commandant… Si elle cache quelque chose, c'est… Tout ici a l'air si normal.

Oui, normal à en crever. Leoni remit le moteur en marche et enfonça la pédale d'accélérateur.

— Louise Soler, maintenant. J'espère qu'elle aura des infos utiles.

Dans un automatisme, les yeux de François se tournèrent vers le ciel.

— Et même si Dieu ne le veut pas, François ! Si ton Dieu existe, et s'il le faut, je suis prêt à tenter le Diable pour le faire changer d'avis.

Le capitaine se gratta le nez en faisant la moue. Au bout d'un court instant il déclara pourtant :

— À tout prendre, je préfère encore vous entendre parler comme ça, commandant.

Cinq cents mètres plus loin, Leoni ralentit, jeta un coup d'œil dans le rétroviseur puis écrasa la pédale de frein avant d'effectuer un demi-tour en plein milieu de la chaussée.

La poisse et le déterminisme ont eu la part belle. Le hasard n'aura rien à se mettre sous la dent.

— Le type avec son chien là-bas. On va l'interroger, lui aussi.

La voiture de police parvint à hauteur du promeneur engagé sur un sentier forestier longeant la route communale. La dégaine pataude, pif pointé vers le sol, l'homme poursuivait son chemin. Seul le chien, fruit d'un mélange indéfinissable de races à poil broussailleux, marqua l'arrêt et prit le vent. Le commandant donna un coup de klaxon et sortit de la voiture, aussitôt imité par François. L'homme, un individu dans la petite cinquantaine à la mise négligée et atteint de calvitie, s'immobilisa et tourna vers eux un visage inexpressif. La bête vint se blottir contre les jambes de son maître. Leoni tendit sa carte.

— Commandant Leoni. Quelques questions, ce ne sera pas long. Monsieur ?

— Marc Fievet.

— Vous habitez la commune, monsieur Fievet ?

— Oui, dans le bourg.

— Et vous vous promenez souvent dans le coin ?

— C'est mon itinéraire habituel… Qu'est-ce que… Il s'est passé quelque chose ?

— Le matin aussi, ça vous arrive de sortir votre chien ?

— Oui. M'enfin, je ne vois pas… C'est pas interdit quand même !

Leoni lança un regard de côté à François qui prit le relais. Le capitaine sourit et se baissa pour caresser l'animal qui le remercia de généreux coups de langue.

— Bien sûr que non, monsieur Fievet. C'est quoi comme race ? Il a l'air sympa.

— Un genre de griffon. Et oui, c'est une pâte. Vous cherchez quoi, au juste ?

— Des témoins, seulement des témoins. Et le matin, vous avez l'habitude de sortir vers quelle heure ?

— Je sais pas, moi, ça dépend, vers les sept, huit heures. De toute façon, vous cassez pas, ce matin, j'ai rien vu. C'est pas que je veuille pas aider, mais avec ce vent, j'ai pas rencontré âme qui vive…

— Ce n'est pas ce matin qui nous intéresse,

monsieur Fievet. C'est celui du 14 avril de l'année dernière, un peu avant huit heures du matin.

Fievet fixa Saint-Venant d'un air interloqué.

— Et vous pensez que je vais me souvenir d'un truc que j'aurais vu il y a si longtemps ! Vous êtes des drôles, vous !

— C'est le jour où Jessica Diao a disparu, enchaîna Leoni d'un ton sec. La jeune fille qui habitait chez les Angevin, à moins d'un kilomètre d'ici. Vous la remettez ?

— Maintenant que vous le dites…

— Sauf erreur de ma part, votre nom n'apparaît pas sur les PV de gendarmerie. Vous n'avez pas été interrogé, à l'époque ?

— Mais non ! M'enfin, si j'avais vu quoi que ce soit, je serais allé le dire, quand même !

Leoni étudia l'homme qui s'était empourpré sans parvenir à déterminer si sa véhémence était feinte ou sincère. Il y a moins d'une heure, un témoin potentiel leur avait servi une tirade identique au mot près. Le commandant lui fit la même réponse froide et voilée de menaces.

— Vous serez convoqué sous peu à la PJ dans le cadre de l'enquête pour homicide sur la personne de Jessica Diao…

— Un homicide ! Mais… Je croyais qu'elle avait juste disparu !

— Vous avez des enfants ?

— Un fils, pourquoi ?

— Vous penseriez quoi, si votre fils n'avait pas réapparu après tout ce temps ? Est-ce que vous vous diriez qu'il a « juste disparu » ? Ou seriez-vous à chaque instant en train d'imaginer des choses si atroces que vous en arriveriez à penser qu'il vaudrait mieux le savoir mort ? Que ce serait un moindre mal et peut-être même un soulagement ?

Tête basse, Fievet se gratta la tempe en dansant d'un pied sur l'autre.

Leoni continua sur le ton du murmure :

— Vous savez quelle serait la première question qui vous viendrait aux lèvres au moment où le légiste relèverait le drap ? Est-ce qu'il a souffert ? Alors, même si vous ne croyez en rien, vous prieriez pour que le médecin vous réponde non et qu'il soit assez convaincant pour que vous puissiez le croire. Pour Jessica, ça a été très long et très douloureux. Et tout le temps que ça a duré, elle a su qu'elle allait mourir.

Fievet grommela des « oui bien sûr, je comprends » embarrassés, les yeux dirigés vers son chien dont il caressait le flanc avec des gestes appliqués.

— Je peux y aller ? osa-t-il enfin en s'adressant à François.

— Oui. Mais essayez de repenser à ce matin du 14. Peut-être croyez-vous n'avoir rien vu, mais des fois, même le plus petit détail peut avoir son importance.

Fievet hocha la tête, tourna les talons et manqua de s'affaler en se prenant le pied dans une racine. Leoni l'observa s'enfoncer dans le sous-bois en se faisant la réflexion que, pas une seule fois, il n'avait réussi à harponner son regard.

23

Certains jours, Père, ta voix devient un murmure inaudible
noyé dans les vagissements du vent.
Ces jours-là, je me sens perdu,
Aussi inconsistant que l'air.
Alors, mes souvenirs sont pareils à de mauvais songes,
Ma vie m'apparaît comme une farce,
Une sinistre illusion,
Et je ne sais plus discerner la vérité du mensonge.
Les certitudes me fuient.
Ne restent que les questions.
Trop de questions sans réponse.
Parle-moi, Père, parle plus fort,
Pour l'amour de Dieu.

24

1966, département de la Creuse.

Mme Guillet a posé une question. Jean-Toussaint croit connaître la réponse mais il se garde bien de lever le doigt. En classe, quand il ouvre la bouche, vingt paires d'yeux se tournent vers lui. Et après, vas-y que ça se trémousse en pouffant. Ce n'est pas qu'elle soit méchante, la maîtresse, mais elle ne comprend rien à ce qu'il dit. La dernière fois, il a été obligé de répéter sa phrase quatre fois de suite. Pour finir, il l'a écrite sur son ardoise. Bien sûr, il y avait des fautes. Rien que d'y penser, il lui vient des nœuds dans le ventre. Depuis, il évite de se faire remarquer. Il écoute bien, comme il l'a promis à Mamilouise, mais il reste bouche cousue. Sûr que Mme Guillet doit le prendre pour un demeuré ou un poisson rouge. Aujourd'hui, ça fait tout juste deux mois qu'il est arrivé. Du voyage en bus depuis Paris, il se souvient de deux choses. Une mauvaise et une bonne. Il n'a pas vu la tour Eiffel et il était assis à côté de Marie-Ève. Les paysages qu'ils ont traversés durant le trajet, c'est à peine s'il y a prêté attention. Par contre, même les yeux fermés, il serait capable de dessiner le visage de son ange. Y compris la petite fossette qui se creuse sous le coin droit de sa bouche quand elle sourit. Et le croissant d'ombre veloutée entre sa lèvre inférieure et son menton. Sans oublier les planètes dans ses yeux, toutes d'une couleur différente. Tout le reste…

Le premier soir, quand ils ont débarqué au foyer, c'était le grand bazar. Trop d'enfants, pas assez de chambres. Lui, il a dormi sur un matelas par terre. Enfin, dormi ! Si on peut dire. Il a rêvé de Marie-Ève les yeux grands ouverts. Le deuxième soir, ils étaient déjà moins nombreux. De temps en temps, Jean-Toussaint voit des gens venir au foyer et repartir avec des enfants. Ça, c'est son pire cauchemar. Que quelqu'un vienne le chercher, lui ou Marie-Ève, et qu'ils soient séparés. Déjà qu'il fait froid… Comme il n'arrête pas de grelotter, la maîtresse lui a dit de s'installer près du poêle. Marie-Ève est assise juste devant lui, en tendant la main il pourrait toucher ses tresses. Quand elle parle, Jean-Toussaint ferme les yeux, il se rapproche encore un peu plus de la source de chaleur et il a l'impression d'être rentré chez lui. C'est une sensation qui lui remue tout le corps. Comme s'il avait du miel dans la gorge et un nid de fourmis rouges au cœur. Mais il garde ça pour lui. Sinon on le prendrait pour un fou. Il se sent déjà bien assez bizarre et différent. Pas besoin d'en rajouter. Une fois, il a essayé d'aborder le sujet avec Marie-Ève. Elle s'est mise à respirer très fort, ses deux petites mains réunies et blotties contre son cœur. Quand elle s'est mordu la lèvre, Jean-Toussaint a su qu'elle allait pleurer. Et ça n'a pas loupé ! Il se serait donné des gifles. Faire pleurer son ange !

Maintenant, quand ils sont seuls, ils parlent de tout sauf de ça. Ce matin à la récréation, Marie-Ève lui a confié qu'elle voulait devenir infirmière. C'est pour ça qu'elle a voulu partir en métropole. Aussi parce que, dans le foyer où elle vivait, les sœurs étaient méchantes. Cette révélation l'a troublé et stupéfait. Est-il Dieu possible que des sœurs fassent du mal à un ange ? La question lui a brûlé les lèvres : *méchantes comment ?* Marie-Ève avait les yeux baissés et les pieds en chasse-neige. Il a ravalé sa curiosité et s'est exclamé qu'elle ferait une infirmière formidable. Le sourire de Marie-Ève ! On aurait cru un soleil en train de naître. « Et toi, qu'est-ce que tu veux faire plus tard ? » Sur le coup, Jean-Toussaint a failli répondre « malade ». Heureusement, il n'a rien dit.

« Plus tard », c'est flou et ça donne un peu le vertige. Comme quand il a regardé à travers les lunettes de Mme Guillet un jour qu'elle lui avait demandé de les lui rapporter. Il y a deux mois, « plus tard » pour lui, c'était les prochaines vacances, celles de Noël. Et c'était déjà bien assez loin ! Quand il a interrogé l'assistante sociale sur son voyage de retour, elle lui a dit que c'était trop tôt, qu'il avait besoin de temps pour s'habituer. Jean-Toussaint se demande bien à quoi il pourrait s'habituer. Sûrement pas à la pluie et au brouillard. Sûrement pas au temps. Plus il passe, ce fichu temps, et moins il s'habitue à être loin de Mamilouise et d'Eulalie. Il leur a écrit deux lettres. Toujours pas de réponse.

Peut-être que Mamilouise sait pour le couteau et peut-être qu'elle lui en veut. Il comprend. À sa place, il serait furieux pareil. Tous ces après-midi d'école manqués et tout cet argent économisé pour un simple couteau. Enfin, non. Un magnifique couteau ! Et son manche travaillé... Il le sent encore peser dans le creux de sa main. Pourvu qu'il soit toujours là où il l'a laissé. Pourvu que le métal ne soit pas piqué... Quand il rentrera, il s'en servira pour confectionner un cadeau qu'il offrira à Mamilouise. Un joli pendentif au bout d'un lien de cuir qui balancera sur sa poitrine. Il faudra qu'il le fasse assez grand, quand même... Même s'il doit se faire gronder, même si elle lui tire l'oreille en lui frottant le haut du crâne, il lui tarde de revoir sa grand-mère et de poser sa joue sur ses gros seins. Le truc, c'est Marie-Ève. Comment repartir sans quitter son ange ? Il ne sait pas si Marie-Ève a de la famille à La Réunion et il n'ose pas lui poser la question. Jean-Toussaint est presque sûr que Mamilouise voudrait bien accueillir son ange. Chez Mamilouise et avec Marie-Ève, il pourrait commencer à réfléchir très sérieusement à comment gagner sa vie « plus tard ».

Dans un monde parfait, être avec Marie-Ève serait un métier. Mais il n'est pas assez naïf pour croire qu'il vit dans un monde parfait. Il aime bien bricoler et tailler le bois. Menuisier ou sculpteur, peut-être. Oui, c'est ça, un sculpteur célèbre. Il travaillerait les bois les plus rares et les plus précieux. Des bois qui auraient la soie et la couleur de la peau de Marie-Ève. Son odeur aussi. Des bois chauds, doux et sucrés. Il en ferait une statue d'ange. On viendrait des quatre coins de la planète pour l'admirer. On lui en proposerait des fortunes, mais... Des clous ! Il refuserait de la vendre !

— Tu as encore la tête dans les nuages, Jean-Toussaint !

Mme Guillet ressemble à une chouette avec ses lunettes rondes et ses yeux globuleux. Jean-Toussaint bredouille et range ses affaires à la hâte. Il est le dernier. Il aperçoit le chignon de Marie-Ève qui dépasse de l'encoignure de la porte. Elle l'a attendu. Il n'y a pas long de l'école au foyer. Pas assez long. Des fois, quand le vent glace, elle le laisse lui frictionner les épaules. Il ne sait pas si, elle, ça la réchauffe, mais lui, ça lui allume des feux jusque dans les os. Voilà. Les murs gris du foyer sont déjà en vue. Ils sont à la porte. Elle s'ouvre devant Mme Bourdin et ses dents de cheval. Celle-là, ce qu'elle peut l'énerver avec ses sourires en carton et ses grands discours. Il l'a eue dans le nez dès le premier jour. « Interdiction de parler créole, Jean-Toussaint ! Tu dois t'astreindre à parler français. C'est essentiel pour ton intégration ! » *T'astreindre. Essentiel. Intégration. Elle ne sait que parler compliqué et interdire.*

Dans l'entrée, Jean-Toussaint remarque une petite valise. C'est jamais bon signe, les valises. C'est même pire que ça, parce que cette valise, c'est la sienne. Marie-Ève a le menton qui tremble. Elle a compris, et lui aussi. Finalement, il n'aura pas réussi à lui éviter les larmes. Si on lui donnait le choix, là, maintenant, entre être mort ou abandonner Marie-Ève, il répondrait que c'est la même chose.

25

Ali ouvrit la porte du box. Tout en déliés et de stature encore gracile, le jeune homme de vingt ans semblait trop vite poussé, pas encore tout à fait homme. Il appuya son front contre celui de la jument venue l'accueillir et la caressa autour des oreilles. Les longs frémissements de plaisir de l'animal apaisèrent à peine son cœur au galop. Ali passa sous son encolure, enfila l'étrille à sa paume et donna les premiers mouvements circulaires. Au bout de quelques passages, les trémulations de ses mains cessèrent et il trouva le bon rythme et la bonne pression. Il suffisait de se laisser guider par les micro-impulsions des muscles de la bête. De se laisser aller à la répétition du geste jusqu'à n'être plus que cela, cette caresse sans cesse recommencée à la surface du corps puissant, s'y dissoudre, en devenir un prolongement sans perceptions propres. Il est des jours où la conscience de soi devient prison.

Tout à sa tâche, avec une obstination oublieuse et désespérée, Ali se faisait la belle. Des gouttes de sueur perlaient à ses tempes lisses, aussi noires et lustrées que la robe du cheval. Au bruit des bottes foulant la paille, les pensées d'Ali déboulèrent en rangs désordonnés. Dans cette coulée chaotique, la certitude d'une faute sans absolution possible.

— Voilà, ils sont partis. Je suis comme toi, tu sais. Les flics et les gendarmes, je les aime autant qu'une rage de dents. C'est pour Jessica. Juste pour elle... Te fais pas de mouron, je t'accompagnerai pour ta déposition... Ils sont pas aussi terribles qu'on pourrait le croire. Le Leoni, là, il a eu l'air de s'intéresser à Jessica. Vraiment. Et de vouloir coincer les salauds qui lui ont fait du mal.

Ali se tourna vers Louise et, sans s'interrompre, s'efforça de lui sourire. Sa pantomime n'eut pas l'air de la convaincre. Les émotions de la jeune femme se lisaient tels des sous-titres sur son visage rond et sans fard. *Je suis si triste pour elle. Et je m'inquiète pour toi, Ali.* La spontanéité de Louise la privait de l'aptitude à la feinte ou à la dissimulation. Elle avait cette manière simple et vraie de regarder les autres qui déclenchait d'emblée un lien de fraternité. Elle inspirait confiance et savait faire don de la sienne au premier contact. Sans chichis et sans contrepartie. Après, et en apprenant à la connaître, on n'aspirait qu'à une chose : être à la hauteur de ce cadeau. Louise pouvait vous rendre meilleur. Mais cela ne suffisait pas toujours. Cela n'avait pas suffi. Ali préféra se taire. Lui avait appris à louvoyer et à composer avec la peur. Question de survie. Le silence demeurait la forme la plus bénigne du mensonge.

— Ça t'a fait un choc à toi aussi, hein ? Je sais à quel point vous étiez proches...

— Oui...

— Mais ? Il y a autre chose, pas vrai ?

La main d'Ali fut saisie d'une crampe. L'étrille ripa sur l'échine de la jument qui renâcla. La colère monta aux joues de Louise, estompant ses taches de rousseur.

— Je sais que tu nous as entendus quand j'ai parlé des inscriptions de cette nuit ! Je… Je te l'ai caché parce que ça ne compte pas. Crois-moi, s'ils ont l'intention de remettre ça, ils auront droit à un comité d'accueil, ces merdeux ! Il ne faut pas les laisser t'atteindre, sans quoi c'est eux qui gagnent. Merde, Ali ! Tu vas pas te saper le moral pour des messages aussi minables, quand même ! Allez, regarde-moi s'il te plaît, dis-moi que ça va aller…

Paupières et nuque basses, Ali acquiesça. Plutôt se consumer sur place que de croiser le regard franc de Louise. Qu'aurait-elle vu dans le sien ? À cet instant, il aurait fallu la force combinée de dix chevaux de trait pour lui faire redresser la tête.

26

Marc Desmoulins, Jean-Marie Lemaire, Charles Fournier. Fée entra ces nouveaux noms dans trois bulles de couleur brune. Sur les flèches reliant les patronymes entre eux, une même légende : « Ligue de la France éternelle, racistes ». Deux bulles orange pour Louise Soler et Ali Zulma et la mention « centre équestre, proches de Jessica ». Pour chaque interrogatoire mené à Genech, Lille-Sud ou ailleurs, pour chaque recherche effectuée dans l'entourage de la victime ou en rapport avec la scène de crime, une bulle, des informations, des connexions avérées en gras, des connexions à étayer en pointillés. Des grappes, des grains épars, des voies rectilignes et des carrefours, ainsi Fée lisait-elle le monde. Ainsi avait-elle cartographié l'enquête en cours. Au centre de ce schéma dont les frontières ne cessaient de croître, la photo de Jessica Diao.

Penché au-dessus de l'épaule de Fée, Grégoire se gratta le menton en poussant un grognement dont elle renonça à interpréter la signification. Non-dits, sous-entendus, doubles sens et inflexions à charge émotionnelle, toute communication qui ne soit pas littérale ou explicite échappait à ses capteurs.

— Et les gens qui mentent, alors ?

Les pommettes de Fée se colorèrent d'un doux rose orangé. Ses doigts s'agitèrent sur un clavier invisible tandis qu'elle délivrait sa réponse d'une traite.

— J'ai distingué les données factuelles des données déclaratives, capitaine. Les premières, comme le nom, l'adresse, la profession ou les liens de parenté, sont en gras. Les secondes sont en bleu tant qu'elles n'ont pas été vérifiées et attestées par des témoignages concordants. Chaque nom renvoie à un fichier qui reprend les éléments des interrogatoires. S'il y a des mensonges ou des approximations, ils sont là. Le dessin rend compte de la situation dans son ensemble et sous toutes ses facettes.

— Ouais, renchérit Baudoin, même qu'on appelle ça un *mindmapping* ! Quelqu'un veut le dernier pain aux raisins ? Non ? Bon. Alors, c'est vendu.

Grégoire tripota sa Gitanes d'un air dubitatif. Du Diable si la vérité jaillissait de cet enchevêtrement !

— Quand même, maugréa-t-il, va falloir que tu demandes un écran plus grand. À la fin, ton machin ça risque de ressembler à l'univers !

Depuis l'encadrement de la porte où il se tenait depuis quelques secondes, Leoni pencha la tête, songeur. Bien que motivée par une aversion quasi pathologique aux nouvelles technologies, la remarque de Grégoire ne manquait pas de bon sens. *L'univers de Jessica... Et ce qu'on cherche, c'est le Big Bang.* Le commandant manifesta sa présence par un toussotement.

— C'est exactement ça. On calcule les orbites et les trajectoires des uns et des autres en s'intéressant aux points de convergence. Il va falloir creuser sous la surface et déterrer ce qui n'est pas directement visible. À ce propos, je veux qu'on porte une attention toute particulière à la Ligue de la France éternelle et à leurs sympathisants…

Sur le bureau de Fée, Leoni déposa son téléphone à la vue de tous. L'écran affichait la photo de la grange de Louise Soler avant ses travaux matinaux de ravalement.

— Ils n'en sont pas à leur coup d'essai. La proprio les connaît parce qu'ils se sont vantés devant elle de leurs précédents exploits. À demi-mot et sans témoins, ça va de soi… D'après le rapport de gendarmerie, le jour de la disparition de Jessica, ils avaient un alibi : ils étaient ensemble.

Téléphone à bout de bras, Grégoire venait enfin de faire la mise au point sur l'image des tags racistes.

— Tu parles d'un alibi ! Dans leur cas, ça sent plutôt l'aveu de collusion !

— Jessica ne s'est jamais plainte d'avoir été ennuyée par ces trois vermines. Mais il suffit d'une fois, pas vrai ? Et tant qu'on y est, Fée, soyons exhaustifs. Barbier, le capitaine de gendarmerie chargé de la première enquête, tu lui colles une bulle. Un beau gros zéro dont on va remplir les vides. Plus on aura d'infos, plus on aura d'angles d'attaque.

27

En admettant, un, la déviance religieuse de son sujet d'étude et, deux, le rôle central de la statue africaine dans ses rites expiatoires, Colette avait élaboré une hypothèse. Et si son voisin vouait un culte à une sorte de Vierge noire ? Tentant, non ? D'autant que, trois, il ne se passait pas grand-chose de neuf en face. Après l'observation, la retraitée s'était mis en tête de passer à une phase active de tests. Elle aussi allait créer sa déesse et elle ferait en sorte que X la voie. De l'expérience à la provocation, il n'y a qu'un pas. Colette le franchit allègrement.

Après une rapide estimation, elle compta qu'il lui manquait entre trente-cinq et quarante centimètres afin de parfaire son illusion. Elle fit glisser le pied de la lampe, recula de quelques mètres, jugea du résultat et plissa le nez en grimaçant. *Non, tu n'y es pas encore.* Elle se frictionna les tempes avec frénésie, plissa les yeux, pencha la tête, se gratta la boîte crânienne, puis les lobes d'oreille pour ventiler un cerveau tournant à plein régime, et enfin, leva l'index. *Eurêka !* Il suffisait de modifier l'angle de projection et d'infléchir l'inclinaison du spot de quelques degrés. Ce qu'elle fit. *C'est par-fait ! Du grand art !*

Lorsque Rémi entrouvrit la porte du bureau, Colette frappait dans ses mains en se trémoussant sur place. L'idée que sa grand-mère était en train de sombrer du côté obscur de la force lui titilla encore une fois les méninges. Comment expliquer, sinon, qu'une septuagénaire exprime le même ravissement hystérique qu'une gamine de quatre ans devant une licorne en peluche ? En fait d'animal fantastique, la construction devant laquelle s'extasiait Colette tenait davantage de la chimère de récupération. Un frottoir inversé coincé entre deux chaises et recouvert d'un tissu seventies. Dans son prolongement, une poêle fixée par le manche à l'aide d'un ruban adhésif fluo et coiffée de vieux cordons de rideaux et de languettes de papier. Agrafées au tissu, des formes grossières découpées dans du carton.

— Entre, Rémi. Et ne fais pas cette tête, je ne suis pas maboule.

— Je ne…

— Tatata ! Te fatigue pas, va. Ce regard, je le connais. J'ai été prof, tu te souviens ?

Colette éteignit la lampe et se dirigea vers son petit-fils, qu'elle prit par le bras pour le conduire devant son étrange assemblage.

— Qu'est-ce que tu vois ?

L'adolescent fit tambouriner un moment les doigts de sa main gauche sur son front.

— Un genre d'épouvantail ?

Colette lança un « Aha ! » pétaradant. Elle ralluma sa lampe et croisa les bras en toisant son petit-fils.

— Et maintenant, qu'est-ce que tu vois ?

Rémi se frotta le nez en roulant les yeux. Cette fois, Colette débloquait grave. Qu'y avait-il à voir de plus que ce même machin à forme vaguement humaine ? L'expression de supériorité triomphante sur le visage de sa grand-mère lui mit la puce à l'oreille. Elle était encore en train de le mettre à l'épreuve. Quand le sage montre la Lune… La lampe, mais oui ! Rémi ne regardait pas dans la bonne direction. Il effectua un demi-tour pour faire face au mur. S'y découpait en ombre chinoise une élégante silhouette de femme aux mains ramenées en prière sur sa poitrine.

— Pour une sainte, c'est pas un peu chelou, les tresses africaines ?

— Pas chelou du tout. C'est exactement ce que je voulais. Par contre, pour marquer les traits du visage, les Post-it, ce n'est pas encore tout à fait ça. Faudrait trouver autre chose. Tu n'aurais pas une idée ?

— J'sais pas… T'as essayé la Patafix ?

Colette adressa un regard éloquent à Rémi avant de se mettre à farfouiller dans le tiroir de son bureau. Après plusieurs greffes et opérations de modelage, le résultat fut à la hauteur de ses espérances.

— Pourquoi tu fais ça, mamie, tu participes à un concours ou ce genre de truc ?

— Une expérience personnelle. J'introduis un nouveau paramètre dans le chaos. Mais je dois encore vérifier une chose essentielle. Attends-moi là.

Sans plus d'explication, Colette quitta le bureau. En cinq minutes, elle atteignit l'extrémité du jardin. À cette distance, la magie de son trucage prenait un caractère mystérieux, voire inquiétant. *Sculpter les ténèbres pour faire jaillir la lumière… Oui, ça en jette.* Du pouce, Colette traça une croix dans le vide. *Ainsi je te baptise Allégorie de la caverne, par Colette Chabroux.*

Elle s'apprêtait à rebrousser chemin lorsqu'un léger mouvement au sol attira son attention. Colette se pencha. Couché à la renverse, les plumes blanchâtres de son ventre hérissées par le vent, un pinson des arbres battait faiblement de l'aile. Colette déroula son écharpe et s'en servit pour cueillir le passereau en prenant soin de ne pas le blesser davantage. Au travers du lainage, elle percevait la cavalcade épouvantée du petit cœur. Le sien s'en trouva tout retourné. C'était une chose d'augurer de la fin précipitée du monde, d'avoir même renoncé à l'espoir de le sauver et de le claironner à qui voulait bien l'entendre. C'en était une autre de tenir une petite vie entre ses paumes et de percevoir les secousses de son agonie.

28

Le chien orange bondit en poussant un grondement aussitôt étranglé par son collier. Du tranchant des mains, Thierry écrasa les jugulaires de l'homme et le reçut entre ses bras ouverts. Il l'allongea au sol et vérifia son pouls. Il vivait. Simple constatation clinique. Il lui ligota les chevilles et les poignets, avant de le traîner dans la maison. Il hissa le corps inerte sur une chaise à laquelle il le solidarisa en trois tours de ruban adhésif. Après avoir verrouillé la porte d'entrée et tiré les volets, Thierry alluma la lumière et débrancha le fil du téléphone. Alors seulement, il reprit une inspiration complète. À l'extérieur, le chien s'égosillait toujours.

Dans la maison régnait le même laisser-aller qu'au-dehors. Le désordre sale d'une solitude puant le renfermé et le tabac froid. Vêtements de travail raidis jetés sur un banc, bottes croûtées renversées sur des carreaux de ciment aux motifs effacés, vaisselle souillée à même le bois de la table. Sur le buffet au plateau fendu, une soupière regorgeant de prospectus et de lettres dont la plupart n'avaient pas été ouvertes et, dans son cadre à l'argent éteint, une photo de mariage.

Un couple, jeune, y posait devant la maison. Il y avait des fleurs d'été dans les jardinières et des fleurs tressées dans les cheveux libres de la mariée. Des fleurs en bouquet dans sa main gantée aussi. Elle souriait à l'objectif. Un sourire étudié qui retenait quelque chose derrière le mur de ses dents serrées. Dans la main nue de la jeune épousée, celle d'un garçonnet d'une dizaine d'années aux cheveux indisciplinés et à l'air solennel. Le marié, vêtu d'un costume bleu nuit de velours ras, tenait dans ses bras une fillette en robe à smocks. Lui souriait à la mariée. Ses yeux disaient un bonheur simple et sans arrière-pensée. De la petite fille, on ne distinguait qu'un profil poupin et une menotte en bouton de fleur posée sur le large col satiné.

Thierry brisa le cadre contre le plateau de marbre et retira la photo.

« Louis et Élise, 10 juillet 1971. »

Lorsqu'il se retourna, son prisonnier dardait sur lui un regard atone. Deux billes d'un bleu céruléen dans lesquelles Thierry ne lut aucune émotion. Pas même une interrogation.

— Je suis le fils de Sandrine.

L'homme cilla. Bien sûr, il savait. Hormis les outrages du temps, le passé avait la même gueule que le présent.

29

À demi renversé sur son fauteuil, Leoni identifia le bruit caractéristique du chariot de la femme de ménage quittant l'ascenseur. Il était dix-neuf heures et il n'avait pas avancé d'un pouce. Il ferma les yeux et les rouvrit en faisant une nouvelle mise au point sur le schéma de Fée pour tenter d'en capturer l'essence, isoler le fil qui en détisserait la trame. Un nœud de vipères. *Oui, mais laquelle écraser en premier ?*

Barbier, le capitaine de gendarmerie, dont les lacunes de l'enquête pointaient de plus en plus l'insuffisance coupable sinon complice ? De quelle autre manière justifier que les prétendus interrogatoires de Desmoulins, Lemaire et Fournier n'aient donné lieu à aucun PV ? Où étaient ces trois-là le matin du 14 avril ? En tout cas, pas sur les bancs du lycée de Genech où ils étaient scolarisés en classe de terminale à l'époque. Leur absence y avait été enregistrée pour la journée.

Si le triumvirat fascisant était impliqué dans le meurtre de Jessica, Barbier cumulait deux mobiles vraisemblables : familial et idéologique. Il était l'oncle de Charles Fournier et son épouse, Sophie Barbier née Guignot, avait émargé aux dernières élections sur la liste du Front national. S'être présentée au suffrage universel sous son nom de jeune fille ne lui avait pas permis d'échapper à la traque virtuelle de Fée. Bien que l'idée de placer Barbier en garde à vue soit séduisante, Leoni la savait irréaliste et contre-productive. Sans carte maîtresse à abattre à la suite, la tactique était perdante.

Restait l'option d'aligner les trois suspects et de jouer un grand coup de poker. *Ça non plus, c'est pas gagné. Tu n'as rien d'autre que des présomptions. Autant dire du vent. Il nous faut un point d'appui. Un témoignage. Un seul. Pour faire tomber le premier domino. Et si ton intuition n'est pas bonne, c'est ton château de cartes qui tombera.*

Leoni s'accouda à son bureau en soupirant et cliqua sur le dossier de Marc Fievet. Le type au chien… Celui qui n'avait pas l'air bien net. Les premiers éléments réunis étaient maigres. Cinquante ans, marié, un fils de vingt-cinq ans domicilié à Paris. Casier vierge pour chacun des membres de la famille. À la case activité, il était mentionné « arrêt maladie longue durée ». *Mmh, ceci explique peut-être cela ?* Sa femme, Laurence Fievet, exerçait la profession de secrétaire juridique. *Secrétaire juridique, hein…* Leoni se gratta le menton. Lui revenait en mémoire la tirade de Louise Soler lorsqu'elle avait dressé le portrait de Charles Fournier « Fournier, c'est le pire des trois. Il se croit invincible parce que son père est avocat. »

Leoni décrocha son téléphone.

— Grégoire, c'est toi qui es sur Fievet ? Trouve-moi l'employeur de sa femme.

30

1968, département de la Creuse.

Jean-Toussaint se bat contre tous les temps. Le temps qui essore la mémoire, rétrécit les souvenirs et fait des trous dans le passé. Le temps qui pleut, glace et brume à lui givrer la raison. Tous les jours, par petits bouts, il refait le chemin à l'envers. Le couteau dans la boutique de M. Guo. La bagarre avec Teddy. La jupe plissée, les souliers et le chemisier blanc de Mme Rivière, l'assistante sociale de La Réunion. L'air perdu de Mamilouise. Ses dernières paroles. La dernière fois qu'elle l'a plaqué contre elle. Le foyer de Bellepierre. L'aéroport de Gillot. L'avion. L'apparition de son ange. Le si long voyage. Le foyer de Guéret dans un pays qui s'appelle la Creuse. L'école. Mme Guillet et son regard de chouette. Marie-Ève qui sourit. Marie-Ève qui rêve. Les dents de cheval de Mme Bourdin. Marie-Ève qui pleure. Les yeux de Marie-Ève au moment du départ. La promesse qu'il lui a faite dans son cœur et qu'il a été incapable de prononcer. Le trajet en voiture jusqu'ici.

Ici, il ne sait pas où c'est. Un nulle part sans Marie-Ève. Sans horizon. Sillonné de cours d'eau et hanté de vents liquides. Une prison de forêts, de plateaux herbeux et de combes bouchées par les nuages tombés. Le ciel trop proche. Trop gris. Un sale pays. Jean-Toussaint pense que les habitants d'ici ont commis un horrible péché, sûrement, il y a très longtemps. Si longtemps qu'ils ont oublié pourquoi ils avaient été punis et comment ils étaient arrivés jusqu'ici. Pourquoi et comment ils avaient oublié d'en partir.

Lui, il ne veut rien oublier. Surtout pas sa langue. Et tant pis pour Mme Bourdin. Elle lui a dit qu'il allait apprendre l'agriculture. Celle-là, si les dents lui ont poussé aussi grandes, c'est à force d'utiliser des grands mots pour du pas grand-chose. En vrai, Jean-Toussaint garde les vaches chez un type deux fois plus vieux que Mamilouise. Sa peau, elle est si ridée qu'on dirait de la boue sèche et fendillée. Émile Tarier, il s'appelle. Jean-Toussaint, il l'appelle le vieux.

Le vieux, pour les mots, faut pas y compter. Ou il les a renversés dans un fossé ou il est arrivé en retard à la distribution. C'est une poignée le matin quand il verse le lait et une poignée le soir quand il verse la soupe. Entre les deux, à la mi-journée, il jette à Jean-Toussaint un « oh » caverneux et une besace pour le repas du midi. Les premiers jours, Jean-Toussaint n'arrivait pas à le comprendre, comme s'il parlait avec du sable dans la bouche. Maintenant, il s'est habitué. Mais le silence, ça non, il n'arrive pas à s'y faire. Alors il parle à haute voix. Il se raconte n'importe quoi. Des morceaux de récitations, le refrain d'une chanson, des noms de villes, de montagnes, de pays, ce qu'il est en train de faire, les pensées qui lui traversent l'esprit. Des mots de chez lui. Il joue à l'abécédaire. Une fois, il a buté sur un petit mot de rien et ça l'a rendu fou. Pendant deux jours et deux nuits, il a cherché de toutes ses forces. Après cette peur panique, il l'a gravé sur le tronc d'un arbre. Depuis, il ne s'arrête plus. Les bois autour de la propriété du vieux sont devenus un dictionnaire. Les pages, c'est pas ce qui manque. Sur sa lancée, il a eu l'idée de baptiser les vaches. Puisqu'il leur parle, autant leur donner des petits noms. Celle qui gambade tout le temps, c'est Eulalie-d'ici. La plus grosse et sa préférée, c'est Mamilouise-d'ici. Quand il lui cause, il a l'impression qu'elle l'écoute. Elle a les yeux d'un beau brun chocolat et de très longs cils en éventail. Comme il couche dans le grenier au-dessus de l'étable, des fois, avant d'aller dormir, il colle sa joue contre le pis de Mamilouise-d'ici et il ferme les yeux en se bouchant les narines. C'est chaud, c'est doux, c'est tendre. Il se sent tout de suite mieux, et juste après, les larmes lui montent aussi dures que des cailloux. Tellement dures qu'un jour elles vont lui crever les paupières. C'est un truc qu'il ne s'explique pas. Comment peut-on être aussi heureux et malheureux à la fois ? C'est juste pas possible. Pourtant, c'est très exactement ce qu'il ressent. Alors il a inventé un mot pour le décrire. Le bon-mal-au-cœur.

Jean-Toussaint a bon-mal-au-cœur chaque fois qu'il pense à Marie-Ève. Et il y pense plusieurs fois par jour. Il en rêve aussi la nuit. Même les soirs où il se sent plus fatigué qu'un cheval. À certains moments, c'est si réel et si fort que ça le réveille. Ça lui fait des choses dans le bas du ventre dont il a tellement honte qu'il préfère autant qu'il n'y ait pas de mots pour ça. À cause de Tarier et de son agriculture, il a perdu son ange. Et ça, il n'est pas près de le pardonner. Jamais.

Le mois dernier, il y avait un autre gars dans le champ d'à côté. Un gardien de vaches, comme lui. Enfin, presque comme lui. Un Blanc maigre avec des cheveux rouges et de la barbe au menton. Le coquard qu'il avait sur l'œil ! Un œuf pareil, Jean-Toussaint n'en avait jamais vu de sa vie. Il a essayé de lui parler. L'autre l'a regardé comme s'il était un extraterrestre. Jean-Toussaint a voulu passer la barrière. Mais le vieux de l'autre s'est pointé avec un bâton à la main et il a décampé sans demander son reste. Sûr que son vieux à lui, il n'est pas vraiment méchant. Il rigole pas avec le boulot qu'il y a à faire et il est pas plus causant que ses vaches, mais il a jamais levé la main sur lui. Et il vaudrait mieux que ça ne change pas.

Jean-Toussaint a volé un petit couteau dans le tiroir du buffet. Rien à voir avec celui de M. Guo. Mais quand même, c'est un couteau. Avec, il taille de petites figurines. Quand il travaille le bois, Jean-Toussaint oublie un peu le froid. S'il y a un truc qu'il aimerait oublier, c'est bien ça. Mamilouise, Eulalie… Tous ont eu droit à leur petite sculpture, même cette brute de Teddy. Des Marie-Ève, il en a des dizaines. Il emporte tout son petit monde dans sa besace et il s'amuse à les faire parler. Il a bien rigolé la fois où il a présenté Marie-Ève à Mamilouise.

Oui, il a bien rigolé… Mais d'entendre son propre rire, ça lui a fait bizarre. Il avait l'impression que c'était un autre qui riait dans son corps. Certains jours, il ne reconnaît plus sa voix.

Aujourd'hui est un jour spécial. Il l'a repéré sur le calendrier de la cuisine. Pour fêter l'événement, il sculpte le visage de Marie-Ève sur un médaillon de bois. Il a déjà la cordelette pour le porter autour de son cou. C'est son cadeau.

— Je m'appelle Jean-Toussaint Éthève et aujourd'hui j'ai onze ans.

31

Sur les derniers cinq cents mètres, le 4 × 4 de Leoni louvoya entre des branches brisées à la dérive. Des portions entières du chemin disparaissaient sous une peau végétale remuée d'ondulations imprévisibles.

— Saloperie de vent ! maugréa Grégoire. Si ça continue, on va plus voir la route ! Alors, commandant, Fievet, on le joue comment ?

Les secondes s'étirèrent avant que Leoni ne réponde à son lieutenant. Le fil qui le ramenait à Genech était plus ténu qu'un brin de soie.

— Au jugé et sans gants, lâcha-t-il en coupant le moteur. S'il a vu ou fait quelque chose, il a eu tout l'après-midi pour repenser à notre conversation. Sinon, ce sera juste un mauvais moment à passer. On n'a rien de rien, Grégoire, pas question de laisser passer la plus petite chance.

— Ok, on cogne tous azimuts et on voit si on tombe sur un os.

Leoni hocha la tête. *Ancu sì tù pisti acqua in u murtaru, ci vole a pruvà*[1].

1. « Même si c'est piler de l'eau dans un mortier, il faut essayer. »

Laurence Fievet, une petite femme au visage maigre et au regard vif, leur ouvrit la porte. Une coulée de feuilles s'insinua dans le vestibule en même temps que les deux enquêteurs. Dans la salle à manger, Marc Fievet reposa ses couverts dans son assiette et éteignit la télé. Roulé en boule sur un tapis près de la cheminée, le chien leva le museau, donna deux coups de truffe en l'air et se rendormit.

— Je suppose que vous voulez parler à mon mari. Il m'a dit… Cette pauvre petite, c'est vraiment triste.

— Je ne sais pas ce qu'il vous a dit, attaqua Leoni, mais à nous, il nous a caché des choses.

Leoni et Grégoire contournèrent Laurence Fievet qui s'était figée dans l'entrée et rejoignirent son époux. Grégoire ne lui laissa pas le temps de se redresser de sa chaise.

— Restez assis, monsieur Fievet.

— Je ne comprends pas, qu'est-ce que ça veut dire ? Je croyais que j'allais être convoqué !

Leoni tira une chaise et en désigna une à Laurence Fievet dont la stupeur était manifeste.

— Ça veut dire qu'entre ce matin et maintenant les choses ont pris une nouvelle tournure. On a deux témoins qui vous ont vu le 14 avril entre sept heures trente et huit heures. Ils vous ont situé entre le domicile de Jessica et le lycée.

Fievet vida son verre d'un trait et le reposa brusquement.

— Je ne vois pas ce que ça change ! Je vous ai jamais dit que j'étais pas dans le coin, je vous ai dit que je m'en souvenais pas !

Leoni pointa l'index sur sa poitrine.

— Eux, en tout cas, ils s'en souviennent très bien, précisément parce que ce n'était pas un jour comme un autre. On a leurs dépositions, vous étiez à proximité de la gamine. Et c'est la dernière fois que Jessica a été vue vivante.

Fievet s'essuya les mains sur son pantalon. Il avait soudain blêmi. Il jeta un regard de biais à son épouse, qui semblait prise de catatonie.

— Je… Peut-être… Je sais plus ! Je vous ai dit que c'était mon circuit habituel… Mais je me souviens plus, c'est vrai !

Grégoire leva les yeux au ciel et donna un coup sec sur la table.

— Laisse tomber, commandant, on l'embarque et puis marre. Quarante-huit heures de garde à vue, ça lui rafraîchira la mémoire.

Laurence Fievet porta la main à sa bouche, étouffant un cri.

— Non, non ! gémit-elle. Je ne sais pas ce que vous croyez, mais mon mari vous dit la vérité… Il prend des médicaments, c'est ça qui l'embrouille !

— Vous voulez dire qu'il ne se souviendrait pas d'avoir croisé une personne le jour même ? ironisa Grégoire. À moins qu'il ait vraiment perdu les pédales… Et dans ce cas…

Le commandant se tourna à nouveau vers Fievet dont la paupière soubresautait.

— « Si j'avais vu quoi que ce soit, je serais allé le dire », c'est mot pour mot ce que vous avez déclaré. Nous savons que vous avez vu Jessica le jour de sa disparition, alors pourquoi n'êtes-vous pas allé le dire aux gendarmes ? Monsieur Fievet, je vous parle ! Regardez-moi ! De quoi ne voulez-vous pas vous souvenir, de l'avoir vue ou de l'avoir tuée ?

Fievet s'obstinait à regarder le dos de ses mains, comme si la réponse était inscrite là, dans la chair pâle et renflée. Sa femme s'était pétrifiée. Leoni lui secoua le bras.

— Madame, allez chercher les médicaments et l'ordonnance de votre mari. Monsieur Fievet… Monsieur Fievet ?

— Je l'ai vue, mais… C'est pas ça, c'est pas ça… Je suis désolé. Laurence…

La femme retomba lourdement sur sa chaise. Le front dans la paume de ses mains, Marc Fievet expulsa un premier sanglot. Le chien enfouit sa tête sous ses pattes en gémissant. Leoni sentit le picotement de la victoire et détesta instantanément éprouver pareil sentiment.

32

Je l’ai vue, Seigneur, je l’ai vue !
J’ai vu rôder son ombre !
Ils l’ont libérée, ces ignorants !
Ils l’ont sortie de sous la terre !
Elle est revenue des enfers,
Et elle va les libérer toutes,
Toutes ses sœurs.
C’est par celle-là qu’elles trouveront le chemin.
Et alors, elles formeront une armée pour la libérer,
Elle,
La mère de toutes les succubes,
Lilith.
Et Lilith lèvera une armée plus grande encore,
Une armée de ténèbres.
Mes destinées sont dans ta main, Seigneur !
Fais de moi l’instrument de ta lumière !
J’ai la foi,
Donne-moi la force,
La force de les anéantir toutes !

33

— Pourquoi tu m'as attaché, fils ? C'est elle qui t'envoie ?

Thierry détourna le regard. Il aurait voulu le frapper et le frapper encore jusqu'à lui broyer la bouche sur les dents. Ses bras pendaient le long de son corps, inutiles. Il n'avait plus la force de serrer le poing.

— Tu ne sais pas tout. Elle ne t'a pas dit toute la vérité. Détache-moi et je vais te dire. S'il te plaît... Quand tu sauras, tu comprendras. Fils, s'il te plaît...

La démarche titubante, Thierry agrippa le dossier d'une chaise et la tira devant l'homme ligoté. Albert Carlier pleurait. Le bleu de ses pupilles y avait gagné en lumière et en intensité. De la morve coulait de son nez. Ses traits s'étaient affaissés. Quand il ne suppliait pas, il geignait. Thierry fut pris de nausée. Il croyait être venu pour le faire parler. Il s'était trompé.

— Elle est morte il y a huit ans. Tu vas fermer ta gueule et m'écouter. Jusqu'au bout. Sinon, je te jure que je t'arrache la langue.

Carlier battit des paupières en reniflant. Thierry le fixa sans le voir. Les mots s'échappèrent. Il eut la révélation de les avoir portés dans l'attente de ce moment. D'entrer en confession face au salaud condamné à entendre. Non, Sandrine ne l'avait pas envoyé jusqu'ici. C'était même tout le contraire. Jusqu'à la fin, elle avait tenu bon. Ses cailloux blancs, elle les avait jetés à pleines poignées et dans toutes les directions. Elle avait trompé son fils sur tout. À commencer par ses origines à elle. Il était une fois une petite orpheline ballottée de foyer en foyer… Quelques anecdotes, des prénoms par-ci par-là, des galères et des victoires… Au fil des années et des questions de Thierry, Sandrine avait brodé sa fable.

Quand il était entré dans la police, Muissen avait proposé à sa mère d'entamer des recherches généalogiques. Peut-être avait-elle encore des parents éloignés avec lesquels renouer des liens ? Elle le lui avait interdit. Elle ne lui disait pas souvent non, Sandrine, mais là, elle s'était montrée intraitable : « Ces gens n'existent pas. Ma famille, c'est toi et c'est ici. Tout ce qui est derrière ne compte pas. Quand on ressasse le passé, il n'en sort que du mauvais. » Et pour le coup, elle ne mentait qu'à moitié. Thierry n'avait pas insisté. Il l'avait, elle. Il y avait Flo, la voisine de palier. Avec Sandrine, elles étaient comme des sœurs. Il y avait Jenny, la fille de Flo. Fatima et Kader, les parents de Momo, son pote de toujours. Les frères et les sœurs de Momo… Une smala recomposée qui remplissait les critères d'une vraie famille, avec son lot de tracasseries et de contraintes, de coups de main et de petits bonheurs.

Sur le sujet de sa naissance à lui, Sandrine avait bâti

un scénario banal, éculé. « Quand je lui ai annoncé que j'étais enceinte, ça a été fini. Le lendemain, il s'est barré et je n'en ai plus jamais entendu parler. J'ai jamais eu trop de chance avec les hommes… Sauf avec toi, mon Titi. Si j'ai un conseil à te donner, c'est de tirer un trait sur lui. Ce type, il ne te mérite pas. »

Là encore, tout n'était pas faux…

Un jour, il avait insisté pour obtenir son nom. Sandrine le lui avait donné sans la moindre hésitation : Daniel Moreau. Des Daniel Moreau, dans les pages blanches, il y en avait une tripotée et Thierry avait vite abandonné. Était-ce si important après tout ? Ce Daniel Moreau, qu'en attendait-il ? En y réfléchissant, il n'aurait pas eu grand-chose à lui dire. Sauf à lui mettre une dérouillée. Question de principe. Pour avoir abandonné sa mère. Dans le fond, Daniel Moreau, il s'en balançait. Il avait appris à faire sans.

Muissen avait tracé la route et décroché son concours de lieutenant de police. Sandrine avait pris sa retraite. Elle faisait la pute de temps en temps, c'était tout ce qu'elle avait trouvé pour boucler les fins de mois. Dans minima sociaux, il y a minimum. C'était pas assez. Pour tout le reste, c'est-à-dire ce qui n'était pas monnayable, il y avait toujours du rab. Sauf quand il était question du passé. En vieillissant, Sandrine était devenue radine. Faut dire que quelquefois, elle s'était pris les pieds dans ses mensonges. « La mémoire, c'est plus ce que c'était, mon Titi… » Et puis elle était tombée malade. Le sida. En quelques mois, c'était fini. Le passé, c'était devenu elle.

— Après la cérémonie, je me suis occupé de ses papiers. Elle avait tout bien mis en ordre. Elle était forte, tu sais… Je sais plus si je t'ai dit, mais je suis marié. Ma femme s'appelle Éléanore. Elle veut des enfants. Des mois qu'elle me tanne ! Je me suis rendu compte que j'étais pas à l'aise avec l'idée d'être père. Je me suis dit que c'était parce qu'il me manquait une pièce du puzzle. Daniel Moreau. Alors j'ai repris mes recherches. Chaque fois que je faisais chou blanc sur un nouveau Daniel Moreau, des trucs me revenaient… Et plus je me les repassais, plus je voyais les coutures et les raccords. Je suis flic… Alors j'ai pris le problème à l'envers et j'ai enquêté sur elle, ma mère. Sandrine Muissen, fille de Louis Muissen et d'Élise Muissen, née Brunet. Orpheline, mon cul ! Les bobards qu'elle m'a servis, c'est pourtant pas le genre de trucs qu'on raconte à des gosses à la veillée. J'ai compris que la vérité serait moche.

La chaise de Carlier grinça.

— Je te jure, la vérité, tu la sais pas toute… dit encore une fois Carlier.

Les mains de Thierry se crispèrent à en faire blanchir les jointures. Carlier gémit et se tut.

— J'ai pas su m'arrêter. Dans ses papiers de Sécu, j'ai vu qu'elle consultait un psy depuis des années. C'est la seule erreur qu'elle ait commise. Il y a deux mois, j'ai volé son dossier…

D'un mouvement de la tête, Thierry ramena ses cheveux vers l'arrière. Il avait conscience du regard braqué sur son visage. Carlier ne bronchait pas. Lui le voyait flou. Une pâte de chair aux contours indistincts, trouée de deux pastilles bleues. Avec des choses dedans dont il n'était plus sûr de vouloir connaître la nature. Il se leva et se dirigea vers la cuisine où il s'aspergea le visage d'eau froide. Il cracha dans l'évier. Un goût de bile lui brûla la trachée. Il n'était plus temps de revenir en arrière. Mais peut-être était-il encore possible d'en rester là. Même si c'était nulle part.

Il sortit son téléphone.

34

La main dans sa poche, Leoni coupa son portable dont les vibrations étaient entrées en résonance avec les hoquets de Fievet. Il lui tendit un verre d'eau.

— Buvez, tâchez de vous calmer et racontez-nous.

Du revers de la main, Fievet s'essuya les yeux et le nez. Il but en lançant des coups d'œil anxieux à sa femme. Laurence, muette, entrelaça ses doigts dans les siens.

— Allez, monsieur Fievet, l'exhorta Grégoire, vous disiez que vous l'avez vue…

— Je l'ai vue, oui. Mais, Dieu m'est témoin ! je ne lui ai rien fait.

Visage fermé, Leoni s'abstint de lui rétorquer qu'en tant que témoin de moralité, ça faisait belle lurette que Dieu avait perdu toute crédibilité. En tout cas aux yeux de la police. Il l'encouragea d'un sourire sans chaleur.

— Elle… Elle allait au lycée. C'était pas la première fois que je la croisais. Elle marchait vite et il y avait les trois qui la suivaient…

— Les trois ? C'est qui, ça, les trois ? Vous pouvez être plus précis ?

De nouveau, Fievet regarda son épouse. Son menton tremblota.

— Charles, le fils Fournier, et ses deux copains. Desmoulins et l'autre, je ne sais plus son nom, mais c'est celui des taxis.

— Lemaire ?

— C'est ça.

Les deux policiers reprirent leur respiration à l'unisson. Le commandant se pencha un peu plus vers Fievet.

— Ils la suivaient, et après ?

— Je comprenais pas ce qu'ils disaient, mais ça rigolait.

— Qui rigolait, monsieur Fievet ?

— Eux.

— Et Jessica, elle rigolait, elle ?

— Je sais pas… Je… J'étais pas tout près… J'ai pas vu de mal…

Fievet but une gorgée d'eau. Leoni changea de position et déplia sa jambe pour l'empêcher de battre au sol.

— Bon, temporisa-t-il. Ils étaient derrière Jessica, ils rigolaient. Et après, qu'est-ce qui s'est passé ? Qu'avez-vous vu ?

— Ils ont couru pour arriver à sa hauteur. Ça chahutait un peu, quoi…

— Ça chahutait un peu, hein ? Qu'est-ce qu'ils faisaient exactement ?

— Ils… Ils étaient autour d'elle, comme font les

jeunes quand ils sont en bande… Je sais pas quoi dire d'autre.

— Et après ?

— Après… Je… Je sais pas. Ils sont passés derrière un bosquet… J'entendais qu'ils étaient encore là, mais je voyais plus rien.

— Vous entendiez quoi, qui ?

— Les garçons, je crois, mais… C'est difficile à dire… J'entendais des cris, ça je suis sûr. Mais j'ai pas pensé à mal, sinon… À cet âge-là, ils ne savent pas parler sans crier. Environ cinq minutes après, j'ai vu ressortir Desmoulins et peut-être deux ou trois minutes plus tard, l'autre… Lemaire, voilà. J'ai attendu qu'ils soient loin… J'avais pas envie qu'ils me voient.

— Pourquoi ça ?

— J'aime être tranquille quand je fais ma promenade. Une fois, ils ont jeté des pierres sur mon chien, alors depuis, si je peux les éviter…

— Et Jessica, et Fournier, vous les avez vus ressortir ?

— Non, j'ai attendu encore un petit moment, peut-être cinq minutes, mais j'ai vu personne. J'ai… J'ai continué mon chemin. Qu'est-ce que je pouvais faire d'autre ?

Leoni battit des paupières. Il prit l'air d'une inspiration saccadée.

— Quand l'avis de disparition a été émis, vous ne pouviez pas ignorer que ce que vous aviez vu ce jour-là était important. Pourquoi ne l'avez-vous dit à personne ?

— Eh bien… (La main de Fievet se contorsionna

dans celle de sa femme.) J'en ai parlé au capitaine Barbier. Mais il m'a répondu que je devais me tromper de jour. Et même, que ça n'avait sûrement rien à voir. Et… Et juste après il m'a demandé des nouvelles de Laurence. Elle travaille chez Me Fournier… Vous comprenez ? On vit sur un salaire, et il y a les études de notre fils… On n'a pas les moyens de faire des histoires… J'ai… J'ai seulement voulu protéger ma famille.

Laurence Fievet inclina sa joue contre le bras de son époux et lui caressa la nuque. Marc Fievet se remit à sangloter. Le commandant scruta son visage au modelé flasque dont les prunelles s'étaient éteintes. De la veulerie ou de la maladie, il fut incapable de déterminer laquelle était responsable de son apathie.

Il se leva en lui tournant le dos. Un mot ou un regard de plus et il lui aurait écrasé le visage contre la table.

35

Il en débaroulait des quatre points cardinaux. À pilonner la nuit. À bombarder la lune. Quand une bordée d'air mourait ici, une autre tonnait là. Dans le ciel pollué d'un halo lumineux, les nues déboulonnées formaient des tumeurs d'encre véloces et invasives.

Aucune perspective de rémission.

Cheveux ramenés sous un bonnet noir, Louise Soler sondait l'obscurité depuis la lucarne de la grange. Une mèche oubliée tirebouchonnait de sa tempe à la crosse du fusil calée dans le creux de son épaule. L'index sur la détente, elle attendait ses visiteurs.

Assis sur son lit, Ali n'attendait rien. Espérer était la pire des façons de se mentir à soi-même. Il tira la fermeture Éclair de son sac de sport et le jeta sur son épaule. Il éteignit la lumière et referma la porte en laissant la clé dans la serrure. Il fit basculer la béquille de son scooter et le guida sur le chemin en allongeant le pas. Puis il se mit à courir.

Fievet courait. Il courait en agitant les bras et en criant. Il se sentait léger, rapide et fort. Il fonça jusqu'au bosquet et mit les loups en déroute. Jessica lui sourit. Il se réveilla, le front en sueur, les bras ankylosés et les mollets douloureux. Des années qu'il n'avait pas couru, crié ou souri. Et il avait perdu le souvenir même de s'être un jour senti léger, rapide et fort. Il tâtonna à la recherche du flacon sur le chevet, dévissa le couvercle, prit un cachet et but une gorgée d'eau. Il bascula sur le côté et se cala contre le dos de sa femme. En fermant les yeux, il pria pour un sommeil sans rêves.

Même pas en rêve ! Rémi rédigea une première réponse puis l'effaça. Une deuxième subit le même sort. Au troisième essai infructueux, il abandonna et cliqua sur le lien envoyé par sa grand-mère. Balade dans la réserve de l'Escaut-Rivière. *Tu parles d'une proposition ! Un marécage à crapauds, j'suis sûr... Qu'est-ce que j'en ai à faire, moi, du phragmite des joncs, du martin-pêcheur et de la gorgebleue à miroir ! J'te jure...* Il soupira, se gratta le sommet du crâne, grimaça, tapa « 6 tu veux » puis sur Envoyer. Si ça pouvait lui faire plaisir... Une petite journée, c'était pas la mer à boire. Juste un mauvais moment à passer.

Allez, bois, encore un petit peu, fais-moi plaisir... Du bout de sa pipette, Colette fit tomber des gouttes d'une potion nutritive dans le bec entrouvert du pinson. *C'est rien qu'un mauvais moment à passer.* Elle caressa la tête de l'oiseau blessé, puis referma la boîte. Elle contempla l'ombre découpée sur le mur en se grattant l'oreille. L'expérience n'avait pas été concluante, X ne s'était pas manifesté, mais sa déesse était jolie. Elle lui prêta ses mains, dessina des arabesques, joua à lui donner des ailes et éteignit la lumière.

Il y a des couvercles qu'il ne faut pas soulever. Elle a volé la lumière, Seigneur. Et le Diable lui a fabriqué des ailes. Prends pitié de nous.

De la pitié, Thierry n'en avait plus une goutte. Essorée par le dégoût. Les supplications plaintives de Carlier lui parvenaient assourdies, mourantes. Il s'accroupit et tendit sa main. Le chien orange le renifla et lui lécha les doigts en poussant des glapissements de joie. Il détacha le mousqueton de sa chaîne. L'animal le fixa, modula un jappement doux et déguerpit. Thierry se releva au ralenti. Son portable vibra et battit contre la crosse de son arme. Un bout de lune apparut furtivement dans la plaie d'un nuage. Il frissonna en tournant le dos au chemin.

Leoni étouffa le frisson d'Éliane contre sa poitrine. Il posa sa bouche sur le croissant de peau entre la naissance de l'oreille et les cheveux. Lécha un peu de son odeur et lui murmura des paroles qui la firent sourire. Ils s'embrassèrent. Se séparèrent. Il la regarda disparaître dans le hall de son immeuble. Avant de monter en voiture, il sortit son portable, fronça les sourcils devant l'écran noir et le jeta sur le siège passager. Il passa la main sur sa joue en soupirant et se râpa la paume.

Mémé Angèle sourit. Sous sa paume, le front bombé, lisse et tiède de Lisandra. Le vent de nuit martela le store de la chambre sans froisser le sommeil de la petite dormeuse. Le Diable n'avait qu'à patienter.

36

1970, département de la Creuse.

Jean-Toussaint a aligné tout son petit monde sur la berge. Ses Marie-Ève occupent les premiers rangs. La plus grande, celle qui a des ailes, est posée sur un monticule de mousse dans lequel sont piquées des pâquerettes. Sous son arche de gui et de lierre, elle est la reine. Mamilouise et Eulalie sont aussi de la cérémonie. Teddy-la-brute, l'assistante sociale Rivière en habits de dame et Bourdin aux dents de cheval, il les a couchés face contre terre. Bourlot, le voisin de son vieux, pend à un gibet, le dos tourné à la rivière. Pas question de voir sa tête de saligaud qui se balance. Tous ceux-là qui ne sont pas des Marie-Ève, des Mamilouise, des Eulalie ou des vaches, il les a parqués dans un enclos de ronces. Ce ne sont pas ses invités, même s'il fallait qu'ils soient là quand même. Pour Tarier, son vieux, il n'a pas encore décidé.

Aujourd'hui, l'air est humide et il y a un petit rayon de soleil. Mais les mains et les pieds de Jean-Toussaint restent glacés. Ils ont tellement grandi qu'ils sont devenus des pièges à froid. Il a beau les frotter et les masser, y a pas moyen. C'est par là que le temps du dehors lui rentre en dedans. Après, ça lui gagne les os et, petit à petit, ça lui prend le cœur. Il ne sent plus le bon. Seulement le mal. Il est si fatigué.

Il vient de refaire son chemin à l'envers. Il n'a oublié personne, tous les mots lui sont venus. Il a même chanté une petite chanson quand il a eu fini de sculpter la vache Mamilouise-d'ici. Elle a eu droit à une belle souche de bruyère. Il fallait au moins ça pour sa grosse tête, son gros ventre et ses gros pis. Il lui a bien poli les cornes et les sabots pour qu'ils soient lisses et brillants. Comme avant. Il s'est appliqué à lui graver de longs cils et à reproduire le petit duvet sur son front et l'épi en tourbillon entre ses omoplates. Elle est magnifique. Mais elle ne le réchauffera plus. Jamais.

Il le savait bien, que quelque chose allait de travers avec Bourlot. Avec ce type, des mois qu'il y a du grabuge. Mais ce qu'il a fait là, même cette brute de Teddy n'aurait pas osé. Il a suffi que Jean-Toussaint s'endorme, un petit somme de rien contre le tronc d'un arbre, et l'autre fumier en a profité. Il devait attendre son heure, planqué dans le petit bois. C'est après qu'il a ramené les bêtes à l'étable que ça a commencé. Mamilouise-d'ici s'est mise à beugler comme une perdue en bavant tout ce qu'elle pouvait. Elle se vidait par tous les trous. Impossible de lui toucher le ventre. On aurait dit qu'elle avait avalé l'enfer et tous ses Diables. Jean-Toussaint a couru chercher le vieux. Le vieux, il a tout de suite compris. Il a bougonné « crevure de Bourlot » et il est reparti. Il est revenu avec son fusil et il l'a collé contre le front de Mamilouise-d'ici. Jean-Toussaint a hurlé, il a essayé de s'agripper à sa veste, mais le vieux l'a envoyé valdinguer. Il n'aurait pas cru qu'il y avait autant de force dans ces bras tout secs. Après il a tiré. Une fois. Jean-Toussaint a encore dans la tête le bruit qu'a fait la vache en tombant. Il a vomi. Il a sorti son couteau de sa poche, il était tout près de saigner le vieux. C'était moins une. Tarier l'a regardé avec un drôle d'air et il a fait : « Elle a plus mal, c'est mieux. » C'est pas tant ce qu'il a dit que la manière dont il l'a dit. Comme s'il en avait de la peine. Jean-Toussaint n'aurait pas cru qu'il y avait encore des choses à l'intérieur du vieux. À force, il avait fini par le voir comme un arbre avec des jambes et des bras. Puis Tarier est reparti avec son fusil en direction de la ferme de Bourlot. Ce qui s'est passé là-bas, Jean-Toussaint ne le sait pas. Quand Tarier s'est repointé, il avait la chemise déchirée et les mains en sang. Il s'est lavé dans la bassine de la cuisine, il s'est essuyé en prenant tout son temps, puis il s'est tourné vers Jean-Toussaint et a lâché : « Bourlot, il recommencera pas de sitôt. » Et après, il a servi la soupe. C'est tout.

Ils ont mangé et ils sont retournés à l'étable. Il a fallu tirer Mamilouise-d'ici dehors et tout nettoyer. La soupe, Jean-Toussaint ne l'a pas gardée dans l'estomac. Quand il a pris l'échelle pour monter se coucher, le vieux l'a retenu par la manche. « Le banc de la cuisine. Si tu veux dormir… Pour ce soir. » Jean-Toussaint a dit non. Des fois que Bourlot ne soit pas crevé et qu'il lui prenne l'envie de se venger… Du coup, avec cette histoire, le vieux Tarier, il ne sait plus dans quel camp il va le mettre. Peut-être derrière les vaches… Plus il y réfléchit, plus ça lui paraît juste.

Il pose sa Mamilouise-d'ici juste derrière son ange. Sa tête de bonne grosse vache baigne dans une flaque de soleil, ses cornes scintillent. Elle a fière allure. Il s'était promis d'être fort, mais c'est trop dur de retenir ses larmes. Il ne les essuie pas. Ce n'est pas si grave. Là où il va, personne ne saura qu'il a pleuré.

Il se sent si fatigué. Il a bien réfléchi après avoir refait son chemin à l'envers. Il est sûr de lui. Il ne veut pas avancer un pas de plus. Il ne veut pas revoir encore et encore mourir Mamilouise-d'ici. Il ne veut pas voir mourir Eulalie-d'ici. Il veut juste revoir Marie-Ève. Et les anges, ça habite dans le ciel. C'est là qu'il l'a rencontrée et c'est là qu'il va la retrouver. S'il est en avance, tant pis, il attendra. En haut, il y a déjà Mamilouise-d'ici. Il ne sera pas seul. Celle de là-bas, où qu'elle soit, il prie pour qu'elle ne l'ait pas oublié.

Une grenouille saute devant lui et l'éclabousse. Voilà, Jean-Toussaint a déjà les deux pieds dans l'eau. Ce n'est pas si méchant. Ses pieds, ils sont tout le temps gelés. Ils n'y voient que du feu. Il avance. Il n'a plus mal dans ses jambes. L'eau a emporté sa fatigue. Encore un petit effort et il atteindra le milieu de la rivière. Là où ça tourbillonne, c'est aussi profond qu'il est devenu grand. C'est là qu'il doit aller pour retrouver Marie-Ève. C'est là qu'il va.

37

À cinq heures, le groupe Leoni, renforcé de douze agents de police, se retrouva pour un briefing dans la salle de réunion de la DIPJ. Les hommes mirent au point les derniers détails avant leur départ pour Genech.

À six heures cinq, Grégoire Parsky, accompagné de quatre policiers, se présenta au domicile des Desmoulins pour y interpeller Marc Desmoulins et lui notifier son placement en garde à vue. Stupeur, déni, protestations, cris, colère, imprécations, rien n'y fit. Quarante minutes plus tard, soit le temps d'enfiler un jean et un pull et de procéder à la perquisition de sa chambre, Marc Desmoulins prenait, sous bonne garde, la direction de Lille. Supervisée par François de Saint-Venant, la scène se répéta à l'identique chez les Lemaire. L'urbanité naturelle du capitaine et une fermeté compréhensive destinée à calmer une mère proche de la crise de nerfs n'entravèrent pas le timing de l'opération. Leoni ne se laissa pas plus ralentir ou impressionner par les tentatives d'intimidation et les menaces directes de René Fournier, père de

Charles. Dans la salve de promesses d'apocalypse, le commandant prit bonne note que le rejeton de l'avocat d'affaires serait assisté d'un ténor en droit pénal. Rien qui ne le surprît. À la même heure que ses deux complices, Fournier fils courba la tête pour monter à l'arrière d'un véhicule de police. En prime, sa voiture personnelle, une Peugeot 308 GTI rouge et noir, fut saisie. Fournier l'avait reçue en cadeau pour ses dix-huit ans, soit trois mois avant les faits.

Entre sept heures vingt et sept heures trente, Desmoulins, Lemaire et Fournier furent allégés de leurs lacets et ceintures et conduits dans trois salles d'interrogatoire. À aucun moment, ils ne se croisèrent.

À sept heures vingt-deux, Desmoulins se retrouva face à Grégoire, qui retroussa ses manches et lui désigna une chaise. Au même moment, François sourit et invita Lemaire à prendre place. Quand Leoni pénétra dans la pièce qui avait été attribuée à Fournier, celui-ci se tenait debout, menotté entre deux agents. Selon l'adage « bon sang ne saurait mentir », il brandissait le spectre de l'erreur judiciaire et d'un complot dont lui et sa famille se faisaient fort de démasquer les commanditaires pour les offrir en pâture à la vindicte publique. À force de lever les poings au ciel, son pantalon avait glissé jusqu'à mi-hanche. Leoni frôla l'épaule du jeune Fournier, déposa sa tasse de café ainsi qu'un dossier sur la table, s'installa. Coudes écartés, menton posé sur ses doigts croisés, il fixa le prévenu quelques secondes en silence puis lui ordonna de s'asseoir. Fournier obéit.

À sept heures vingt-cinq, Desmoulins, Lemaire et Fournier reçurent notification de leurs droits. Arguant de leur innocence, Desmoulins et Lemaire renoncèrent à bénéficier de l'assistance d'un avocat. Ils déclinèrent également la proposition d'être soumis à un examen médical. Face caméra, Fournier invoqua son droit à se taire tant qu'il ne se serait pas entretenu avec l'avocat mandé par son père. Leoni accusa réception, sourit, le dévisagea à nouveau, puis quitta la pièce en recommandant aux agents de ne pas quitter le suspect des yeux.

À sept heures trente, Leoni salua Baudoin avant son départ pour Genech, où il avait été décidé de déployer une équipe de recherche dans la zone du bosquet indiquée par Fievet. Après dix-sept mois, la probabilité de récolter là-bas des indices ou des preuves tenait de la gageure. Mais, pour infime qu'elle fût, le commandant ne l'avait pas écartée. À huit heures quinze, dès le lever du soleil, si tant est que les nuages et le vent ne fassent rendre gorge à la lumière, les policiers seraient à pied d'œuvre.

À sept heures quarante, Leoni rejoignit Fée dont les doigts avaient commencé à battre la mesure bien avant l'aube. Elle cherchait à relier l'un des trois suspects ou Barbier avec le lieu où le corps de Jessica avait été abandonné.

— J'ai encore rien, commandant, mais…

— Je sais, je sais, ne t'inquiète pas. D'ici une heure, tu recevras les listings téléphoniques des portables de nos trois suspects ainsi que celui de Barbier. Tu les étudies en priorité. Tu sais quoi chercher. Si tu repères le moindre élément qui pourrait nous être utile, tu nous le communiques aussitôt… On n'a rien sur Barbier, c'est pour ça qu'il n'est pas encore de la fête, mais j'espère qu'il recevra très vite une invitation de dernière minute… Et j'ai hâte de la lui porter en personne.

— Comptez sur moi, commandant.

Leoni quitta Fée pour réintégrer son bureau. À neuf heures vingt-cinq, si l'avocat de Fournier ne s'était pas présenté, l'interrogatoire pourrait démarrer. Dès l'arrivée de son cador, Fournier aurait le droit de prendre conseil auprès de lui au cours d'un entretien confidentiel de trente minutes. À n'en pas douter, en digne fils de René, Charles le ferait valoir. Quoi que la tête pensante de la Ligue de la France éternelle choisisse de divulguer ou de taire à l'issue de cet échange importait peu. Leoni avait opté pour une stratégie de contournement et prévu de saper sa défense en s'attaquant à ses points faibles : Desmoulins et Lemaire. Rares sont les loyautés forgées pour résister à ce genre d'épreuve.

Leoni se massa le front. Un début de migraine lui poinçonnait l'intérieur du crâne. Il jeta deux cachets d'aspirine dans un verre et décrocha son téléphone. Hier soir, chez Fievet, il avait raté un appel de Thierry. Depuis, impossible de le joindre. Aucune réponse à ses nombreux messages. François, Grégoire et Baudoin n'avaient pas été plus heureux. Ce silence inhabituel et dissonant disait quelque chose. Il était temps de le rompre.

— Mohammed Bozakri ? Momo ? Leoni… Oui… Je sais que Thierry est chez vous, je voulais avoir de ses nouvelles.

38

Carlier était toujours attaché à sa chaise. Ses bras avaient été libérés. Ils reposaient de part et d'autre d'un épais dossier dont il venait d'achever la lecture. Sans l'aumône d'un répit. Thierry y avait veillé. Le bas du visage de Carlier était tuméfié. Son nez avait dévié de son axe. Au troisième coup, il avait abdiqué. Depuis, il se taisait. Seule Sandrine avait eu droit à la parole. Une nuit entrecoupée par les sifflements du vent et le froissement des pages qui se tournent. Le calvaire de Sandrine raconté par la bouche de Carlier.

Il n'y avait qu'une seule vérité.

Thierry passa la main sur son visage cireux avec la sensation d'entrer en contact avec la peau d'un autre. Les yeux de Carlier étaient dardés sur lui. Deux taches bleues dans l'aube grise. Il attendait l'autorisation de parler. Thierry lui donna son assentiment silencieux. Carlier se remit à pleurer. Ses lèvres remuèrent. Ses mots firent le bruit d'une râpe. Ce qu'il dit, Thierry ne le comprit pas. Il s'entendit lui demander de répéter. Sa voix aussi lui parut celle d'un étranger.

Carlier répéta :

— Je l'aimais.

Thierry ne réagit pas. Carlier continua :

— Et… Elle aussi, elle m'aimait. Elle n'a pas voulu s'en souvenir, mais elle m'aimait. C'était… C'était plus fort que nous. Jamais je n'ai voulu lui faire de mal. Je l'aimais trop pour ça.

La vérité de Carlier, c'est qu'il l'avait aimée. Cela seul avait compté. Cela seul expliquait tout. Ni justification ni remords. Ce constat nu. Il l'avait aimée. La solitude, la souffrance et la honte de Sandrine ne l'avaient pas atteint. Sandrine n'existait pas, elle n'avait été que l'objet de son amour. Il n'y avait que lui, l'amour qu'il avait voulu lui donner, le mal qu'il n'avait pas voulu lui faire. Pas de victime, pas de faute. Un sentiment plus fort que tout. Plus fort que nous. Sandrine ne voulait pas se souvenir. Sandrine avait oublié ce grand amour partagé, consommé une nuit de ses sept ans, quelques heures après l'enterrement de son père Louis. Sandrine avait tiré un trait sur onze années d'amour avec son demi-frère, Albert Carlier, fils du premier lit d'Élise Brunet, de dix ans son aîné.

« J'ai jamais eu trop de chance avec les hommes… Sauf avec toi, mon Titi. »

Violée de sept à dix-huit ans par son demi-frère, sa mère s'était enfuie en apprenant sa grossesse. Était-ce la honte qui lui avait donné le courage de couper les ponts ou le désir de protéger l'enfant à naître ? Sur ce point, Sandrine ne s'était pas confiée à son psychologue. Mais qu'elle puisse parler de chance ! Aucune tare ou malformation apparente et elle nommait ça de la chance !

La chance ou le hasard, Thierry n'y croyait plus. Shoots d'illusions. Came coupée de vent pour sursitaires et intouchables. Chaque pas qu'il avait cru faire en avant l'avait mené jusqu'ici. Son métier de flic lui avait donné l'impulsion nécessaire aux ultimes foulées. Il les avait accomplies en accro, un reste d'espoir chevillé à l'âme. Celui d'une prise de conscience, d'un repentir, du début d'un pardon. La descente était brutale.

Carlier, son oncle, son père, n'avait que de l'amour à lui donner. Un amour monstre.

39

Grégoire s'interrompit en dressant l'avant-bras en signe de cessez-le-feu. Il accepta la communication et se leva de sa chaise. Téléphone à l'oreille, il déambula dans la salle d'interrogatoire en lançant des « hum hum » sur un ton de plus en plus réjoui pour conclure par un jovial « bravo François ». Par contagion, la nervosité de Desmoulins prit la même pente ascendante. Il suivit le policier du regard en polissant plusieurs fois de suite l'arrière de son crâne chauve. Ses yeux noirs frangés de cils épais tranchaient avec un teint hâve et des joues imberbes, crevassées d'acné.

Grégoire remit le portable dans la poche de sa chemise et frappa dans ses mains en faisant sursauter Desmoulins.

— On en était où, dans tout ça ? Tu peux me donner les grandes lignes, Franck ?

L'agent chargé d'assister le lieutenant Parsky inclina l'écran de son ordinateur.

— Depuis le début ou…

— Non, non, juste la partie qui concerne son emploi du temps de la matinée du 14 avril. Avec tout ça, moi aussi, je suis un peu embrouillé. Et là, il s'agit d'avoir les idées claires.

L'agent rajusta ses lunettes et se mit à réciter :

— « Je me souviens seulement qu'on avait décidé de ne pas aller en cours. On s'est retrouvés chez Jean-Marie Lemaire, il y avait aussi Charles Fournier. Le 14 avril, on a passé la journée là-bas à réviser tous les trois. »

Grégoire se rassit en face de Desmoulins en faisant craquer chacun des doigts de sa main gauche à l'aide de son pouce. La gomme des baskets du suspect mordait le sol ciré en produisant de petits couinements aigus et agaçants. Desmoulins pencha le buste en avant en pesant des mains sur ses cuisses pour en faire cesser les tressautements.

— Pour réviser, hein ? Vous l'avez planté votre bac, non ? Lemaire aussi, non ? Faut croire que ça n'a pas été très productif... Enfin, pour vous. Parce que Fournier, il l'a décroché, lui. Mention très bien. Ah ! Il sait y faire, Fournier... Sinon, pour revenir à votre version des faits, c'est bien ce que vous avez dit ? Ce sont bien vos mots ?

— Euh... Oui, c'est à peu près ça.

— À peu près ? Ça veut dire quoi « à peu près » ? C'est ça ou c'est pas ça ?

— C'est ce que j'ai dit, marmonna Desmoulins.

Grégoire se massa les poignets en soupirant. Sa voix se fit aussi incisive que son regard.

— On discute gentiment depuis presque deux heures et je crois qu'on est partis sur de très très mauvaises bases. À part votre nom et votre date de naissance, il n'y a pas une seule chose de vraie dans ce que vous m'avez raconté. Dites-moi, est-ce que vous me prenez pour un lapin de trois semaines ?

Menton rentré dans les épaules, Desmoulins ramena les bras sur son torse. Ses jambes se remirent à picorer.

— Je vous ai posé une question. Est-ce que vous vous foutez de moi ? Répondez !

— Non, je… Non, bafouilla Desmoulins en se dandinant sur sa chaise.

— Alors c'est que vous êtes un triple idiot ! On sait que vous n'étiez pas chez Lemaire, le 14 avril. En tout cas, pas entre sept heures trente et huit heures quinze.

Grégoire ouvrit une chemise et fit glisser la photocopie d'un plan de Genech. Il pointa du doigt une zone cerclée de rouge.

— Vous étiez là. Avec Lemaire et Fournier. Jessica Diao aussi. Elle était en chemin pour se rendre au collège. Vous lui avez tourné autour, vous l'avez harcelée et vous l'avez entraînée dans ce bosquet. C'est la dernière fois qu'elle a été vue vivante…

— J'y suis pour rien !

— Si vous n'y êtes pour rien, pourquoi vous nous balancez toutes ces salades ? Pourquoi affirmer que vous n'avez pas vu Jessica ce jour-là ? Pourquoi raconter que vous avez passé toute la journée chez Lemaire ? C'est pour couvrir quelqu'un ?

Lèvres jointes, Desmoulins s'emmura dans un silence obstiné.

— Ben, je vais vous dire, votre copain Lemaire, il est moins con. Il a tout de suite compris ce qui lui pendait au nez et il est en train de s'expliquer. Parce qu'il a bien capté que c'était sa seule porte de sortie. Pour vous, vu la façon dont vous essayez de nous balader, la porte de sortie, elle est en train de se refermer. Vous êtes à ça ! gronda Grégoire en collant son pouce contre son index. Je pourrais vous faire signer votre baratin et vous envoyer direct chez le juge. Et vous croyez qu'il en penserait quoi, le juge, d'un type qui s'obstine à mentir malgré plusieurs témoignages contradictoires ?

Pupilles dilatées à l'extrême et bouche entrouverte, Desmoulins fixait Grégoire sans décrocher un mot. Le sourire mauvais, le lieutenant fit claquer ses doigts à quelques centimètres du visage tétanisé.

— Il penserait qu'il tient son coupable ! Lemaire, lui, il vient juste de sauver sa peau. Et Fournier, il a pris un avocat et pas un commis d'office, hein ! Parce que Fournier, c'est le plus malin. Avec son père avocat et son oncle gendarme, il sait comment négocier sa partie. Dans les affaires d'homicide, il n'y a plus de potes qui tiennent. C'est chacun pour soi. Sa seule façon de s'en tirer, c'est de vous charger au maximum. Et il va pas s'en priver. À vous de voir comment vous voulez jouer la vôtre, de partie. Assassinat sur mineure, c'est la réclusion criminelle à perpétuité. Même en tant que complice. Vous pouvez pas risquer plus gros !

— Je l'ai pas tuée ! Elle était encore vivante quand je me suis tiré !

40

Écouteurs vissés sur la tête, Rémi chaloupait et chantonnait dans la file d'attente en produisant d'improbables mimiques. Ses bras étaient chargés de paquets de gâteaux et de tablettes de chocolat. Au moment du petit déjeuner, il avait déclenché une anorexie sévère. « Non merci, je t'assure, mamie, même un verre d'eau ça le ferait pas. » Une heure plus tard, il dévalisait le rayon biscuiterie de la supérette. De l'autre côté de la paroi vitrée, sur le parking de la station essence, Colette observait son petit-fils avec un intérêt d'éthologue. Dans la grande famille de l'*homo sapiens*, les adolescents constituaient une sous-espèce au comportement fascinant. Leur appétit était soumis à une fonction sinusoïdale d'amplitude voisine de l'infini. Idem concernant leur niveau d'énergie. Pourtant, l'un n'était pas nécessairement corrélé à l'autre. De façon constante, les propriétés régissant le monde des adultes ne s'appliquaient guère dans le leur. Les Rémi évoluaient dans un espace multidimensionnel, maelstrom perpétuel de zigs et de zags. Des sortes de nombres hypercomplexes sur deux pattes. De drôles d'oiseaux, pensa-t-elle.

Colette eut une pensée pour son pinson. Aussitôt après, elle se demanda si elle avait bien verrouillé la maison. Elle était certaine d'avoir accroché les volets de l'étage et donné les tours de clé aux deux verrous de la porte sur rue, mais impossible de se revoir en train de faire de même pour l'entrée donnant sur le jardin. *Zut de zut, Colette ! Mais qu'est-ce...*

Elle se mit brusquement à trottiner en direction d'un homme.

— Monsieur ! Vous avez oublié quelque chose ! Monsieur !

L'inconnu se retourna, hésitant, soupçonneux. Elle se baissa, ramassa l'emballage qu'il venait de jeter au sol et le lui tendit.

— Vous savez combien d'animaux meurent chaque année à cause des déchets plastique ?

Interdit, le type en âge d'être son fils secoua la tête en acceptant presque malgré lui le bout de cellophane.

— Un million cinq cent mille, continua Colette. Des poissons, des tortues, des baleines, des oiseaux et j'en passe ! Dans les océans, la plus importante zone de concentration des microparticules de nos cochonneries a atteint une taille de 3,5 millions de kilomètres carrés, soit sept fois la France ! Votre papier, dans deux ans, si ça se trouve, il tuera un gypaète barbu ou il se retrouvera dans votre assiette. Maintenant, vous savez. Chacun de vos gestes a une conséquence. On a été dotés d'un cerveau et d'une conscience pour anticiper la portée de nos actes et en assumer les implications… Et contrairement aux concombres de mer, on a aussi des bras pour ramasser nos saletés !

Qu'il la prît pour une toquée hystérique ou qu'il fût impressionné par son autorité naturelle, l'homme déclara forfait et continua son chemin son ordure à la main.

À quelques mètres de là, près de son scooter, en train de faire le plein, Ali assista à la scène. Il raccrocha le pistolet, s'essuya les mains et smasha le papier dans la poubelle. *Chacun de nos gestes a une conséquence.* Quand bien même il dépolluerait l'ensemble des plages, canaux et rivières de la région, aucune chance qu'il se sente mieux ou moins misérable.

41

La main sur le dossier de la chaise, Charles Fournier ne semblait pas résolu à s'asseoir. Son jeune visage aurait pu être agréable sans cette bouche dessinée en un trait sec, trop court pour ses larges mâchoires, et ce regard impavide tamisant une condescendance détachée. Me Aslan sortit calepin et crayon de sa sacoche et les déposa sur la table.

— Eh bien ! Qu'est-ce que vous attendez ? Une demi-heure, c'est vite passé… À moins que vous ne préfériez rester debout, c'est comme vous voulez…

Fournier s'installa avec raideur.

— Si vous voulez récuser le choix de votre père pour un commis d'office, c'est votre droit. Mais c'est sans garantie. Vous devrez prendre le premier ou… la première venue. Alors, que décidez-vous ?

Julia Aslan sonda Fournier sans complaisance. Qu'un client rechigne à confier sa défense à une femme, le fait n'était pas inédit. Après vingt ans d'exercice, ces réticences la laissaient de marbre. Elle ne cherchait ni à convaincre ni à plaire. Pas de temps à gaspiller en jeux de séduction stériles. Et tant pis pour celles ou ceux trop sexistes pour se priver de ses talents. Ils libéraient des places dans la liste d'attente de ses clients.

— J'ai juste été surpris. C'est bon. Je fais confiance au jugement de mon père.

L'avocate consacra quelques minutes à échanger sur l'affaire dont elle avait pris connaissance au travers d'articles de presse. Une conversation presque à sens unique. Son nouveau client se contenta d'admettre qu'il était scolarisé dans le même établissement que la victime au moment des faits. Si la maîtrise et l'absence d'affect de Fournier l'étonnèrent, Julia Aslan n'en laissa rien paraître. L'urgent et l'important étaient ailleurs.

— Bien. Allons à l'essentiel. Il s'agit d'une garde à vue pour homicide sur mineure. Elle peut donc être prolongée de vingt-quatre heures et c'est ce qui a des chances de se produire. Mieux vaut vous y préparer. Si vous êtes ici, c'est qu'ils ont trouvé un moyen de vous relier à la victime, aux circonstances de sa disparition ou au lieu où le corps a été découvert. À ce stade, je suis sourde et aveugle, j'ignore donc ce qu'ils ont contre vous. Le commandant Leoni agit sous commission rogatoire du juge Éric Bayart. L'un comme l'autre sont des professionnels réputés réglos et intransigeants. Ils ne vous feront pas de cadeau.

— On peut dire que ça m'aide, commenta Fournier en regardant les ongles de ses mains.

— Je ne cherche pas à vous faire peur, mais à vous communiquer les éléments qui pourraient vous être utiles. Cela pour que vous puissiez prendre les bonnes décisions dans votre seul intérêt. Je dois aussi vous informer du placement en garde à vue de vos deux amis, Marc Desmoulins et Jean-Marie Lemaire.

— Je vois… Si je comprends bien, vous n'allez pas me faire sortir ?

Julia Aslan marqua une pause pour observer Fournier. Soit il ne mesurait pas la gravité de la situation, soit il appartenait à l'espèce des animaux à sang froid. *On sera vite fixés…*

— Je n'ai pas ce pouvoir. J'ai vu les PV, la procédure est irréprochable. Quelle que soit la suite, elle dépendra des réponses que vous apporterez et des preuves ou des témoignages dont la police dispose. Ils vont vous interroger sur vos relations avec la victime et votre emploi du temps au moment de sa disparition. Partez du principe qu'aucune question ne sera gratuite ou anodine. Derrière chacune d'entre elles, il y aura une intention et toutes vos réponses seront consignées. N'inventez rien, ne brodez pas. Ne croyez pas que vous pourrez y aller au bluff. Toutes vos approximations, vos erreurs même non intentionnelles se retourneront contre vous. Si vous ne savez pas, dites « je ne sais pas ». Si vous n'êtes pas sûr, dites « je ne suis pas sûr ». Surtout, évitez de mentir, vos mensonges deviendraient des éléments à charge. Si vous vous sentez mis en difficulté, rappelez-vous que vous avez le droit de vous taire. Plus le temps passera et plus vous serez fatigué, à bout de nerfs. Vous vous imaginerez qu'en leur apportant les réponses qu'ils espèrent vous en aurez plus vite fini, mais c'est faux. Être en garde à vue, c'est jouer au poker sans main face à des truqueurs patentés.

Les sourcils de Fournier s'arquèrent, ses lèvres marquèrent le dédain.

— Me taire ou dire la vérité, ça ne me laisse pas beaucoup d'alternatives…

Aslan fit basculer son crayon entre ses doigts. Ses yeux noirs sondèrent à nouveau son client. Dos droit, Fournier soutint son regard sans manifester d'émotion apparente. *Nous y voilà…*

— Vous avez compris l'essentiel. Votre marge de manœuvre dépend de votre implication réelle dans les faits qui vous sont reprochés et des éléments en possession des enquêteurs. La seule chose qui soit sous votre contrôle, c'est ce que vous allez choisir de dire ou de passer sous silence.

— Et à la fin de la garde à vue ?

— Un peu avant la fin de la garde à vue, qu'elle soit prolongée ou non, vous serez présenté au juge Bayart. Soit il y aura abandon des poursuites, soit vous serez mis en examen pour les mêmes motifs, à moins qu'entre-temps de nouveaux éléments permettent de les requalifier. Dès cet instant, j'aurai accès à votre dossier. Avez-vous d'autres questions ?

— Votre nom, il est de quelle origine ?

— Turque.

— Et vous ?

— Qu'entendez-vous par « et vous » ?

— Avez-vous des questions ?

— Une seule. Depuis ce matin, avez-vous mangé ?

Aslan se retint de sourire en rangeant ses affaires. Fournier avait été déstabilisé. Sans doute s'attendait-il à ce qu'elle lui demande s'il était innocent ou coupable. Ce n'était pas la priorité du moment. Et l'avocate n'avait pas pour habitude de poser des questions dont elle devinait la réponse.

42

1975, département de la Creuse.

Jean-Toussaint est dans les nuages. Sa tête repose contre un nuage de roi et il suit des yeux un petit nuage échevelé en train de faire du toboggan sur la colline. Il pense à Tarier. Quand le vieux l'a repêché, Jean-Toussaint était congelé. Paralysé, mais conscient d'être encore vivant. Pour l'avoir empêché de rejoindre Marie-Ève, il l'a haï plus fort que Teddy-la-brute, Rivière-la-menteuse, Bourdin-dents-de-cheval et Bourlot-l'empoisonneur réunis. Le vieux lui a frotté toutes les parties du corps en poussant des jurons dont il ne comprend toujours pas le sens. Jamais le vieux n'avait autant parlé en une seule fois. Il se souvient que Tarier n'avait plus sa casquette quand ils l'ont mis dans l'ambulance. Son crâne était blanc, presque rose, avec du duvet gris dessus. Et il se le grattait avec un air tellement embêté qu'on aurait dit Mamilouise. Après, plus rien. Comment il est arrivé à l'hôpital, c'est le noir total. Tarier, il ne l'a plus jamais revu. Mais quand Jean-Toussaint s'est réveillé, quelques jours plus tard, ses affaires étaient dans sa chambre. Sa besace avec tout son petit monde en bois aussi. Si le vieux a quitté ses vaches pour la lui ramener ou s'il la lui a fait porter, il ne le saura jamais. Mais il l'a détesté un peu moins. Parfois, il se demande ce qu'il devient, Tarier. Si Bourlot, cet assassin, est bien mort. Et si Eulalie-d'ici gambade toujours en faisant ses drôles de pas chassés. Après l'hôpital, Jean-Toussaint est retourné au foyer de Guéret. Toujours pas de lettre de Mamilouise ni d'Eulalie. Et impossible de savoir où ils avaient envoyé Marie-Ève. Pour ce qui était des prochaines vacances, Jean-Toussaint avait compris depuis longtemps que leur calendrier ne décomptait pas les jours, les semaines ou les mois, mais les années. Si elles avaient vraiment existé, ces prochaines vacances.

La seule chose de sûre, c'est que, pour lui, l'agriculture, c'était fini. On lui a dit qu'il allait apprendre le bâtiment. Le bâtiment, c'est pas moins fatigant que l'agriculture, mais il a vu du pays. Comme il était plutôt doué pour le travail du bois, de fil en aiguille, il s'est retrouvé placé chez un menuisier. C'était déjà une chance. Mais le meilleur et le plus beau, c'est pas ça. Comme quoi, il a été bien inspiré d'y aller, jusqu'au milieu de cette satanée rivière.

— Tu rêves, Jean-Toussaint ?

Tu parles qu'il rêve ! Six mois qu'il vit un rêve éveillé. Qu'il vente, qu'il pleuve ou qu'il brumaille, il se lève avec le sourire. Il a faim comme jamais. Envie de chanter tout le temps. Il se sent si fort qu'il serait capable de soulever ses Mamilouise, celle d'ici et celle de là-bas, une dans chaque bras. Des Bourlot et des Teddy, il pourrait en mettre cent mille à terre.

Il n'a plus froid. Il n'est plus seul. Elle est là. Elle a chassé le sale temps. Qui ne rêverait pas de reposer contre le sein de Marie-Ève ?

Jean-Toussaint se redresse. En appui sur son coude, il la regarde et lui sourit. Marie-Ève se serre un peu plus fort contre lui. Nom de Dieu ce qu'elle est belle ! Elle a toujours ses yeux univers. Même quand elle ferme ses paupières, il continue de voir tournoyer les planètes, flamboyer les soleils.

La première fois, il a cru à une hallucination. Un mirage de brume. Le mirage s'est mis à courir. Lui avait les pieds pris dans la glace. Il n'osait plus y croire. Il a fermé les yeux en se disant que si son imagination était en train de lui jouer un sale tour, le bon-mal-au-cœur allait l'emporter en une fois. Qu'il allait crever là, debout, pétrifié sur le sentier. Et puis il les a rouverts. Ce n'était plus une petite fille. C'était une femme. À la manière dont elle l'a regardé, il s'est senti devenu homme. Elle a mis ses bras sur ses épaules en répétant « mon Jean-Toussaint, mon Jean-Toussaint ». Mon Jean-Toussaint. Il en aurait pleuré de joie. Marie-Ève, elle, pleurait. Et il était heureux de la faire pleurer.

Depuis, ils se voient en cachette. Ils se laissent des petits mots dans le creux d'un arbre pour se donner des rendez-vous. Marie-Ève n'est pas infirmière. Pas encore. Elle travaille chez un diacre, une sorte de curé qui a le droit de se marier. Jean-Toussaint ne savait pas que c'était possible. Elle s'occupe de la maison, des commissions et des enfants. Marie-Ève n'en parle pas beaucoup et Jean-Toussaint n'insiste pas parce que ce qui se passe quand ils ne sont pas ensemble n'existe pas.

La deuxième fois qu'ils se sont vus, Marie-Ève l'a embrassé. Elle a posé sa bouche sur la sienne. Tout simplement. Comme si c'était la chose la plus naturelle du monde. Le bout de la langue de Marie-Ève est venu cogner ses lèvres. La pointe d'une île battue d'écume et lui, le naufragé. Il ne savait plus quoi faire de son corps, de cette chaleur électrique à fleur de peau, de cette forge en dedans, de ce désir de se fondre en elle qui lui harassait les chairs. Marie-Ève savait. Les anges savent tout. Ce qu'ils ne savent pas, ils le devinent. Elle a pris sa main et l'a pressée contre son sein. La honte l'a quitté. Il n'y avait plus rien que ce bourgeon sous sa paume et cette idée folle que toutes les galaxies germaient là, que s'il le suçait, plus jamais de toute sa vie il ne connaîtrait la faim, la soif et le froid. Il lui a demandé si elle était sûre. Marie-Ève a déboutonné sa robe. Il n'a plus rien pensé. Il a léché, goûté, mordu, pétri. Il en avait plein la bouche, plein les mains, plein la peau. Il a exploré tous les secrets de son paradis. Quand son ange a crié, le ciel lui a paru plus vaste, plus haut. Un chapiteau grandiose sous son sexe dressé. Concentré dans ces quelques gouttes prêtes à fuser, il s'est catapulté jusqu'au souvenir du père de tous les astres.

Et c'est comme ça chaque fois. Il lui arrive de penser que c'est trop de bonheur, que son cœur va finir par craquer. Mais non. Au contraire, il est de plus en plus grand. Alors, c'est décidé, il ne veut plus faire les choses à moitié. Il ne veut plus de ces rencontres de voleurs. Il veut lui construire une maison. Il veut l'emmener au bal. Il veut lui tenir la main et l'embrasser sans avoir à se cacher. Il veut la présenter à Mamilouise et à Eulalie.

Aujourd'hui, c'est son anniversaire. Il a dix-huit ans. Aujourd'hui, Marie-Ève lui a dit oui.

Dans deux mois Marie-Ève sera majeure elle aussi. Dans deux mois, il l'enlève. Adieu les assistantes sociales et leurs mensonges. Au Diable l'agriculture, le bâtiment et les diacres. Il sera menuisier-charpentier. Elle sera infirmière. Ils seront ensemble. Dans deux mois débutent les prochaines vacances et elles dureront jusqu'à la fin de leur vie. Il a déjà commencé à économiser l'argent du voyage. Ils retournent à La Réunion. Chez eux. Dans leur pays.

43

Il avait suffi de souffler sur la maison de paille. Un coup de fil bidon. Une esbroufe pour débutants. Desmoulins était celui qui avait ouvert le bal. Il ne le saurait jamais. Grégoire l'avait guidé pour la première valse. François avait entraîné Lemaire dans la suivante. Sur le chemin, autour du bosquet, dans le bosquet. Derrière Jessica, à ses trousses, au-dessus d'elle. Loin d'elle et de ce bosquet de malheur. Leurs versions concordaient. Leoni en avait le tournis. Il lui semblait respirer leur haleine, piétiner dans leur souillure.

« Charles a commencé à la peloter. Je lui ai dit d'arrêter, que c'était bon, qu'il fallait la laisser partir. »

« Elle lui disait d'arrêter, avec Marc on lui disait que ça suffisait… »

« Charles a mis sa main où je pense… »

« Où ? Soyez précis. »

« Dans sa culotte. »

« Il a un peu pété les plombs. »

« Ça veut dire quoi, un peu péter les plombs ? »

« Il était énervé, il voulait rien écouter de ce qu'on lui disait. »

« JM a essayé de le tirer par le bras, mais il l'a envoyé bouler. »

« Y avait rien à faire, alors on est partis… »

« On s'est barrés, qu'est-ce qu'on pouvait faire ? »

« J'allais pas rester à regarder, je suis pas un voyeur. »

« Je comprenais pas… Une Black ! »

Jessica était vivante, à terre et plaquée par Fournier quand celui qui n'était pas un voyeur et celui qui ne comprenait pas la soudaine attirance de Fournier pour les Blacks avaient filé. Ils s'étaient rendus chez Lemaire où ils avaient joué à la Wii. En fin de matinée, Fournier s'était pointé avec un pansement à la tempe. Selon lui, « cette salope » l'avait frappé et s'était enfuie. « Si jamais elle nous fait des ennuis, on n'aura qu'à raconter qu'on était ensemble chez JM. » Desmoulins et Lemaire avaient accepté. Unis par les liens sacrés de la Ligue de la France éternelle. Une solidarité mitée en moins de deux heures par le sauve-qui-peut et le chacun-pour-soi.

« Il nous a dit qu'il lui avait rien fait, que c'était pour lui faire peur. Ça semblait pas si grave, je l'ai cru. Sur le moment… Y avait pas de raison… »

« Il nous a dit que c'était juste pour lui faire peur, qu'il aurait jamais fait ça avec une Black. Je me disais bien aussi… »

Après l'avis de disparition, Fournier avait abordé le sujet en une phrase retranscrite à l'identique dans les deux PV : « Elle est partie. Bon débarras. » Plus jamais Fournier n'avait reparlé de ce 14 avril. Desmoulins et Lemaire ne l'avaient plus jamais évoqué non plus. Y compris lorsque le corps de Jessica avait été découvert et son meurtre révélé.

Leoni empila les deux dossiers l'un sur l'autre et y ajouta la profession de foi de Fournier, un condensé de ses pensées rassemblées par Fée sur le Web. Le commandant traversa son bureau avec des pieds de plomb. Il aurait voulu respirer les cheveux d'Éliane, se faire sermonner par mémé Angèle, entendre le rire de Lisandra, la voix de Thierry. Savoir pourquoi il n'était pas chez son ami Momo et lui demander qui était cet Albert Carlier sur qui il avait effectué des recherches depuis son ordinateur. Lui proposer de boire un verre pour discuter. Il aurait aimé être ailleurs et avec d'autres. Il en avait assez de patauger dans la crasse, sa claque, des pas de deux avec les crapules.

C'était maintenant à lui d'entrer dans la danse. L'usure était là. Dans ce recommencement sans fin. Le Diable n'est jamais fatigué de danser. *Un jour ce sera la danse de trop.*

44

Mémé Angèle décolla les talons du sol pour atteindre la dernière étagère de la bonnetière. Là, retournées sur une pièce de lin, de minuscules tasses de porcelaine chinoise dormaient dans l'attente des occasions spéciales auxquelles elles étaient réservées. L'aïeule les raviva d'un coup de chiffon humide et les disposa sur un plateau de bois. Les cuillères en argent furent bichonnées itou et enroulées dans des serviettes brodées. Elle eut à peine le temps de repositionner quelques épingles de son chignon que déjà on sonnait. D'un pas alerte, elle descendit accueillir son invitée. À l'ouverture, malmenée par une rafale, Éliane manqua de basculer dans ses bras. Les deux femmes s'embrassèrent en riant.

— Tenez, dit la légiste en lui tendant une boîte enrubannée, des petites douceurs.

— Mais il ne fallait pas ! Des marrons glacés ! Là, Éliane, vous me prenez par les sentiments ! Allez, allez, venez, je sais que vous n'avez pas beaucoup de temps. C'est déjà gentil de faire un saut.

Dans le salon, mémé Angèle servit le café et découpa la tarte au citron. Éliane ne songea pas à refuser la large part qui lui fut tendue. La lutte était inégale, l'issue de la bataille jouée d'avance.

— Bon, enchaîna mémé Angèle, vous l'avez trouvé comment ? Moi, ce matin, c'est à peine si je l'ai vu, ce midi, il n'est pas rentré et...

— Et vous vous inquiétez.

— Eh oui ! C'est mon travail de m'inquiéter. Et vous, alors, vous faites quoi, Éliane, quand vous le voyez comme ça ?

Éliane fit des huit avec sa petite cuillère en observant mémé Angèle à la dérobée. Sur le front de la vieille dame, l'anxiété traçait des sillons identiques à ceux de son petit-fils. *Ces deux-là ! Quand l'un s'enrhume, l'autre éternue.* Que pouvait-elle dire ? La veille, lorsque Leoni l'avait raccompagnée, il lui avait paru à bout de souffle. Elle avait tenté de le retenir, mais il ne s'était pas laissé attraper. Il l'avait embrassée, respirée, lui avait murmuré que l'odeur de sa peau lui évoquait une nuit d'été dans les fougères et avait décliné son invitation à entrer. « Cette petite dans la cave, Thierry, ce vent, je suis vidé. Ne m'en veux pas. » Il n'était pas question de lui en vouloir. Affecté ou blessé, Leoni prenait ses distances, choisissait la solitude. Une autre manière de fuir.

Mémé Angèle remit un sucre dans son café. C'est bien ce qu'elle pensait. Son petit avait mal au cœur.

— Ne vous fatiguez pas à chercher les mots, Éliane. Ce qu'il a (mémé Angèle serra son poing contre sa poitrine), c'est ici que ça se passe. Bon an mal an, il tient le choc. Mais des fois, ah ben, c'est comme de vouloir prendre plus de bûches que les bras ne peuvent en porter.

Éliane hocha la tête en silence. *Et il n'y a aucun remède à ça.*

— Et ça date pas d'hier, reprit mémé Angèle. (Elle se racla la gorge.) La cicatrice qu'il a, vous savez comment c'est arrivé ?

Éliane écarquilla les yeux. Mémé Angèle se leva à demi du canapé pour désigner le haut de sa fesse gauche de l'index.

— Surtout ne dites pas que je vous ai raconté, hein ?

Éliane promit. Mémé Angèle lâcha le morceau. Pierre-Arsène avait neuf ans. Elle l'avait emmené passer les petites vacances dans le village de sa sœur. Les premiers temps, tout allait bien. Du moins le croyait-elle. Mais au fur et à mesure que les jours passaient, elle lui trouvait une mine de papier mâché. Une nuit, elle était allée vérifier qu'il dormait bien. Dans la chambre, le lit était vide. Pas de Pierre-Arsène. Elle l'avait retrouvé deux heures plus tard, en larmes et en sang dans une traverse à l'autre bout du village.

— Un chiot dans les bras ! Avec des poils orange qu'on lui voyait plus les yeux et une odeur, je vous dis pas l'infection. Dans un état ! L'animal était enfermé dans une espèce de réduit où son maître le laissait mourir à petit feu.

Pierre-Arsène l'avait entendu gémir et s'était mis en tête de le sauver. Chaque nuit, il s'était faufilé pour le nourrir et lui donner à boire.

— Le propriétaire s'est rendu compte de quelque chose. Ah ! quelqu'un de bien en apparence, Éliane, on lui aurait donné le bon Dieu sans confession. Mais par-derrière… Du genre qui embrasse la croix et qui pince le Christ, si vous voyez ce que je veux dire. Bref, ce soir-là, Pierre-Arsène, il a eu droit au comité d'accueil. Et vous croyez qu'il s'est démonté, vous ? Ben non ! Il a pris la bête et il s'est sauvé. Et en sautant la clôture, il s'est arraché tout le haut de la fesse aux barbelés ! C'était pas beau à voir… Mais faut dire ce qui est, et pourtant il est douillet, il n'a pas rouspété une fois tout le temps où on l'a recousu.

Mémé Angèle se mit à sourire. Évidemment, en badigeonnant Pierre-Arsène de Mercurochrome, elle lui avait passé un sacré savon. « Mais pas autant qu'à cet hypocrite, vous pouvez me croire ! »

— Le chien, on l'a adopté. Qu'est-ce que je pouvais faire d'autre, hein ? Quand il était petit Pierre-Arsène, la phrase qu'il disait toujours c'était : « C'est pas juste, mémé, ça se fait pas, ça peut pas être comme ça. » Il ne le dit plus, mais il fait ce métier parce qu'il le pense toujours, Éliane. Comment faire autrement que venir en aide ? Quand il entend quelqu'un gémir, mort ou vivant, il a mal pour lui. Et c'est pire encore quand il a l'impression d'être inutile. Il a beau rouler des mécaniques et faire le dur, il a toujours son cœur de neuf ans.

Mémé Angèle replia la petite serviette en soupirant.

— Sensible et plus entêté qu'une armée de mules…

— Et qu'est-ce qu'on peut faire, alors, nous, pour lui venir en aide ? l'interrogea Éliane.

— Dehors, le monde, il va comme il va et on n'y peut pas grand-chose, répondit mémé Angèle en tapotant la main lisse et blanche de la légiste. Je fais à ma mesure, Éliane. Je lui mitonne de bons petits plats et je lui frotte les oreilles. Alors… Disons que moi je suis à la cuisine et vous…

Les deux femmes se mirent à rire.

45

À l'abri des courants d'air, dans la chambre sale d'une maison malade, sept petites filles au fond de l'armoire. Sept petites filles dans des boîtes à chaussures. Une boîte pour chacune. La plus ancienne pour sa première « amoureuse ». Pêle-mêle, polaroïds, barrettes, bijoux, petits papiers pliés. Une mèche de cheveux étranglée par un ruban. Fragments d'enfance dans un cercueil de carton.

Thierry pleurait sur les instantanés. Il n'existait aucune photo de Sandrine avant ses dix-huit ans. Du moins le pensait-il jusque-là. Mais elles étaient là. Sandrine à tous les âges, avec ce sourire et ce regard qui s'effilochent. Des visages comme autant d'avis d'absence. Partie ailleurs pour cause de réalité inacceptable. Sa mère était restée dans cette boîte.

Après le départ de Sandrine, la perversion de Carlier ne s'était pas éteinte. Six autres avaient suivi. Condamnées à l'amour de Carlier pour avoir commis le crime de ressembler à sa demi-sœur. Où étaient-elles, ces autres Sandrine ? Qu'étaient-elles devenues ? Qu'en avait-il fait ? Thierry se releva en luttant contre l'apesanteur. Dans le miroir de la coiffeuse, il enregistra son reflet en observateur dissocié. Cernes bleuâtres, teint cendreux et traits amaigris. *Gueule d'Ange, hein ? Ouais. Le Diable aussi était un ange. Avant.*

Il préleva une photo dans chacune des six boîtes et quitta l'étage en emportant le carton de sa mère. Arrimé à sa chaise, Carlier s'était endormi. Il bavait. Thierry aligna les photos sur la table. Il fouilla les tiroirs du buffet, trouva de quoi écrire et réveilla Carlier d'un coup de pied au tibia. Les paupières du captif papillonnèrent. Ses yeux fatigués se fixèrent sur Thierry, puis sur les photos, et s'agrandirent d'effroi. Thierry trancha les liens de ses mains.

— Écris les noms au verso.

D'une main malhabile, Carlier saisit le stylo tendu. Thierry poussa le cahier vers lui. Sa propre voix lui fit l'effet d'un filet d'eau glacée.

— Ensuite, et pour chacune : qui elles étaient, comment tu les as approchées, l'âge qu'elles avaient, combien de temps ça a duré, combien de fois tu les as violées, ce que tu leur as fait. Tout ce que tu leur as fait. Où. Ce que tu en as fait. Tu n'oublies rien, Carlier, t'as compris ? C'est l'heure d'aller à confesse. Tant que tu n'auras pas tout consigné par écrit, tu resteras scotché à cette chaise. Même si ça doit prendre des jours ou des semaines. Plus vite tu auras fini, plus vite je serai parti.

Une flammèche d'espoir dansa dans les trous bleus, les yeux de Carlier. Il raffermit sa prise sur le stylo et retourna une photo.

Thierry s'installa face à lui et se servit un verre de whisky.

— Et surtout, ne t'avise plus de m'appeler fils.

46

Une ramille en perdition convulsait contre la vitre. L'air froid du dehors s'immisçait par les moindres interstices en provoquant des bruits chuintants. Leoni eut l'image des dernières suffocations d'un pendu. Il ferma les yeux une demi-seconde et les rouvrit sur Fournier. Il n'y avait rien à lire sur cette peau tendue, excepté le masque d'un mépris distancié. Là résidait l'information signifiante. Légèrement en retrait, Aslan prenait des notes. Fournier ne pouvait croiser le regard de son avocate à moins de tourner la tête. Le commandant fit signe à l'agent chargé des retranscriptions, lui donnant le coup d'envoi.

— Êtes-vous un nostalgique de l'Allemagne nazie, monsieur Fournier ?

— Je m'intéresse à cette période surtout d'un point de vue historique.

— Parmi vos pseudos les plus actifs, il y a Henri Fenet. C'est le nom d'un officier français de la division Charlemagne, non ?

— Un hasard.

Leoni saisit une photo dans son dossier et la brandit.

— C'est bien vous, torse nu, sur cette photo ?

Fournier hocha la tête.

— Tatouage de l'écusson de la division Charlemagne sur le pectoral gauche. Tatouage de l'écusson de la division Nordland sur le pectoral droit. Vous les avez aussi choisis par hasard ?

— Uniquement pour l'esthétique.

— Et la légende « En souvenir de nos héros » ?

— Je ne me souviens plus de ce que j'ai voulu dire par là.

Le soupir d'Aslan précéda celui du commandant.

— « Ceux qui ne se sont pas noyés en Méditerranée, il faudrait les gazer. » Ça vous rappelle quelque chose ?

— Je ne suis plus très sûr.

— C'est un commentaire que vous avez posté sur Facebook la veille du 14 avril. Sous le pseudo de Saint-Loup, cette fois.

— C'est possible. Je pensais aux gaz lacrymogènes, évidemment.

— Évidemment. Et quand vous écrivez « Les Noirs et les Arabes, il faut les écraser comme des cafards », vous pensez à quoi ?

— C'est une image, les mots ont dépassé ma pensée.

— « Je défendrai mon pays des millions de métèques venus remplacer autant d'enfants français arrachés du ventre de leur mère et jetés dans les poubelles des hôpitaux de l'Assistance publique. Par les armes et le sang s'il le faut et peu importe le prix à payer. » C'est une allégorie ?

— Je me suis laissé emporter par mon patriotisme.

— Je vois. Enfin, j'ai vingt pages du même acabit,

rétorqua Leoni en agitant un paquet de feuilles. Vous êtes sujet à l'emportement ?

— Je suis très patriotique.

— Quand vous avez jeté Jessica Diao à terre et que vous lui avez arraché sa culotte, c'était une manifestation de votre emportement patriotique ?

— Je ne souhaite pas répondre à cette question.

Leoni entrecroisa les doigts et se tut. Le bruit du stylo d'Aslan grattant le papier accompagna celui de la branche rayant la vitre.

— Qu'avez-vous fait à Jessicao Diao ?

— On l'a un peu asticotée, c'est tout.

— Que lui avez-vous fait, vous, Charles Fournier, une fois que vos amis sont partis ?

De l'index, Fournier désigna la cicatrice en forme d'étoile qu'il portait à la tempe.

— Elle m'a agressé. Elle m'a frappé avec une pierre et elle a bien failli me tuer. Quand j'ai repris connaissance, elle avait fichu le camp. Si elle n'avait pas fait cette fugue, j'aurais porté plainte contre elle.

— Vous êtes retourné chez Lemaire un peu avant midi. Qu'avez-vous fait entre le moment où vos amis sont partis et le moment où vous les avez rejoints ?

— Je suis rentré chez moi soigner ma blessure.

— Quelqu'un peut-il en témoigner ?

— Non. Mais c'est ce qui s'est passé.

— Quand avez-vous appris que Jessica avait fait une fugue ?

— Je ne me souviens plus très bien. Le lendemain, je crois.

— Qui vous l'a appris ?

— Je ne sais plus.

— Ce ne serait pas votre oncle, le capitaine Barbier ?

— Je ne m'en souviens plus.

— Vous venez de dire que, si Jessica n'avait pas fait de fugue, vous auriez porté plainte. Pourtant, vous dites également n'avoir appris son avis de disparition que le lendemain. Durant tout ce temps, qu'est-ce qui vous a empêché de porter plainte ?

— La nuit porte conseil, à ce qu'on dit.

Les doigts repliés de Leoni cognaient la table à intervalles réguliers. Aslan s'arrêta d'écrire. Le regard du commandant croisa celui de l'avocate. De façon saugrenue, il lui trouva de beaux yeux, expressifs et d'un noir lumineux. L'exact opposé des deux tunnels sans fond creusés dans la figure de Fournier.

— Dans ce cas, pourquoi avoir demandé à Lemaire et Desmoulins de dire que vous étiez ensemble chez Lemaire, je vous cite, « au cas où elle nous ferait des ennuis » ?

— Je ne me souviens pas d'avoir dit ça. Mes amis ont dû mal me comprendre.

— Vous aurez l'occasion de confronter vos versions devant le juge. Au mot près, vos deux amis ont mal compris la même chose. C'est troublant, vous ne trouvez pas ? Je vous le redemande encore, car il semble que votre mémoire vous fasse souvent défaut, et comme vous êtes de nature emportée… Avez-vous violé Jessica Diao ?

— Non.

— Avez-vous tué Jessica Diao ?

— Non. Je ne me sens pas très bien. J'aimerais être vu par un médecin.

Leoni décrocha son téléphone. Quelques instants plus tard deux agents se présentèrent pour reconduire Fournier en cellule. Julia Aslan fut la dernière à quitter la salle d'interrogatoire.

— Vous savez, lança-t-elle au moment de franchir la porte, votre numéro sur les opinions politiques de mon client, j'ai bien compris qu'il m'était aussi adressé. Je ne suis pas dupe.

— Loin de moi l'idée d'insulter votre intelligence, maître. Personnellement, je n'appelle pas ça des opinions politiques. Mais vous n'êtes pas dupe non plus, vous savez que vous avez été choisie sur des critères qui ne sont pas uniquement professionnels, n'est-ce pas ?

— Et alors, ça fait partie du jeu, non ? Ce que pense mon client n'en fait pas nécessairement un coupable, que je sache !

Leoni lui renvoya un sourire désabusé. *Je ne vois plus où est la part de jeu dans tout ça.*

— Gardez vos arguments pour les jurés et vos forces pour la suite de la garde à vue, maître, vous en aurez besoin.

— À très vite, commandant, promit Aslan en s'éclipsant.

La tirade de l'avocate sonnait faux, une figure imposée et rebattue. Y croyait-elle seulement ? Le commandant était convaincu du contraire. Fournier ne faisait pas que penser. Il synthétisait un venin violent qui l'avait putréfié de l'intérieur. Les symptômes ne mentaient pas, eux. Effondrement de l'humanité. Nécrose de la compassion. Hypertrophie du sentiment de toute-puissance. Chosification des êtres.

Leoni prit la direction de la salle de réunion. Cette interruption non volontaire lui donnait l'occasion de faire le point avec son équipe. Il dépassa la cabine de l'ascenseur en train de se refermer sur Aslan, dont il entraperçut le reflet dans le miroir. Il lui trouva l'air plus fragile et soucieux qu'elle ne voulait le laisser paraître.

La haine est un moteur et un mobile, maître. Peut-être le plus puissant. Nos pensées comme nos actes ont des conséquences. Fournier devra répondre des siens. Même sans aveux.

47

La veille, Ali avait ressenti une sorte d'ivresse, l'illusion d'une délivrance dans l'ailleurs. Il avait vite déchanté. La fuite est un produit frelaté aux effets secondaires ravageurs. Dissolution de l'estime de soi et impossibilité de vivre l'instant. Il s'était cru capable de distancer le passé. De s'en affranchir. Il avait seulement traîné ses chaînes plus loin.

Tout à l'heure, à la station essence, cette femme qui donnait des leçons de civilité lui avait rappelé son grand-père. Il gardait de lui le souvenir d'une antiquité sèche et grise, un grand escogriffe aux gestes mesurés dont les silences s'émaillaient parfois de formules sibyllines : « Un homme, c'est le dessin de ce qu'il a fait et de ce qu'il n'a pas fait. Bon ou mauvais. » La phrase lui était revenue en pleine face. Les dernières paroles qu'Ali lui avait entendu dire. Après, son grand-père avait remis l'argent au passeur et lui avait donné une longue accolade. Ali était monté dans le bateau avec la certitude qu'il ne le reverrait jamais. La guerre lui avait donné raison.

Ce qu'il avait pris pour les élucubrations d'un

vieillard désemparé prenait valeur de testament. Son empreinte se résumait à la somme de ses choix. À ce qu'il avait accepté ou refusé d'accomplir en bien comme en mal. Et la balance ne penchait pas en sa faveur. Depuis dix-sept mois, il courait à la surface des choses. Aussi insignifiant que les poussières charriées par l'harmattan. Au moins maintenant avait-il pris une décision. Il n'était plus ce bout de cellophane vagabond soumis à la loi des vents et des courants.

Ali remonta le col de son blouson et se mit à battre le pavé pour tromper son attente. La sacoche d'une femme pressée lui heurta violemment la cuisse. L'inconnue s'excusa. Elle avait de beaux yeux, aussi charbonneux que ceux de Jessica. Derrière lui, la façade vitrée de l'immeuble reflétait un ciel cerné, boursouflé d'air en ébullition. Dans ce cisaillement sans repos, les rares passants semblaient ralentis, à certains moments, suspendus.

Encore un quart d'heure et il pousserait la porte. Seul. Il comprenait qu'elle ne réponde pas à son appel. Elle aussi était en droit de se sentir trahie.

Une flamme rouge dans le verre fumé attira son regard. Il tourna la tête. Louise avançait vers lui à la vitesse d'une comète. Ali remercia le destin de l'avoir mise sur sa route et marcha à sa rencontre. Chaque pas lui pesa. Une douleur bienvenue et salvatrice. Il avait repris consistance. Il redressa la tête pour accueillir son regard.

Cette fois, il ne se défilerait pas. Louise serait la première à savoir. Il lui devait au moins ça.

48

Elle n'est pas folle, Seigneur,
Elle cherche seulement à me rendre fou.
Elle sait.
Personne ne doit savoir.
Ils ne comprendraient pas.
C'est entre toi et moi, Père.
C'est entre toi et moi, Seigneur.
Elle sait.
Je dois le faire.
C'est un mal pour un bien, Seigneur.
Tu le sais, toi, qu'il le faut.
Elle sait.
Je dois le faire, n'est-ce pas ?
Comment faire autrement ?
Les prochaines, qui les arrêtera sinon ?

49

1976, département de la Creuse.

Jean-Toussaint boit et se renverse le fond de la bouteille sur la tête. L'eau dégouline de ses cheveux jusque dans sa barbe ensemencée de sciure. Il s'ébroue sans prendre la peine de s'essuyer et se remet au travail. Ses paumes pèlent. Ses doigts sont couverts de cals. Il ne sent ni la douleur ni la fatigue. Rien ne peut l'arrêter. Sous la caresse de la gouge, le bombé des lèvres de Marie-Ève est en train de prendre sève. Sa mémoire impulse le mouvement. Les muscles asséchés de ses bras suivent. Ses mains racontent. Ses yeux ne savent que pleurer. Six mois que le temps tourne en boucle. Six mois qu'il le mâche. Il est sur l'os et il en chique chaque seconde. À s'en casser le cœur. Et c'est du sang qu'il crache. Six mois que son ange a disparu. Il n'y a pas de « prends garde » avant les grands désastres.

Une semaine avant leur grand départ, ils s'étaient donné rendez-vous dans cette clairière. Elle n'est jamais venue. Il l'a espérée toute la nuit, le jour suivant et celui d'après… Comme un fou. Il a confié des dizaines de messages au creux de l'arbre. Ses petits papiers ont pourri et aucune réponse n'a germé. Alors, il a pris son courage à deux mains et il est allé jusqu'à la maison du diacre. Une femme lui a ouvert. Elle portait un nouveau-né dans ses bras. Le bébé hurlait et elle semblait ne plus savoir quoi en faire. Quand il lui a expliqué l'objet de sa visite, elle l'a invité à l'intérieur, mais Jean-Toussaint a refusé. Avec ses vêtements de travail poussiéreux et ses paupières gonflées, il avait l'air d'un clochard désespéré. Il n'aurait jamais fait entrer un type dans son état. Surtout avec des enfants dans sa maison. Ils ont parlé sur le perron. Elle n'avait pas grand-chose à lui apprendre. Juste que Marie-Ève n'était pas revenue des commissions. L'avant-veille du jour où ils devaient se retrouver. Elle était à la maternité quand c'est arrivé et c'est son mari qui avait averti les gendarmes. Depuis, comme lui, ils étaient sans nouvelles.

Jean-Toussaint s'est rendu à la gendarmerie. Il a attendu l'après-midi entier avant que quelqu'un accepte de le recevoir et de le renseigner. Marie-Ève, personne ne paraissait savoir de qui il s'agissait. Il a compris que les gendarmes ne s'étaient pas occupés de la chercher et il a su aussi vite qu'ils ne feraient pas grand-chose de plus. Rien de plus que rien, les sagouins. Pour eux, elle était partie toute seule. Enfuie comme ça ! Il a essayé de les persuader du contraire. Il leur a dit que jamais Marie-Ève n'aurait fait une chose pareille, qu'ils devaient se retrouver, que c'était pas normal, qu'il lui était arrivé du mal, qu'ils se trompaient… Il s'est énervé dans la langue de Mamilouise. Quand le gros chauve à moustache s'est mis à rire en se moquant de son accent, ça l'a rendu maboule. Il a serré ses poings dans ses poches si fort que ses ongles lui sont rentrés dans les chairs. C'était moins une qu'il lui saute à la gorge.

Celui qui a ri, son visage, il s'est juré de ne pas l'oublier, même s'il doit vivre trois fois l'âge de Mamilouise. Après, ils ont commencé à lui poser tout un tas de questions. Depuis quand ils se connaissaient, pourquoi il devait la retrouver, où il était, ce qu'il avait fait… Sur lui et son ange, il est resté bouche cousue. Leurs projets, c'était pas leurs oignons. Et puis, c'était quoi le rapport ? Le jour de la disparition de Marie-Ève, il était à l'autre bout du canton pour poser des fenêtres. Et c'était vrai… Sur le moment, Jean-Toussaint a pensé que c'était un coup de bol, sinon les gendarmes l'auraient retenu plus longtemps. Peut-être même mis en prison. En sortant de la gendarmerie, l'idée l'a traversé que, s'il n'avait pas été si loin d'elle ce sale jour de malheur, Marie-Ève serait encore à ses côtés. Après sa visite aux gendarmes, il est retourné aussi sec chez son patron. Il est monté jusqu'au grenier, a rassemblé ses affaires dans un baluchon et rangé ses outils dans sa besace. Un sac à l'épaule et l'autre en travers du dos, il s'est fait la réflexion que tout ça ne pesait pas bien lourd. Finalement, les choses étaient comme elles devaient être. S'il voulait retrouver ce qu'il avait de plus cher, autant ne rien posséder qui puisse l'attacher ou le ralentir. Il est parti. Il a quand même griffonné une excuse sur une enveloppe. Parce qu'il n'est pas comme ça. Pas du genre à se carapater comme un malpropre.

Jean-Toussaint s'est installé à l'intérieur d'un bois, au sommet d'un petit mamelon. En dessous coule une rivière. Les premiers temps, il s'est abrité dans l'anfractuosité d'un rocher. C'était bien assez et il avait mieux à faire. Suivre les chemins de Marie-Ève. Interroger les passants. Chercher. Lui écrire des messages. L'attendre à la clairière. Chercher encore. S'éloigner des chemins. Épier les passants. Escalader les collines. Crapahuter dans les ravins. L'appeler. Il s'est nourri de fruits tombés, de quelques œufs volés aux oiseaux et d'écrevisses aux ruisseaux. La faim aussi s'en était allée.

Un jour qu'il attendait Marie-Ève, un orage a éclaté. Là-haut, ça parachutait des bombes de feu et d'eau. La foudre s'est abattue à dix mètres de lui. Il en a encore des bourdonnements dans les oreilles. Le grand chêne y a perdu un membre. Une branche de la taille d'un arbre reposait dans l'herbe. Dans une de ses volutes, Jean-Toussaint a vu la hanche de Marie-Ève après l'amour. La pluie n'avait pas cessé qu'il donnait déjà des coups de hache.

Marie-Ève partie, le sale temps est revenu. Avec ce qu'il a récupéré de-ci de-là, il s'est construit une cabane. Ça ne lui a pas sauté aux yeux tout de suite, mais on aurait dit la petite sœur de celle de Mamilouise. Il y est bien. Des années qu'il a appris à se contenter de peu. Quand il a besoin de quelque chose que la forêt ne peut pas lui donner, il fait le tour des fermes et des maisons pour proposer ses services. Un ou deux jours, jamais plus de trois d'affilée. Il a trop peur que son ange réapparaisse pendant une de ses absences… Sur chaque arbre qu'il rencontre, il grave des indices en créole. Un jeu de piste entre elle et lui.

Jean-Toussaint sculpte l'attente. Il travaille en forçat, doucettement et grain à grain. Il n'est pas pressé. Les anges ne se créent pas en six jours. Plus Marie-Ève tarde à revenir, plus elle est là. Dans sa tête et sous ses mains. Dans le lit d'une veine. La fraîcheur d'une ombre. La moiteur d'un pli.

Jean-Toussaint embrasse l'annulaire gauche de Marie-Ève. Des heures de travail pour ce doigt de princesse. Et il n'est pas encore satisfait du poli de l'ongle… Il recule de quelques pas. La bouche ébauchée de son ange se farde d'ombres. La nuit s'étale. Il ne fera plus rien de bon. Est-ce qu'il la finira un jour, sa Marie-Ève ? Et que fera-t-il alors ? Parfois, la question le pique avec l'insistance sadique des mouches d'étable. Il la chasse en s'éreintant à la tâche. Demain est un imbécile, lui aurait dit Mamilouise. À chaque jour suffit son attente. Sans Marie-Ève, demain n'est rien.

Jean-Toussaint essuie ses outils, les range et s'enfonce dans la forêt. Il faut encore qu'il remplisse un plein seau d'eau et qu'il nettoie ses herbes avant de remonter jusque chez lui. Les soirs où il fait cuire sa soupe, il lui arrive de repenser à Tarier et à la rivière. Marcher jusqu'au plus fort du courant, il sait qu'il ne le refera plus. Il se l'est interdit. Marie-Ève est quelque part dans ce monde. Et si elle revenait et qu'elle ne le trouvait pas ? Avec les centaines de messages qu'il lui a laissés, elle ne comprendrait pas. Elle serait perdue et lui, il serait le pire des hommes. La seule chose qu'il ait à faire, c'est de la chercher et de l'attendre. Il ne partira plus jamais nulle part sans elle. Il est parti bien trop de fois.

50

Des Fournier, il s'en usinait en masse, sans limitation d'options. Déclinés dans les deux sexes, dans toutes les couleurs de peau et dans toutes les langues de Babel. Si les exemplaires « bras armés de Dieu » avaient le vent en poupe, ils étaient également proposés en version athée, agnostique, sectaire et dogmatique. Personnalisables à l'infini. Rasés ou barbus. Scarifiés ou tatoués. En treillis, chemise brune et chapeau blanc pointu. Ou livrables sur commande en uniforme officiel avec carte et port d'arme. Ministrables, prévoir un délai d'attente. Également disponibles en costume chic et en col claudine. Chaussés de rangers ou de souliers vernis. En Louboutin, en Berlutti et même pieds nus. Des spécimens low cost assemblés à la hâte avec quelques matériaux de misère jusqu'aux modèles de luxe, tous les degrés de finition étaient possibles. Paysan planté sur son tas de fumier ou fumier passé par les fourches caudines des plus grandes écoles, chômeur ou milliardaire, l'éventail était large. Chacun pouvait avoir le sien. Y compris chez son buraliste.

L'industrie de la haine n'avait jamais été aussi florissante. Une course au surarmement soumise aux déséquilibres permanents de la terreur. Ça pétait tout le temps et partout. Ici, ça dégainait trop vite en défouraillant dans le dos. Là, ça organisait un lynchage. Là-bas, ça planifiait une guerre. Ça dégommait à la tribune et en terrasse avec le même flegme mortifère. Ça découpait à la machette, ça fauchait à la mitraillette, au gros mortier, au gaz. À l'ancienne, au corps à corps et avec de la sueur. Style nouvelles technologies, par pilotage à distance et de nuit. La mort, c'est moche et ça tache. Et puis merde, s'agirait pas de se salir le bout du doigt ! Via écrans interposés et modulo quelques effets spéciaux, ça devient présentable en vitrine et même vendeur au 20 heures. La matière première ne manquait pas. Pour un Fournier tombé, dix étaient fabriqués à la chaîne.

Les Fournier, le commandant avait appris à gérer. Même si, à mettre trop souvent les mains dans le moteur, les jus de batterie lui montaient au cœur. Mais lorsqu'il découvrit la mine angoissée de Louise et la déroute dans les yeux d'Ali Zulma, Leoni se décomposa. Soudain, l'air lui manqua. Il pensa juste « pas lui, pas elle, pas ça ».

— Vous avez quelque chose à me dire… tous les deux ?

Louise ouvrit la bouche. Ali la devança, des chevrotements dans la voix.

— C'est moi. Louise ne savait rien jusqu'à tout à l'heure. Je voulais…

— Je tiens à rester, le coupa Louise. C'est déjà assez difficile pour lui et je ne voudrais pas que vous compreniez de travers… Je dis pas ça pour vous, bien sûr, ajouta-t-elle deux tons en dessous en réalisant l'effet diplomatiquement désastreux de son entrée en matière.

Sourcils froncés, Leoni considéra le petit bout de bonne femme déjà prêt à bondir de sa chaise. En d'autres circonstances, sa hardiesse décomplexée l'eût amusée. À cet instant, il s'en fallut de peu qu'il ne la renvoie aussitôt à l'accueil.

— J'ai été maladroite… Je… S'il vous plaît, plaida-t-elle en tortillant ses doigts.

Leoni laissa échapper un soupir accablé.

— Avant de comprendre les choses de travers, il faudrait que je sache encore de quoi on parle. Je vous écoute, monsieur Zulma.

— J'ai vu Jessica, le 14 avril. C'est… C'est moi qui l'ai aidée à fuir.

Le commandant se raidit et contint la repartie cinglante prête à fuser. L'expression défaite du jeune homme le dissuada de laisser libre cours à sa colère. *Respire et calme-toi. C'est toi qui es à côté de la plaque. Tu lui as parlé hier, à ce jeune, et ça n'a pas fait tilt. Tu n'as rien vu. Rien de rien.*

— Ça, c'est la fin. Maintenant, racontez-moi tout depuis le début.

La main droite d'Ali se posa au-dessus de sa main gauche en lui offrant le toit de sa protection. Un geste venu de loin. L'image de son grand-père se forma devant ses yeux égarés. De ses mains brûlées par l'âge et le soleil ainsi assemblées le soir où il fut question de son départ pour l'Europe. Parler serait pour Ali une seconde traversée. Louise lui souffla « Allez ! » et lui serra l'avant-bras.

Ce matin-là, Louise était de ravitaillement de foin et Ali nettoyait les box quand Jessica était arrivée. Essoufflée, désorientée et incapable d'aligner deux paroles cohérentes à la suite. En état de choc. Sa robe était maculée de boue et de sang, le haut de sa poitrine griffé. Elle portait des traces rouges autour du cou et des poignets. Ali lui avait donné à boire en essayant de la réconforter. Puis il l'avait questionnée. Ses réponses étaient confuses, entrecoupées de spasmes.

— Ce qu'elle vous a dit, je veux le savoir mot pour mot, prévint Leoni. Parce que c'est ce qui figurera dans votre déposition. Et cette fois, aucune omission ou approximation. C'est capital, vous comprenez ?

Ali et Louise acquiescèrent. Ali ferma les yeux. Depuis dix-sept mois, chaque soir en éteignant la lumière et chaque matin au réveil, il visionnait la scène avec le sentiment lancinant d'une impuissance assassine. Jessica était agitée de tremblements, une odeur de sous-bois se mêlait à celle de l'huile de coco dont elle s'enduisait les cheveux. Des brindilles et des feuilles étaient encore piquées dans ses nattes. Il les avait retirées une à une tandis qu'elle sanglotait contre son torse. Il récita les paroles de Jessica dans un état second.

— « Il s'est passé quelque chose… On m'a… On m'a fait du mal, beaucoup de mal. Et… C'est horrible ! Moi aussi, j'ai… J'ai tué quelqu'un, Ali ! Je t'en supplie, Ali, il faut que tu m'aides ! Il n'y a que toi qui peux me sauver ! Si les gendarmes me prennent, ce sera terrible, terrible ! »

Il l'avait aidée. Et en cherchant à la sauver, Ali était convaincu d'avoir contribué à la perdre. Il avait accompagné Jessica jusqu'à sa chambre, où elle avait pris une douche avant d'enfiler de nouveaux vêtements. Jessica possédait un casier où elle laissait des tenues propres pour se changer après l'équitation.

— J'ai essayé de la raisonner, mais elle était terrorisée à l'idée d'être arrêtée par les gendarmes. Elle criait que, si elle ne partait pas tout de suite, c'est comme si elle était morte. Elle a refusé que je la raccompagne chez Richard ou qu'on attende le retour de Louise. Elle n'a pas voulu me dire ce qu'on lui avait fait, qui lui avait fait du mal, qui elle avait tué… Elle répétait tout le temps qu'il fallait qu'elle parle à quelqu'un en particulier, qu'une seule personne pourrait lui éviter d'aller en prison, que c'était sa seule chance et qu'il fallait faire vite.

— Qui ?

— « Quelqu'un qui nous a déjà aidées une fois. » Quand elle disait nous, je pense qu'elle parlait d'elle et de sa mère.

Ali lui avait prêté une veste, de l'argent et lui avait donné son téléphone. Jessica avait perdu le sien. La jeune fille était montée à l'arrière de son scooter et ils s'étaient rendus à la station de métro de Villeneuve-d'Ascq. Au moment de se quitter, Ali avait serré Jessica dans ses bras en lui faisant promettre de lui donner très vite de ses nouvelles. Jessica avait promis. « Si même lui ne peut pas m'aider, peut-être que je reviendrai pas, Ali. Les prisons, je sais comment c'est. Ma mère m'a expliqué. Si je dois m'enfuir, ce sera pas facile de te donner des nouvelles. Mais toi, jure-moi que tu diras rien. Jamais. Jure, Ali. »

Il avait juré. Elle n'était pas revenue et, dans cette absence, Ali avait espéré pour elle un devenir meilleur.

— Et vous avez eu de ses nouvelles après le 14 avril ?

— Elle m'a appelé le 14 au soir. Sur le fixe du club. Pour me dire qu'elle allait bien et de ne pas m'inquiéter. Elle avait trouvé celui qui pourrait la sortir de là. Après, je l'ai appelée plusieurs fois, mais…

Ali ferma les yeux. Louise lui prit la main.

— C'est pas vrai ! Pourquoi…

Leoni secoua la tête sans réussir à finir sa phrase. Ali pleurait. *Parce que je voulais y croire. Parce que c'était plus facile d'y croire. Parce que, moi, j'ai pensé qu'on ne me croirait pas. Parce que, peut-être, on allait même me soupçonner. Et chaque jour qui passait rendait l'aveu plus difficile. Parce que j'avais honte. Parce que j'ai eu peur... Non.*

— Au début, parce que j'avais juré. Après, parce que j'ai été lâche.

Leoni se frotta le visage. De la même façon que mémé Angèle. Comme si sa main, tel un gant magique, avait le pouvoir de le laver de ses soucis.

Louise toussota.

— S'il vous plaît ? Est-ce qu'Ali va avoir des ennuis ?

Le regard las, Leoni dévisagea le jeune homme. *Même pas vingt ans et déjà ce fardeau…*

— Pas s'il a dit la vérité. Toute la vérité, cette fois. Tant que l'enquête n'est pas finie, vous restez à Genech et vous vous tenez à notre disposition. Pas un mot à quiconque, y compris à Richard Angevin. C'est trop tôt. Madame Soler, vous répondrez de lui.

— Merci, je… Vous pouvez compter sur moi. Sur nous.

— Il y a encore quelque chose, dit Ali. Quelque chose que je dois vous donner.

Le jeune homme fit glisser la bretelle de son sac à dos, l'ouvrit et en sortit un sac plus petit.

— C'était à Jessica. Elle les portait le jour où… Elle m'avait demandé de les garder et de les cacher… J'espère que ça pourra vous aider.

51

Carlier referma le cahier et le poussa vers Thierry. Ses gestes s'étaient ralentis. Son visage avait viré au violacé.

— Et maintenant ? Qu'est-ce que…

La fin de sa phrase fut broyée dans une quinte de toux. Thierry rouvrit le cahier sur une page blanche et le lui renvoya.

— Une dernière chose. Tu vas écrire que tu regrettes. Que le seul coupable, c'est toi. Qu'elles ont été tes victimes. Qu'elles n'avaient rien fait pour mériter tout le mal que tu leur as causé. Que leur seul tort, c'est d'avoir croisé ta route. Que tes fautes sont impardonnables et que ta vie vaut moins que celle d'une bête. Moins que celle de ton chien.

Les paupières de Carlier furent agitées de convulsions. Il hésitait à prendre le stylo. Thierry le lui mit entre les doigts et serra. La chaleur sèche de cette peau contre la sienne le répugna. *Une mue de serpent.*

— Je sais que t'en penses pas un mot. Les types comme toi n'éprouvent pas de remords. La seule souffrance qui te touche, c'est la tienne. Je sais ce que tu es, Carlier. Ces mensonges, ça ne fera pas de toi un homme. Mais, elles, ça leur fera du bien de les lire.

— Et après, hein ? Qu'est-ce que tu vas faire de moi ?

Thierry accentua la pression puis relâcha. Il saisit son arme et appuya la crosse contre la tempe de Carlier.

— Qu'est-ce que je te disais ? La seule personne qui t'importe, c'est toi. C'est ce qui fait que tu es un gros tas de merde. Écris ou je te frappe encore. Après, je m'en irai.

Carlier se remit à écrire. Thierry rangea le SIG Sauer dans la ceinture de son jean et étira ses jambes sous la table. Deux jours qu'il n'avait pas dormi. La tension tenait la fatigue à distance. Les sentiments aussi. Comme Carlier, il avait hâte d'en finir. *Si ça dure encore, tu vas devenir pire que lui.* Il pensa à Éléanore. À leur première rencontre lorsqu'elle avait intégré le groupe de Leoni. À la manière dont ils s'étaient tourné autour tout au long de l'enquête. À la première fois où ils s'étaient embrassés, où ils avaient fait l'amour. À sa demande en mariage. À leur première dispute et à leur première réconciliation. À la façon dont elle pinçait les lèvres en maquillant ses cils. Aux perles qu'elle accrochait à ses oreilles, à la laitance de la peau de sa gorge, au grain de beauté sur son sein gauche, à la douceur de son ventre, à l'odeur de bébé dans ses cheveux. C'était bon et ça faisait mal. Mais il pouvait encore y penser. Tout n'était pas mort.

— Voilà.

Thierry se releva et passa derrière Carlier. Il lut et referma le cahier. Cette fois c'était fini.

— Tu vas pas me tuer, hein ? Ta mère…

— Ferme-la ! hurla Thierry. Tu crois que tu es autorisé à parler au nom de ma mère, peut-être ? Même pas besoin de te tuer. Tes aveux et tes petits souvenirs vont aller direct chez les flics. Ils seront bientôt là. Ce soir, tu dormiras en taule. Et je ferai passer le mot… Ils sauront ce que tu aimes faire aux petites filles. En promenade, à la douche, à la cantine… À chaque seconde, tu devras regarder derrière ton épaule. Tu n'auras plus un seul instant de paix. Ça fait longtemps que tu es mort, Carlier. Mais là-bas, tu seras juste un pointeur et, crois-moi, ils vont t'apprendre à souffrir !

Thierry lui ligota à nouveau les bras et l'abandonna sans un regard. Il ne supportait plus de voir ses larmes, de l'entendre mendier sa liberté. Dans la cuisine, il prit des sacs plastique puis grimpa jusqu'à la chambre. Là, il vida le contenu de chaque boîte dans un sac à part et redescendit son chargement.

En ouvrant la porte, il fut ébloui par la lumière. La première goulée de vent le soûla. Il lui trouva un goût d'embruns. Un effet de son imagination. Le nulle part de Carlier était planté à l'intérieur des terres. Cela réveilla un souvenir d'escapade. Avec son premier salaire, il avait emmené sa mère à Ault. Un petit village perché sur les falaises, entre la fin de la côte normande et l'orée de la baie de Somme. Ils avaient ri, mangé jusqu'à plus faim, s'étaient promenés dans le bois de Cise, sur la plage, Sandrine avait attrapé un coup de soleil… Ils avaient été heureux. Il se souvint du nom de l'hôtel : Le relais du silence. Une facétie du destin.

Thierry répartit les sacs, le cahier et la boîte de Sandrine dans les sacoches de sa moto. En revenant vers la maison, il tira dans le radiateur et les pneus du pick-up. Dans l'âtre froid, il jeta papiers d'identité, carte bleue, chéquiers et argent liquide de Carlier et y mit le feu. Carlier gémit et implora de plus belle lorsqu'il se dirigea vers lui. Thierry lui libéra les mains.

— Pour le reste, tu te démerdes.

Avant de refermer la porte, il lança sans se retourner :

— Tu as maximum quatre heures avant qu'ils débarquent. Dans ta situation, il n'y a qu'une seule manière de fuir.

S'il te reste un peu de dignité humaine...

Mais ce que Carlier avait avoué permettait d'en douter. Thierry pariait plus volontiers sur sa lâcheté. Il enfila son casque et appuya sur le démarreur. Le vent lui avait soufflé sa prochaine destination.

52

La cafetière expectora ses dernières réserves dans un nuage de vapeur. François remit une tournée de café et tendit un gobelet à Grégoire avant de se servir. Fée écrasa son sachet de thé contre la cuillère en froissant des parfums de fleurs. *Toujours plus de la même chose... Percoler au travers de cette poudre noire, et finir par en prendre l'amertume.* Leoni mit la main sur sa tasse et se leva, au bord de l'écœurement.

— « Quelqu'un qui nous a déjà aidées »… Et c'est un « il »… Lille-Sud… Grégoire, ça te parle ?

— Jessica et sa mère vivaient seules, commandant. De ce qu'on sait, même avec leurs voisins de palier, ça n'a jamais été plus loin que bonjour bonsoir. Mais je veux bien reprendre tout de zéro.

— Il faut regarder la situation sous un autre angle. On ne cherche pas forcément un proche. Ça peut être un prof, le toubib qui a fait le signalement, celui qui s'occupe de Fatou, un infirmier, un travailleur social… Et merde ! Si seulement, elle avait pu laisser un indice !

Le commandant s'ébouriffa les cheveux. Ils tournaient

en rond. Le paysage à la fenêtre lui refusait la perspective attendue. *Du béton et du vent. Le 14 avril au matin, Lemaire, Desmoulins et Fournier entraînent Jessica dans le bois. Les deux premiers filent quand ça commence à se gâter. Fournier la viole. Jessica se défend et le frappe à la tête. Fournier s'évanouit. Jessica est persuadée de l'avoir tué. Elle est affolée. Mais elle ne se rend pas chez les gendarmes. Elle les fuit. « Si les gendarmes me prennent, ce sera terrible, terrible ! » « C'est comme si j'étais morte. » Fournier... Pendant qu'il la violait, il l'a menacée... Il lui a peut-être dit que ça ne servirait à rien qu'elle aille se plaindre, que personne ne la croirait et que ça se retournerait contre elle. Son oncle, c'est Barbier, évidemment... Il a dû être convaincant, l'espèce de crevure ! Jessica demande de l'aide à Ali. Elle sait qu'il ne dira rien. Ils ont traversé les mêmes épreuves et elle peut lui faire confiance. Mais ce n'est pas lui qui peut la sortir de cette situation. Elle ne veut pas aller en prison... C'est quelqu'un d'autre qu'elle a en tête, quelqu'un qui les a déjà aidées... Quelqu'un qui peut lui éviter la prison.*

— Fée…

Aglaé baissa les yeux, navrée.

— Je n'ai rien trouvé dans la téléphonie, commandant. Y compris pour Barbier. Je suis…

— Non, c'est pas ça. Tu vas reprendre le dossier officiel de Jessica et ressortir les noms de toutes les personnes qui sont intervenues dans sa vie et celle de sa mère. Depuis sa première admission aux urgences jusqu'à son placement en famille d'accueil. Vers vingt et une heures, Jessica a appelé Ali. Elle lui a dit qu'elle avait trouvé celui qu'elle cherchait. En bornant le numéro d'Ali on aura une idée de la zone dans laquelle elle se trouvait… Excusez-moi, s'interrompit Leoni après avoir jeté un coup d'œil à l'écran de son portable qui vibrait.

Le commandant avait espéré un appel de Thierry, mais c'est le numéro de son adjoint qui s'affichait.

— C'est Baudoin. Ils ont trouvé le portable de Jessica.

Leoni posa ses doigts sur ses paupières et les étira. Au moins les nouvelles étaient-elles bonnes. La fatigue et la douleur lui donnaient des coups d'élastique à l'intérieur du crâne. François, Grégoire et Fée ne semblaient pas plus frais que lui.

— On a de quoi charger Fournier de viol, mais pour ce qui est de l'assassinat…

— Vous n'y croyez plus, termina François.

C'était dans la logique des choses. Mais ce qu'il advient n'a pas nécessairement de logique. S'il y a eu un enchaînement, c'est la folie qui l'a guidé.

— Plus aucun élément matériel ne va dans ce sens. On a réussi à reconstituer la première partie de l'emploi du temps de Jessica, mais on se trouve face à un mur. Il faut repartir du moment où elle a téléphoné à Ali. On localise l'appel et on croise avec les éléments rassemblés par Fée. Grégoire, avec Desmoulins, on en est où ? Il a encore des choses à nous apprendre ?

— M'étonnerait qu'il lui reste une goutte de jus. Trois fois que je lui repose la même série de questions et que sa version reste inchangée.

— Dans ce cas, tu finalises et tu l'envoies chez le juge. Et tu continues de creuser la piste de la baraque à Roubaix. Le propriétaire, Lemoine, il devait pas rouler sur l'or, non ?

— Il touchait le minimum vieillesse.

— Bon, alors il était peut-être suivi par les services sociaux. Entre les personnes qui avaient connaissance de la situation de Lemoine et de sa baraque et celles qui ont suivi Jessica, il y a forcément une intersection. En comparant ta liste et celle de Fée, on mettra le doigt dessus. C'est sûrement ténu, alors, gardez l'esprit ouvert. Et toi, François, avec Lemaire ?

Saint-Venant joignit ses mains en grimaçant.

— Il y a encore un truc qui me chiffonne, commandant. Ce sont ces deux, trois minutes d'écart entre le départ de Desmoulins et celui de Lemaire. Ça concorde avec la version de Fievet et avec celle de Desmoulins. Mais Lemaire persiste à déclarer qu'il est parti en même temps que Desmoulins. C'est incompréhensible… et bizarre. Sauf s'il a encore quelque chose à cacher. Quelque chose qu'il a vu ou fait durant ce laps de temps. J'aimerais en avoir le cœur net.

— Si ça peut nous aider à bétonner l'inculpation de viol contre Fournier… Ce type est plus froid qu'un serpent, il ne lâchera rien tant qu'on ne lui mettra pas le couteau sous la gorge. Mais nous non plus, on ne lâche rien. Je sais que vous êtes fatigués, mais c'est pas le moment de lever le pied. Ah ! Une dernière chose. Aucun rapport avec notre enquête. Est-ce que Thierry aurait parlé d'un Albert Carlier à l'un d'entre vous ?

Non, ce nom ne disait rien à personne. Muissen ne l'avait jamais mentionné. Le commandant mit fin à la réunion. Il envoya un message à Aslan, ouvrit la fenêtre et se laissa fouetter le visage. L'air s'était imbibé d'hiver et crachait des paillettes glacées. Fournier, deuxième round. Leoni pensa que ce serait jouissif de lui faire ravaler sa morgue. *Et ses dents... Tu es à bout, cette petite pourriture a été bien inspirée de s'adjoindre les services d'un avocat.*

53

Rémi mit ses bottes à tremper dans un seau d'eau. Pour le marécage, il avait vu juste. Toute la matinée, Colette et lui avaient infusé dans la vase. Sa grand-mère avait photographié des dizaines d'oiseaux en citant leurs noms en latin. Elle avait chassé le vertigo des moulins, un escargot miniature et d'apparence très quelconque de moins de deux millimètres de diamètre. Elle avait frôlé l'orgasme en repérant un terrier de martin-pêcheur. Et l'apoplexie en découvrant le corps criblé de plombs d'un écureuil roux. Entre un brochet et un busard des roseaux, ils avaient évoqué les grands équilibres de la planète. En six heures, Rémi avait rattrapé tous les cours de sciences de la vie et de la Terre ratés depuis le début de l'année. Un peu plus tard, Colette avait avancé une théorie selon laquelle les crétins pesaient plus lourd que les autres, ce pour quoi le bateau était en train de prendre l'eau. Selon elle, et sous peu, l'espèce humaine boirait la tasse et, au final, même pour ceux qui glouglouteraient dans le champagne, ça ne ferait pas grande différence. Au repas, entre deux énigmes mathématiques, elle avait balancé que le poisson pourrissait toujours par la tête ; et après deux verres de vin, elle avait plébiscité la méthode du goudron et des plumes pour les pollueurs, le board de Monsanto, celui des groupes agroalimentaires, pharmaceutiques, bref tous les big trusts de la planète… Ah ! et tant qu'on y était, pour certains pseudo-écologistes au gouvernement, puis à la réflexion, l'ensemble du gouvernement, Premier ministre en tête, les présidents de tous les pays industrialisés, la famille Trump, quelques têtes d'affiche de la Manif pour tous, une poignée de faux culs, les viandards, les misogynes, les fachos et les politicards de métier – avec quadruple dose pour les cumulards –, les traders et autres spéculateurs… Colette s'était arrêtée là, en précisant que sa liste ne serait malheureusement jamais exhaustive. En conclusion et pour des raisons de cohérence et d'éthique, elle avait proposé de remplacer le goudron par du miel, les plumes par des balles de coton bio et d'organiser les festivités dans une ambiance kermesse annuelle des mécontents. Tout compte fait, leur balade n'avait pas été aussi lourde que Rémi l'avait craint. En plus, Colette ne s'était vraiment pas fichue de lui au moment du déjeuner : il avait eu droit aux petits plats dans les grands dans un château de la motte machin. Les regards de travers du maître d'hôtel ne lui avaient pas coupé l'appétit. Ils avaient bien mangé, s'étaient bien marrés et ça n'avait pas arraché la gueule de Rémi de le dire à sa grand-mère.

Pour la suite de la journée, soirée et nuit comprises, l'adolescent avait cependant des projets très différents d'un tête-à-tête avec sa mamie. Comme elle était ragaillardie et d'humeur joyeuse, le moment lui parut bien choisi pour tenter une approche. Rémi accrocha sa parka à la patère du garage et rejoignit Colette dans la cuisine.

— Ton pinson, il survit ?

Colette reposa sa tablette et enleva ses lunettes en les laissant pendre au bout de leur cordon.

— Tu as quelque chose à me demander ?

— J'aimerais aller en ville avec des copains. On mange sur Lille et après on sort.

— On sort, hein… On sort genre pour écrire sur les murs ou genre pour draguer les filles ?

— Les filles ça faisait pas partie du contrat, non ? Enfin… C'est pas ce que j'avais compris.

Colette laissa entrevoir un sourire infinitésimal. Le petit ne se laissait pas facilement désarçonner.

— Je n'ai rien contre. À la condition qu'on se mette d'accord sur l'heure et les modalités de ton retour.

— Quatre heures du mat, ça irait ?

— Trois heures et tu rentres en taxi. Pas question qu'on te raccompagne en scooter ou je ne sais quel engin de la mort. Surtout si la soirée est arrosée. Je sais bien comment ça se passe.

— Trois heures, très bien. Par contre, pour le taxi, si tu pouvais m'avancer un peu de sous ? Papa a oublié de me donner mon argent de poche avant de partir.

Colette fouilla dans son portefeuille et tendit des billets à son petit-fils avec le sentiment de s'être un peu fait rouler dans la farine. *Bah… Après tout, il n'a pas cours demain et je ne suis pas ses parents. Pour le peu qu'on se voit…*

Rémi lui embrassa la joue et monta se préparer. Colette éteignit sa tablette, regarda l'heure à la pendule et décida de mettre sa soupe en route. En brossant ses légumes dans l'évier, elle se rappela l'insouciance de ses seize ans. Sachant ce qu'elle savait aujourd'hui, jamais elle n'aurait mis d'enfant au monde. *Et il n'y aurait pas eu de Rémi de seize ans… En définitive, pour la survie de l'espèce, c'est plutôt bien calculé, cette affaire ! La fonction « conscience des réalités » va croissant tandis que celle de la fertilité va décroissant. Ça nous permet de faire de belles conneries avant qu'il ne soit trop tard.* Colette eut une pensée émue pour son mari. Le matin où elle lui avait annoncé qu'elle était enceinte, il avait pleuré. Le soir, il l'enlevait pour quelques jours en baie de Somme. « Je vais t'offrir un bouquet d'oiseaux », avait-il clamé à la cantonade. Et il avait tenu parole.

C'est là et au crépuscule, dans la réserve du Hâble d'Ault, qu'elle avait observé pour la première fois de sa vie un hibou des marais et un butor étoilé. Ils s'étaient embrassés sur les falaises, sur la plage, en haut du sémaphore. Il lui semblait encore respirer l'odeur des brises marines, goûter le sel de leurs caresses.

De fait, un courant d'air frais lui léchait les chevilles. La porte du jardin s'était ouverte et battait en faisant claquer celle de la cave. Colette se sécha les mains et courut la fermer avant que le vent ne fasse s'envoler la maison. *Ah, je me souvenais bien que j'avais oublié de le tirer, ce verrou !*

54

Ce n'était pas tant les images. Passé une certaine distance, les personnes deviennent objets. Ce n'est plus « il ». Ce n'est plus « elle ». Ce sont des corps insérés dans une séquence nue, nette d'interférences émotionnelles. Sans visage ni regard, la violence est une enveloppe vide, de la matière sèche, inerte. Pour certains, un concept, pour d'autres un spectacle. Mais il y avait les voix. Avec elles, la chair levait, prenait âme. La réalité objective explosait. *Les témoignages, les éléments matériels... Tu le savais. C'est le scénario attendu. Ce que tu ne savais pas, tu l'avais deviné. Cet enchaînement de faits, ce n'est pas nouveau. Tu l'as déjà reconstitué. Ça appartient au passé. C'est fini. Révolu. Tu le savais et il n'y a plus rien à faire. Plus rien...* Le cerveau rationnel avait beau matraquer ses messages lénifiants, au premier hurlement il avait perdu les manettes. Avec dix-sept mois de retard, Leoni recevait l'appel au secours de Jessica. L'accélération du rythme cardiaque, l'adrénaline pulsant dans ses veines, ses muscles réclamant leur dose de sucre et d'oxygène, c'était ici et maintenant. Même si c'était trop tard. Parce que c'était trop tard.

À deux minutes, Jessica avait cessé de crier « Non ! ». À deux minutes quinze, elle ne suppliait plus. À deux minutes vingt-six, ses gémissements s'étaient éteints. Après, elle n'avait plus émis que des sons. À deux minutes quarante-trois, Lemaire, celui qui n'était pas un voyeur, avait cessé de filmer le viol en cachette pour rejoindre Desmoulins.

Leoni appuya sur Pause sans illusion. Ce qu'il avait entendu ne s'effacerait pas. Il avait eu trop mal pour elle. Avec elle. Il y a ce que l'on sait et il y a ce que l'on ressent. Il souffla bruyamment entre ses deux mains réunies, constata qu'elles tremblaient, se leva d'un bond, ouvrit et ferma les poings plusieurs fois de suite. Presque en sourdine, il s'adressa enfin à son capitaine.

— François, dis-moi que Fée…

— Non, commandant. Je lui ai demandé de me récupérer le fichier, mais elle ne l'a pas ouvert. Lemaire l'avait transféré sur son ordi. Il l'a supprimé quand le nom de Jessica a été communiqué à la presse.

— Il le conservait pourquoi ? Pour faire chanter Fournier ?

— Ma main à couper que Fournier n'en connaît pas l'existence. Lemaire s'était planqué derrière un arbre. Il dit qu'il ne sait pas trop pourquoi il s'est mis à filmer et il prétend qu'il s'est souvenu de cette vidéo il y a deux jours seulement. Mais l'historique des activités utilisateur prouve qu'il la consultait régulièrement. Quand je l'ai confronté, il n'a pas souhaité fournir d'explication à ce sujet…

— Ça l'excitait, c'est ça ? gronda Leoni.

François laissa entrevoir de la gêne.

— Je pense, oui. Mais… Pas forcément pour Jessica. Il ne l'admettra jamais et ce n'est pas certain qu'il en soit conscient, mais je crois que… que sa fascination pour Fournier n'est pas nourrie que de fraternité amicale et de communion d'esprit.

Le commandant haussa les sourcils. *François et l'art de la litote, les amours refoulées de Lemaire…*

— Ça m'étonnerait que Fournier lui déclare sa flamme en retour, déclara-t-il en saisissant la tablette.

Le commandant rejoignit la salle d'interrogatoire en un temps record. *Cette fois, c'est la dernière ligne droite.* Julia Aslan leva la tête en le voyant débouler, et tiqua en apercevant ce qu'il tenait sous son bras.

— Si vous comptez encore me faire la lecture des déclarations que mon client poste sur le Web…

— Installez-vous, maître, mettez-vous à votre aise, je vous en prie… Et taisez-vous.

Même scène, mêmes acteurs. À quelques variations près. Au fond de la salle d'interrogatoire, l'agent chargé des retranscriptions avait déboutonné son col de chemise et tombé le masque du professionnel auquel on ne la fait plus. Lui aussi avait hâte d'en finir. Aux mouvements rapides de ses pupilles et à sa façon de s'asseoir sur le bord du siège, l'avocate se devinait en état d'alerte. Près d'elle, Fournier était égal à lui-même, hermétique et hautain. Leoni préféra rester debout et marcher pour évacuer son trop-plein d'énergie et de hargne. La tentation d'y mettre les poings et les pieds était forte. Mais le dérapage n'était pas autorisé.

— En résumé. Il y a deux heures, vous avez déclaré avoir « asticoté » Jessica Diao. Il y a un peu moins d'une heure, lorsqu'on vous a soumis à des prélèvements ADN et que je vous ai présenté les vêtements portés par Jessica ce jour-là, vous avez admis avoir eu des relations sexuelles avec elle, c'est bien ça ?

— Des relations sexuelles consenties, oui.

— À la question : « Comment expliquez-vous les traces de sang ? », vous avez répondu : « Elle était vierge. » À la question : « Comment expliquez-vous qu'elle vous ait frappé ? », vous avez répondu : « Je ne me l'explique pas, j'ignore ce qui s'est passé dans sa tête. » Vous maintenez ?

— Oui.

Leoni pâlit et s'appuya un instant au dossier de la chaise d'Aslan. L'avocate tourna la tête vers lui pour capter son regard, mais il se remit en mouvement. Jusqu'à son bureau. Jusqu'à la tablette qu'il fit glisser sous les yeux de Fournier. Il appuya sur Lecture.

Deux minutes quarante-trois. La souffrance de Jessica. La jouissance sadique de Fournier. Aslan lâcha son stylo et mit sa main devant sa bouche.

Dans la pièce, la bande-son :

« Je vais t'apprendre, petite salope. T'es pas chez toi ici. Les négresses, c'est juste bon à ouvrir les jambes et à sucer. Si tu parles, t'es morte. On te renvoie dans ton pays de primates. Tu sais qui je suis, pas vrai ? Tu sais qui c'est, mon oncle ? Oh putain ! T'aimes ça, hein ? Un Blanc, hein… J'sais pas si tu te rends compte de ta chance ! Tu devrais me dire merci. »

55

2001, département de la Creuse.

Jean-Toussaint plonge la main dans son seau, en sort un gardon et l'agite à bout de bras. Sur la rive opposée, dressée sur ses pattes arrière et vibrisses au vent, Safre l'observe. La seconde suivante, la loutre fend le drap du ruisseau. Sa queue godille dans le courant. En quelques mouvements agiles et puissants, la voici parvenue sur la rive. Elle s'ébroue. Jean-Toussaint se laisse éclabousser en riant doucement. En trois coups de dents, Safre engloutit le poisson. Elle se met à pousser de petits couinements aigus tandis que ses yeux vifs vont du seau à Jean-Toussaint. *Ça va, ça va, j'ai compris !* Il renverse le contenu de sa pêche sur une fougère. Safre se jette sur ce festin providentiel. Safre, ça veut dire gourmand.

— Tu pourrais dire merci, quand même.

Jean-Toussaint se racle la gorge. De plus en plus souvent, quand il parle, il a l'impression que des pierres lui roulent dans la gorge en soulevant des poussières. Les mots s'y entrechoquent comme les cailloux d'un torrent asséché aux premiers orages. Faut dire qu'il parle de moins en moins souvent. Il a battu tous les records du vieux Tarier. Jean-Toussaint pose sa main sur le corps fuselé sans distraire l'animal de son gueuleton. Safre est aussi vorace et peu farouche que l'était Sann, sa mère. La fourrure de sa gorge et de son ventre est du même blanc grisé, presque lunaire. La vieille Sann est enterrée à l'arrière de la cabane. Jean-Toussaint lui a érigé une croix gravée d'écrevisses et de truites, ses gourmandises préférées. C'est comme ça qu'ils avaient fait connaissance. Il y a quinze ans, cette voleuse lui avait barboté une truitelle sur la table. Sa prise en travers de la gueule, elle s'était perchée sur le rocher en face de la cabane, pile sous son nez. À croire qu'elle le narguait. Ou qu'elle voulait faire ami-ami. À l'époque, Jean-Toussaint se souvient très bien que, pour lui, il n'était pas question de copinage. Il était sorti en faisant un barouf de tous les Diables pour la faire déguerpir. Il avait déjà bien assez souffert de la mort de Mamilouise-d'ici, ses beuglements d'agonie qu'il entend encore quand le vent s'engouffre dans la ravine des bois rouges. S'attacher, c'est souffrir. Après, il y a la séparation. Toujours. Il était sûr de ne pas avoir le cœur assez costaud pour contenir toutes ces peines empilées les unes sur les autres. La dernière tasse la précédente et ça finit par monter jusqu'au ciel, aussi dur et froid que les montagnes de ce pays. Mais il n'y avait rien eu à faire. La chipie lui avait rendu visite le jour suivant, et celui d'après. Un matin, il l'avait trouvée allongée devant sa porte. Ce n'était pas seulement la faim qui l'avait conduite jusqu'à lui. Un hameçon s'était fiché dans sa joue et l'infection n'était pas loin de l'emporter. Jean-Toussaint lui avait confectionné un nid de chiffons et l'avait installée chez lui. Il avait retiré l'ardillon enkysté et recouvert sa blessure de pansements d'argile. Durant une dizaine de jours, il l'avait soignée et nourrie de miettes de poisson et de soupe d'écrevisses. Un soir, elle n'était plus là. Jean-Toussaint n'en avait pas été triste. Juste un peu surpris. Il n'était pas sûr de réussir à la sauver. Le lendemain, quand il avait ouvert la porte, la loutre était à nouveau perchée sur le rocher. Il s'était assis à côté d'elle, comme si c'était un vieux rituel entre eux que d'assister aux préparatifs de l'aurore en compagnie, et elle n'avait pas bougé un poil de moustache. Un peu plus tard, elle avait grimpé sur ses genoux, l'avait reniflé sous toutes les coutures puis s'était mise à son aise en nichant son museau dans le creux de son aisselle. Jean-Toussaint en avait eu des palpitations à l'âme. Il avait compris que, s'il refusait le bon d'aujourd'hui au motif du mal de demain, autant se pendre tout de suite à une grosse branche. Il avait baptisé la loutre Sann, ça veut dire cendre, et elle avait eu droit à sa figurine de bois dans la journée. Ensemble, ils avaient assisté à cinq mille trois cent cinquante-cinq levers de soleil. Autant de jours que Marie-Ève n'avait pas illuminés de sa présence. Autant de jours que Marie-Ève avait réchauffés de son souvenir.

Sann a donné naissance à trente-six loutrons. Tous ont eu un nom. Téti, Boule, Chouchou, Kèr, Pirat… Mais sa préférée, c'est Safre.

Un soir, Sann était venue gratter à sa porte. Quand il avait ouvert et qu'il avait croisé son regard,

Jean-Toussaint avait compris. Il l'avait prise dans ses bras. Deux heures après, Sann mourait de sa belle mort, la tête lovée sur sa poitrine. Jean-Toussaint avait creusé sa tombe à la lueur des torches. Après la dernière pelletée, il avait chanté *Une petite fleur l'amour*, la berceuse préférée de Mamilouise. Il était retourné se coucher le cœur pétrifié. Il avait ri beaucoup de samedis. Voilà qu'arrivait le foutu dimanche où on pleure. Le matin, il avait hésité à ouvrir la porte. De voir ce rocher vide… Mais il fallait bien. Il devait retourner à la clairière donner son bain à Marie-Ève. Il était sorti. Safre était là et semblait l'attendre dans les rayons encore timides du jour. Ils avaient regardé le soleil monter dans le ciel. La moitié de son cœur saignait, l'autre moitié souriait. Le jour et la nuit dans une seule larme.

Jean-Toussaint gratouille le haut du crâne de la petite ogresse. Safre lance de petits sifflements de contentement. Il palpe son ventre lourd et tendu. D'ici quelques jours, elle mettra bas. Jean-Toussaint lui a préparé son panier dans la cabane. Des fois que…

Encore quelques caresses et il se relève. Il est l'heure de retrouver Marie-Ève. Jean-Toussaint met son seau à tremper dans la rivière. Il prend un bidon pendu à une branche et se met en route. Quand il débouche du couvert des arbres après le dernier coude du chemin, c'est toujours le même choc. Dans l'atmosphère tamisée des frondaisons, son ange semble descendu d'un ailleurs sans mort ni laideur. Elle l'attend immobile, nue et parfaite, ses pieds nus dans l'herbe tendre, une main posée sur son sein rond, l'autre contre sa hanche. À la faveur des brises qui dérangent les ramures et des miroitements recomposés des ombres et des lumières, naissent des souffles de vie. Ici, la crispation d'un pouls. Là, un frémissement sur le ventre lisse. Cet éclat sur le talon et cette soudaine profondeur dans le creux poplité. Comme si elle allait s'arracher du sol, courir vers lui, ouvrir ses bras et le nourrir d'un baiser, ouvrir ses jambes et l'inviter à se frayer un chemin jusqu'aux étoiles. Il ne croit pas aux miracles, mais… quand même…

Jean-Toussaint fait le tour de Marie-Ève. Il la regarde avec les yeux du sculpteur d'amour. Elle n'est pas encore tout à fait achevée. Il doit encore lui donner peau. C'est peut-être ce qui sera le plus long. Dans le récipient dont il vient de dévisser le couvercle, marine le jus pâteux du marc de café rallongé d'un peu d'eau. Il commence par les tresses de sa coiffe. Il presse doucement l'éponge, fait couler la couleur, l'étale, frotte doucement, insiste dans les replis, recommence. Ses yeux se ferment. Il n'a plus besoin de voir. Tout son corps sait et se souvient. La grâce nerveuse de sa nuque, la délicatesse de ses clavicules, le tremplin de ses seins, leurs promontoires plus sombres qu'une nuit sans lune. Le violon de ses hanches, le triangle de son pubis, le défilé étroit de son sexe, l'insolence pleine de ses fesses… Jean-Toussaint masse le noir, pelote les souvenirs, encaustique les sentiments, éjacule la frustration de l'attente. Ne reste que l'amour. Dans la clairière, les oiseaux pépient et vocalisent. Des craquements et c'est le silence. Jean-Toussaint rouvre les yeux, tourne la tête. Il est ébloui, mais croit percevoir un remuement, là-bas derrière le houx. Le temps que sa vision s'acclimate et les oiseaux ont repris leur concert. Sûrement un sanglier ou un chevreuil. Le mois dernier, un cerf rôdait dans les parages. Moins d'agriculture, moins de gens, plus de bêtes. Il faudra quand même qu'il se méfie, qui dit grand gibier, dit grand prédateur. Avec les gendarmes et les assistantes sociales, les chasseurs sont parmi les pires représentants de l'espèce humaine.

Il est temps de rentrer. Jean-Toussaint se colle contre sa Marie-Ève et l'enlace. L'attendre, c'est un cadeau. Cette évidence, il l'a apprise de Sann. Il l'a perdue, oui, c'est vrai. Sur des milliards d'imbéciles heureux, il est seul à la chercher et à l'attendre. Parce qu'il sait qu'elle existe. Parce qu'elle l'a aimé, lui. Parce qu'il l'aime encore et à jamais. C'est assez beau et bien suffisant pour remplir toute une vie et se donner une raison d'exister.

56

Les yeux noirs, Julia Aslan trépignait dans le salon d'accueil en muselant sa fureur. La dernière phrase de Fournier résonnait dans sa tête. « J'admets l'avoir violée. Ce n'était pas mon intention. Mais elle m'a traité de sale Blanc impuissant. La façon dont elle l'a dit, c'était un défi ou une invitation. J'ai perdu mon sang-froid. » Une insulte que Jessica lui aurait soi-disant murmurée à l'oreille lorsqu'elle était plaquée au sol. *Pratique ! La phrase est formulée à voix basse, ce qui explique qu'elle n'ait pas été enregistrée sur la vidéo... Tu parles qu'il a perdu son sang-froid ! Je ne sais pas ce qui coule dans ses veines. Quels mensonges éhontés ! Il ne manque pas d'air, ce petit connard ! Tu avais pourtant été claire... Mais quel imbécile !... Non. Non, Julia, ce type est tout sauf un crétin. C'est un calculateur sans scrupules et un sociopathe. Mais une chose a échappé à son intelligence : bientôt, il va se retrouver face au juge, puis face à des jurés. « Tu devrais me dire merci. » La façon dont il dit ça à la victime... Gros effet. Qu'est-ce qu'il reste à défendre, hein ?*

— Maître ?

Sous l'effet de la surprise, l'avocate lâcha la poignée de sa sacoche.

— Je ne voulais pas vous faire peur, s'excusa Leoni. Comme je vous l'avais laissé entendre, le juge ne recevra votre client que demain matin. Il a été conduit au dépôt.

Aslan scruta le commandant sans vergogne. Il y avait dans son visage quelque chose de cassé et de vibrant à la fois qui n'était pas pour lui déplaire. *Pas un regard de flic, ça, je m'y connais. Mais un regard d'homme comme on n'en voit plus si souvent... Merde, Julia, c'est pas le moment de déclencher un syndrome de Stockholm, faut que tu te reprennes, et vite ! Va falloir marquer ton territoire pour la prochaine manche.*

— Mon père était turc, je suis une femme. Ça ne vous a pas échappé, ajouta-t-elle sur le ton de l'ironie. Ce n'est pas ce qui va m'empêcher de défendre Charles Fournier, vous savez. Je suis là pour ça. Pas pour broder de fausses excuses. Encore moins pour le faire libérer. Mon métier, c'est de porter sa parole et de faire entendre sa vérité. Quoi que vous en pensiez !

Leoni se rapprocha de Julia Aslan jusqu'à lui toucher l'épaule et se pencha pour lui parler.

— Vous ne savez rien de ce que je pense, maître. Comme vous, je crois que tout le monde a droit à une défense. J'y crois sincèrement. Ne serait-ce que pour essayer de comprendre de quel bois sont faits les Fournier. Si j'en juge par votre réputation, vous avez toutes les compétences pour le job, mais… Mais je ne suis pas certain qu'au fond vous en ayez vraiment envie. Et je suis sûr au moins d'une chose : la vérité de Fournier est la plus mauvaise des stratégies de défense.

— Et alors ? Je n'ai pas besoin d'aimer sa vérité ni d'avoir envie, comme vous dites ! Juste d'être pro et concentrée.

— Je viens de vous le dire, je ne mets pas en doute vos talents. Seulement, pendant que vous porterez la parole de Fournier, vous ne porterez pas la parole d'un autre…

— Et voilà ! exulta Aslan en s'accompagnant d'une gestuelle de prétoire. Vous faites une hiérarchie ! Il y en a qui méritent d'être défendus et d'autres pas !

Leoni se lissa le front d'une main lasse. *Le ramassage des ordures, c'est tous les jours et sans tri sélectif.*

— Pour entendre ce que pense Fournier, il vous suffit d'allumer la télé…

— Ou de pousser la porte d'un commissariat ! rétorqua-t-elle avec un regard de défi.

Elle n'a pas tort. La peste est partout.

— Alors il n'a pas eu de chance en poussant la mienne. Son père peut se payer un bataillon des meilleurs avocats. La preuve. Tout le monde n'a pas ces moyens. Ce que je voulais dire, c'est que certaines paroles, rendues inaudibles par le système, méritent tout autant d'être entendues. La vie est courte, maître… Le temps que vous allez consacrer à Fournier, vous choisissez en quelque sorte de le refuser à un autre.

— Choisir ? Vous en avez de bonnes ! Je suppose qu'il vous arrive d'arrêter des personnes pour lesquelles vous avez de la sympathie, non ?

— En confidence, chuchota Leoni en se rapprochant

encore, et sous le sceau du secret professionnel, vous n'avez pas idée du nombre de fois où j'ai regardé ailleurs. Je reste fidèle à ma conception de la justice. Ce n'est pas toujours facile, je vous l'accorde. Mais… Si jamais on me le demande, je nierai, poursuivit Leoni avec air de conspirateur.

Julia éclata de rire. *Un chevalier blanc ! Marié à la justice et pacsé avec la loi…* Elle fouilla dans sa sacoche et lui tendit une carte.

— Sait-on jamais ? Il se pourrait bien qu'un jour vous ayez besoin de mes services… En tout cas, j'espère que vous retrouverez le meurtrier de Jessica Diao et…

Elle laissa sa phrase en suspens pour écouter la vibration qui brouillait l'air. Leoni sortit son téléphone de sa poche et y jeta un coup d'œil en fronçant les sourcils.

— Mauvaises nouvelles, commandant ?

Des nouvelles, c'est déjà ça. Merde, Thierry, mais dans quoi tu es allé te fourrer ?

57

Les souvenirs de Thierry avaient conservé l'intensité d'une eau-forte. C'était en avril et les sous-bois étaient tapissés d'un bleu tirant sur le mauve. Sandrine avait piqué une fleur de jacinthe dans ses cheveux et tournoyait, bras en croix, au centre de la trouée. Elle riait. Et elle était si jolie quand elle riait. Même si c'était fugace. Peut-être justement pour cela. Ses joies étaient aussi saisissantes et lumineuses que les grandes marées florales de printemps. En se retirant, elles laissent au cœur des espoirs de trèfles à quatre feuilles.

À présent, le rouille et le cuivre dominaient. Dans le bois de Cise, le vent avait cueilli les dernières gouttes d'or aux doigts des arbres et malaxait des jonchées de feuilles moribondes. L'automne agonisait dans un fracas de vagues en guerre contre les rocs.

Difficile de superposer les deux images. Malgré son état d'épuisement, Thierry en était sûr, sa mère avait pris la pose adossée à cet arbre. Déraciné par la tempête, le frêne avait affalé sa voilure. Sa carcasse gisait sur quinze mètres en travers de la clairière. Vint la valse des « si ». S'il avait continué à papillonner de conquête en conquête. S'il n'avait pas dérogé à sa règle du « jamais deux soirs de suite ». S'il ne s'était pas laissé prendre le cœur. Si Éléanore n'avait pas désiré un enfant de lui… Il n'aurait pas fait ce chemin à l'envers jusqu'à cette boue, il serait ailleurs, loin. *Vide, vain. Éléanore…* Thierry tomba à genoux, cassé par le premier sanglot. Les dernières heures ne l'avaient pas asséché. Il s'étonnait d'avoir encore des larmes, sans savoir si elles lui venaient de la nostalgie des hiers, de la tristesse de l'instant ou du deuil des demains.

Rien ne serait plus jamais comme avant.

Le front posé contre le tronc de l'arbre mort, la boîte de Sandrine lui compressant le ventre, il pleura, grisé de chagrin et libéré du flux de ses pensées. Il avait tant à oublier. Tout répit était bienvenu. Ses hoquets s'espacèrent puis finirent par s'éteindre. Alors, il commença à gratter le sol à mains nues. La glèbe était meuble, noire et huileuse. En quelques minutes à peine, la tombe fut creusée. Il y déposa l'enfance de sa mère. Son bracelet de naissance marqué Sandrine. Une photo d'elle bébé, dans les bras de Carlier. Des dizaines d'autres, toujours avec lui. Un petit porte-monnaie en forme de coccinelle. Une bague sertie d'un cœur de jade. Les yeux d'Éléanore étaient de la même eau. Un flacon de patchouli. Du vernis à ongles framboise. Un carnet de dessins à l'encre de Chine. Un foulard vert en voile de coton. Sandrine détestait le vert. Thierry ne l'avait jamais vue en porter. Maintenant il comprenait : tout ce qui était dans cette boîte lui faisait horreur. Il referma le couvercle.

Une mélodie acidulée lui revint en mémoire. Des bribes de paroles et une voix au grain âpre et suave, comme des coups de ciseaux sur un ruban de miel. Le chanteur et la chanson préférés de Sandrine. Thierry fit couler la terre entre ses doigts en se mettant à fredonner.

Love me, love me, love me, say you do
Let me fly away with you
For my love is like the wind, and wild is the wind
Wild is the wind[1].

1. *Wild is the Wind*, reprise d'une chanson de Nina Simone par David Bowie.

58

« Le Souich, tombe d'Élise Muissen. Tout est là, vous comprendrez. Allez-y à deux. Je suis désolé, commandant ». Après ce SMS laconique, Thierry était demeuré injoignable. Leoni avait aussitôt confié les rênes du groupe et de l'enquête à Baudoin et embarqué Grégoire dans ce jeu de piste. Avant leur départ, Fée leur avait confirmé en quelques clics qu'Élise et Louis étaient les grands-parents de Thierry. Albert Carlier révéla du même coup son lien de parenté.

Une affaire de famille.

Durant le trajet qui dura un peu plus d'une heure, les deux enquêteurs avaient à peine parlé, sauf pour convenir que ni l'un ni l'autre n'avait la plus petite idée de ce qu'ils allaient trouver dans ce village paumé du Pas-de-Calais, encore moins de ce qu'il y aurait à comprendre. Mais ils le sentaient en silence, ce ne serait rien de bon. Au fur et à mesure qu'ils se rapprochaient du point de rendez-vous, l'inquiétude de Leoni vira à l'oppression. Champs à perte de vue, haies rachitiques, monuments aux morts, granges de tôle, fermes abandonnées, baraques en préfabriqué, églises de tuiles noires, tout cela jeté sur une moquette arasée et étouffé de bourre de nuages. *Désespérément plat. Désespérément gris.* Leoni accéléra, violant délibérément les limitations de vitesse.

Le cimetière fut bientôt en vue. Des dalles plantées dans ce qui ressemblait à une pâture. Ils n'eurent pas besoin de lire les inscriptions sur les sépultures. Le bruit du plastique crépitant dans le vent leur signala qu'ils étaient parvenus à destination. Un sac-poubelle était arrimé à la croix d'Élise, un papier y était scotché. « À remettre impérativement au commandant Leoni DIPJ Lille. »

Fébrile, la main du commandant fouilla l'intérieur du sac à l'aveugle. Il y palpa d'autres sacs contenant de petits objets et trouva un cahier. Une feuille volante était glissée à l'intérieur. L'écriture était un peu tremblée, mais c'était bien celle du lieutenant Muissen. Il y eut un temps de latence avant que son cerveau ne comprenne ce qu'il était en train de lire. *C'est pas vrai !* Leoni tendit la feuille à Grégoire et ouvrit le cahier. Il lut la première page, parcourut les suivantes et referma le tout en tremblant.

— Putain ! éructa Grégoire. Mais quelle saloperie de merdier ! Saloperie de pourriture !

Il en oublia d'allumer sa clope.

Leoni lança le sac à l'arrière du 4 × 4 et redémarra en faisant gicler mottes de terre et gravier. Grégoire entra les coordonnées GPS de la prochaine étape, quelque part plus au nord, rue de Là-haut, puis un étroit sentier sur la gauche, deux kilomètres de cahots sur les chapeaux de roues. Une ferme délabrée. C'était là.

Ils ne prirent pas la peine de claquer les portières,

sortirent leurs armes et ôtèrent le cran de sûreté de concert. Leoni se mit en position de tir. Le coup de pied de Grégoire dégonda la porte de la sinistre baraque. Le tapage de leur entrée fut suivi d'un boucan de meubles renversés en provenance de l'intérieur.

Lorsqu'ils surgirent au milieu de la pièce, Carlier battait des pieds à un mètre du sol, pendu au bout d'une corde nouée à la poutre faîtière. Le premier réflexe de Leoni fut de se ruer pour lui soutenir les jambes. Grégoire avait suivi le même conditionnement. Mais soudain, le Corse stoppa et étendit le bras, en lui barrant la route.

— Non !

Il y eut un instant de flottement et de surprise dans le regard de Grégoire. Puis il hocha la tête.

Les deux policiers se détournèrent et ressortirent. Leoni se laissa tomber assis à terre et enfouit la tête entre ses bras croisés. Grégoire se laissa choir à ses côtés et alluma une cigarette. Il y avait tout au plus douze minutes à attendre. Les mots de Thierry, la discussion avec Aslan, les petites filles, Éléanore, sa conception de la justice, la pâleur grimaçante du visage de Carlier, Leoni n'était plus sûr de rien, sauf d'avoir obéi à cette voix qui venait de lui dire : « Si c'est son choix, à ce salaud ! » *Tu as suivi ton instinct. Bon ou mauvais, tu seras ton seul juge...*

Le vent se mit à glavioter des mollards de neige fondue.

59

Colette baissa le feu sous la cocotte-minute et tendit l'oreille. Elle n'avait pas rêvé, c'était bien le carillon de la sonnette d'entrée. Son voisin X se tenait sur son paillasson. Elle pensa aussitôt à une erreur d'aiguillage. Sourire affable aux lèvres, il lui tendit une main amicale qu'elle serra, tiraillée entre un chouia de méfiance et un soupçon de mauvaise conscience.

— Michel Barret, je suis votre nouveau voisin, mais appelez-moi Michel… Avec les soucis des travaux et le déménagement, je n'avais pas encore trouvé le temps de me faire connaître. Voilà, maintenant l'erreur est réparée.

Se présentant à son tour, Colette chaussa ses lunettes pour observer le phénomène avec une précision accrue. De près, l'animal ne lui parut pas plus dangereux, allumé ou énigmatique que la plupart de ses concitoyens. Disons dans la moyenne. Le type costume-cravate, chemise à rayures classique et calvitie de bon aloi, comme des millions de spécimens. *En synthèse, l'uniforme du toqué lambda.* Pythagore en avait affiné l'âge, entre quarante-cinq et cinquante-cinq ans, sans parvenir à décrypter sur ce visage long et rasé de près autre chose qu'une bienveillance courtoise. À se demander si c'était le même fervent supplicié entrevu l'avant-veille dans la cave. Cette hypothèse étant posée, demeurait celle, infiniment plus enivrante, d'une dualité Barret-barré à explorer. Aussi, lorsqu'il l'invita pour le pot de l'amitié, Colette ne résista pas à la tentation et lui emboîta le pas. Si la foi de la septuagénaire n'avait jamais fait plus d'étincelles qu'un pétard mouillé, son érudition lui soufflait qu'affublé d'un tel prénom l'homme recelait nécessairement sa part de mystères : l'archange Michel, chef de la milice céleste, n'était-il pas ce chevalier ailé ayant combattu Lucifer lors de la révolte des anges ? *C'est parti, Colette ! Allons visiter l'antre de la bête et nous colleter à ce grand théorème de Fermat religieux !*

La tanière en question puait la peinture fraîche et le plâtre. Rien de bien folichon. Sa propreté, celle d'une clinique haut de gamme avant inspection des services de sécurité sanitaire, attisa d'emblée l'intérêt de la curieuse. *Ça, c'est déjà nettement plus révélateur...*

— Vous l'avez entièrement rénovée, dites-moi ! Vous pourriez me donner le nom de votre femme de ménage, parce que la mienne…

— C'est une entreprise de nettoyage qui s'en est chargée après les travaux. Je vis seul, vous savez.

Colette se crispa. L'intonation du « vous savez » lui avait déplu. Se pourrait-il que Michel Barret ait remarqué son manège ?

— Mais je manque à tous mes devoirs, Colette… Vous permettez que je vous appelle Colette ?

Colette permit.

Barret se rapprocha d'un petit bahut d'angle. L'un des rares meubles du salon, si l'on exceptait une banquette étroite, une table basse au plateau immaculé et une bibliothèque occupant tout un pan de mur. Dans la pièce avoisinant les soixante mètres carrés, le vide remplissait l'essentiel de l'espace.

— Qu'est-ce qui vous ferait plaisir ? Un porto ? Un Martini ?

— Je n'ai pas l'habitude de boire de l'alcool, mentit Colette. Un jus de fruits ou même de l'eau, ce sera parfait, merci.

— Le temps d'aller vous chercher ça, si vous voulez bien m'excuser quelques minutes.

Barret disparut dans la cuisine. Colette se dirigea vers la bibliothèque. Les rayonnages accueillaient des éditions anciennes de la Bible, des livres de théologie, des biographies de saints ainsi que des traités de spiritualité. Tous alignés au cordeau, ce qui ne l'étonna guère. En revanche, elle fut surprise d'y découvrir un assortiment complet de codes juridiques. *Nom d'un pinson ! Il les possède presque tous... Juriste ou avocat sûrement. Mmh, voyons voir... Qu'est-ce c'est que cette anomalie ?* À la lettre J, trois livres, rangés sur la tranche, venaient d'attirer son attention. Colette tendit la main pour les saisir lorsqu'un bruit métallique la fit sursauter. Elle jeta un coup d'œil derrière son épaule. Personne. Elle fit pivoter chaque livre pour lire la première de couverture. Tous du même auteur, Gilles Jeanguenin. *Le Diable existe, un exorciste témoigne. Le Prince des Anges, saint Michel.*

Cent prières pour lutter contre les forces du mal. Colette les repoussa en poussant une exclamation étouffée.

— Voilà !

La retraitée se racla la gorge et tenta de se donner une contenance.

— Vous possédez de très beaux ouvrages, Michel. Certaines reliures sont de toute beauté.

Barret déposa le plateau sur la table.

— Alors vous aussi, vous vous intéressez aux livres et à la connaissance ?

— À tout ce qui peut nous éclairer, répondit Colette plus vite qu'elle ne l'aurait voulu.

Le phrasé onctueux de son nouveau voisin commençait à lui taper sur les nerfs. Elle accepta le verre tendu et effectua deux pas chassés en direction de la sortie. Barret lui sourit et, dans le regard soudain fixe et froid de son hôte, Colette lut qu'il n'était plus question de cultiver des relations de bon voisinage. Son cerveau bascula en mode urgence vitale.

— Dites-moi, Colette, est-ce que vous me surveillez ? lui demanda Barret très calmement.

Trois options. Avouer une indiscrétion de concierge. Feindre l'innocence outragée. Fuir sans explication.

— Pendant que vous fouilliez dans ma bibliothèque, j'ai fait le tour par la cuisine pour verrouiller la porte d'entrée. Alors, Colette, répondez, est-ce que vous m'espionnez et qu'avez-vous appris ?

Ah, c'était donc ça, le petit bruit métallique ! Hors de question de fuir vers l'étage, c'est reculer pour mieux sauter. Cul-de-sac. La sortie vers le jardin ? Sûrement condamnée. Cul-de-sac. Réfléchis, Colette.

Respire et réfléchis. Si X est fou, cette folie, il l'a potassée. Elle possède une structure, une logique, des règles. Fais-les tiennes ! C'est ta seule chance. Sois folle.

Colette laissa tomber son verre à terre, forma une croix avec ses index et tendit les bras en hurlant : « *Vade retro Satanas !* » Son cri hystérique lui parvint en stéréo tandis qu'elle bondissait en direction du couloir et du passage menant à la cave, sous le regard estomaqué de Barret. Son calculateur intégré de Pythagore lui délivra ses résultats par le biais d'une petite voix intérieure : *Probabilité de te sortir de ce mauvais pas : minime dans la durée. Tu dois gagner du temps.*

60

L'information venait de tomber. Le 14 avril au soir, l'appel de Jessica à Ali avait été relayé par la borne située rue de la Monnaie dans le Vieux-Lille. Fée démarra une recherche à partir des adresses déjà répertoriées. Dans son dos, Baudoin roula en boule un emballage vide et ajusta son tir vers la poubelle. Lança. *Dans le mille !*

— Alors ? Ça dit quoi ?

— Rien, capitaine, souffla Fée la mine déconfite.

Baudoin refit une boule avec une feuille de papier. En vieux briscard, il savait qu'à ce stade de l'enquête la vitesse n'était plus aussi déterminante. Pour toucher au but, il s'agissait de se montrer précis, exhaustif et tenace. *Va falloir ratisser large... Possible que ça prenne des semaines... Et pour tenir le coup, rien de tel qu'une petite douceur.* Il ouvrit un sachet de Chamallows et le tendit à Fée qui refusa d'un petit air pincé. *C'est vrai qu'elle mange que des légumes bio, la p'tite... Tout ça pour mourir de rien, si c'est pas trop bête !*

— Faut pas vous tracasser, Aglaé. La petite Jessica

est peut-être venue retrouver quelqu'un qui habite dans le secteur. Mais ça peut aussi bien être une personne qui y a ses habitudes. Les cafés et les troquets, c'est pas non plus ce qui manque dans le coin. Haut les cœurs ! On n'en est qu'au début !

— Je sais bien mais…

— Tssst ! Des adresses, avant la fin, vous en aurez rentré tellement qu'il faudra qu'on vous achète un clavier tout neuf.

Baudoin consulta sa montre.

— D'ailleurs, ça me fait penser qu'on doit me communiquer de nouveaux noms. Lemoine, le propriétaire de la baraque où on a retrouvé son corps, il était dans un programme d'aide aux personnes seules. On venait lui porter ses repas à domicile. J'attends le fax de la liste des bénévoles de l'association. Allez, Aglaé, faut pas vous laisser décourager…

— Il n'y a pas de risque, capitaine, affirma Fée avec force. Et… Le commandant, Thierry, vous avez des nouvelles ?

Le sourire de Baudoin faiblit.

— Pas encore, mais ça va pas tarder. Ça doit pas être bien méchant, allez…

La grosse paluche de Baudoin atterrit sur la frêle épaule de Fée et s'y trouva tellement à l'étroit que l'auriculaire dépassait de son perchoir. Quand bien même elle ne crut pas au joli mensonge du capitaine, la jeune flic trouva, de façon inédite, ce contact plus réconfortant que pesant. Elle se dit qu'une famille ne devrait pas être autre chose que ça, un port, un anneau. Pour ceux n'ayant jamais connu ce mouillage, ceux, comme elle, pour qui les liens du sang n'avaient été qu'ouragans, il était toujours possible de reconstruire un asile. Bouts de laine, fils de soie, brins d'acier, peu importe tant que ça tient, tant que quelques-uns tiennent à vous. Fée se dit qu'elle avait enfin trouvé son point d'attache. Sur cette pensée apaisante, elle piocha une poignée d'amandes dans un petit pot en bambou et se mit à pivoter doucement sur son fauteuil en grignotant. Rien ne presse… *Pour toi, Jessica, il est trop tard depuis longtemps. Dix-sept mois... Une famille...* Prise d'une inspiration subite, Fée alluma son deuxième ordinateur. *Et si tu n'étais pas un cas isolé, petite sœur ?*

61

2005, département de la Creuse.

La foudre lui est tombée dessus à vingt-neuf ans d'intervalle. Il s'est absenté deux jours pour aider à monter une toiture dans l'arrière-pays. Deux jours et une nuit. Quand il est redescendu dans la clairière, sa Marie-Ève n'était plus là. Ne restait que l'empreinte de ses pieds dans l'herbe. Il n'a rien pensé, sauf que l'air du monde venait d'être siphonné. L'instant d'après, il s'est effondré. Les paumes de ses mains dans les pas de sa Marie-Ève de bois, il a hurlé à quatre pattes comme un animal jusqu'à ce que sa voix se fêle et déraille. Il s'est réveillé au matin, trempé, tremblant, hagard. Dans sa gorge, quelque chose s'était cassé. Il a remis son sac à l'épaule et il a ratissé ce sale pays. À chaque personne mise sur sa route, il a posé les mêmes questions : « La statue dans la clairière, qui ? Vous avez vu quelqu'un ? » Les gens le regardaient bizarrement. Même les moins hostiles, Jean-Toussaint n'aurait pas su dire s'ils le comprenaient. De Marie-Ève, tout le monde se foutait. Comme la première fois. Dans les moments d'épuisement et de découragement, il s'est demandé s'il ne l'avait pas rêvée. Si déjà, dans l'avion, il n'avait pas commencé à devenir fou.

Il est retourné chez lui. Sur les murs de sa cabane se promenaient ses personnages. Sa bonne et sa mauvaise famille, chacun dans l'ordre de son entrée en scène. Près du fenestron, Mamilouise et Eulalie, puis Teddy. Ça continuait en colimaçon sur tous les murs jusqu'aux poutres du toit. La spirale de sa vie. Il n'était pas fou. Un ouragan de malheur avec dedans les soleils de son ange, des bonheurs brûlants qu'il était seul à avoir chevauchés. Non. Il ne pouvait pas être fou. Marie-Ève, il l'avait tenue dans ses bras, il avait mordu ses lèvres, il avait tangué dans son ventre, il avait dormi dans le nid de ses cheveux. Marie-Ève lui avait dit : « Tu rêves, Jean-Toussaint ? » Marie-Ève lui avait dit « oui ». Il en avait encore des frissons. Ces mots, il ne les avait pas inventés. Ce n'était pas du vent. Jean-Toussaint a pris sa hache et s'est perdu dans la forêt. Là où il est allé, Safre n'a pas osé le suivre. Il a choisi le plus fort et le plus majestueux. Celui dont il pouvait sentir le fourmillement au travers de l'écorce. Celui qui voulait monter jusqu'aux étoiles. Celui-là, il l'a abattu. Celui-là, il l'a tué. Pour elle. Quand il est tombé, il lui a chanté une chanson. Dans le cœur de ce géant, il a débité un billot pour façonner une nouvelle Marie-Ève. Une Marie-Ève immense. Une Marie-Ève dans les bras de laquelle il pourrait s'endormir et mourir. Il s'est fabriqué un harnais avec des lianes.

Jean-Toussaint a débouché dans sa clairière un mois plus tard. Aussi maigre qu'un Christ, les épaules en sang, les yeux consumés de fièvre et son fardeau inhumain derrière lui. Il s'est mis au travail. Cette Marie-Ève, il n'allait pas la quitter, pas même le temps d'un battement de cils. Et on allait voir si quelqu'un oserait la lui voler. Ou si elle allait s'arracher de terre pour s'envoler dans le ciel. Alors, c'est sûr, elle l'emporterait une bonne fois pour toutes. Et qu'on en finisse.

— Et qu'on en finisse !

C'est ce que Jean-Toussaint ne cesse de crier en faisant voler les copeaux de bois dans la neige.

Samuel en a mal au cœur. Il l'observe à la jumelle depuis une heure. C'est Aimé, son ami pêcheur qui l'a averti. « L'ermite, le gars des loutres, j'crois bien qu'il est en train de partir en digue-digue. » L'ermite, comme ils disent ici, il le connaît. Pas aussi bien qu'il le souhaiterait, mais assez pour savoir qu'il s'appelle Jean-Toussaint Éthève. Depuis cinq ans, il lui commande de petits travaux. Cet homme-là a de l'or dans les mains et du sable dans la bouche. Plus taiseux et renfermé que les habitants des hauteurs. Pourtant, Samuel n'a pas son pareil pour tirer les vers du nez. Il a été instituteur pendant plus de quarante ans dans le nord de la France, les interrogations et les colles, ça le connaît. En partant du peu d'indices arrachés au bonhomme, le maître d'école a potassé son sujet. Depuis, il ne décolère pas. Samuel n'a que mépris pour les politiciens. Il les juge hypocrites, retors, menteurs, calculateurs, sournois, ambitieux, sans foi ni loi, dépourvus d'honneur, tombés d'une autre planète, mais il n'a pas la candeur de les croire stupides. Ils sont malins, dans le sens diabolique du terme. Et il faudrait être débile pour imaginer repeupler la France de l'intérieur en déplaçant mille six cent trente pupilles d'État plus ou moins abandonnés, d'ailleurs. Non, le déplacement des enfants comme Jean-Toussaint, c'est la queue de la comète, la modeste contribution de la DDASS de La Réunion à la grande opération commanditée par le député Debré. La firme, c'est le Bumidom, le fameux bureau des migrations. Son objectif ? Organiser le transfert en masse des jeunes travailleurs vers la métropole. Soixante-dix mille naïfs de dix-huit à vingt-cinq ans, ce n'est plus la même échelle ! Soi-disant pour soulager l'outre-mer de l'explosion démographique et du chômage… Et tant qu'on y est, avec ce lot, on vous mettrait pas un petit paquet de minots de sept à quatorze ans ? Les enfants, c'est malléable, ça s'intègre ! L'assistance sociale s'en charge. Ah que c'est beau d'être citoyen d'un pays dont la grandeur va jusqu'à tendre les bras à ses sujets les plus éloignés et les plus faibles !

Et zou ! En avant pour l'Eldorado de la métropole ! Les usines, le bâtiment, les bas échelons de la fonction publique… Même pour les plus enthousiastes des volontaires, tu parles qu'ils ont dû déchanter à la fin des Trente Glorieuses… Ah ça ! Pour emballer leurs sornettes dans du papier brillant et faire friser le bolduc, il n'y a rien comme des politicards en campagne ou qui chient dans leur froc. Pour Samuel, la messe est dite. Ces jeunes adultes, s'ils les ont incités à partir, c'est qu'ils avaient les foies qu'ils leur pètent à la gueule. Debré, depuis les accords d'Évian, il devait se réveiller toutes les nuits avec la raie des fesses mouillée. La cocotte-minute, ils ont eu peur qu'elle explose en prenant le large, comme l'Algérie. Alors ils ont évacué la pression par bateaux entiers et ils ont soufflé dans les voiles avec de belles promesses. Quand il pense à cette gigantesque escroquerie, Samuel monte dans les tours. Mais, quand il songe aux petits déplacés malgré eux disséminés dans la diagonale du vide, ses tripes se tordent. Ce qu'il ressent alors, c'est un effroi glacé et une haine sourde. C'est qu'il en a fallu des fonctionnaires disciplinés pour les cueillir et les expédier, ces gosses ! Cette satanée loi du chiffre… Les assistantes sociales, elles ont immatriculé avec un appétit de vendeurs d'aspirateurs, y compris les enfants qui avaient encore de la famille, quitte à mentir et à guider la main en bas du formulaire. Ils prétendent que c'était pour leur bien, que c'était légal. Légal ? Ça, Samuel veut bien le croire. Les puissants manipulent les lois avec plus de dextérité et de malice que le commun des mortels. Les dégueulasseries légales, il en connaît un rayon.

Samuel avait deux ans en 1942. Les gendarmes venus l'emmener avec ses parents avaient des papiers parfaitement en règle. Il ne compare pas les deux situations, mais les bons petits soldats, Samuel sait bien ce qu'ils valent. S'il est encore vivant, il le doit aux insoumis restés droits dans leurs godasses malgré le bruit des bottes. Samuel a été un enfant caché. C'est un instituteur de la Creuse qui l'a hébergé et pris sous son aile. Il disait : « Ici, il n'y a ni dieu ni Diable, ni catholiques ni juifs, ni Français ni étrangers, il n'y a que des enfants[1]. » Un Monsieur avec un M majuscule. À l'époque, il y en avait moins que de merdes battant le haut du pavé sous l'écusson tricolore. En épousant le même métier que son sauveur, Samuel a voulu suivre son exemple et honorer sa mémoire. Quand il a pris sa retraite et après la mort de sa femme, ça a été comme une évidence. S'il y avait un endroit où il devait finir ses jours, c'était ici. Dans ce coin de pays qui lui avait donné une seconde chance.

Maintenant, c'est à lui de rendre la pareille. Samuel n'est pas sûr que la manière dont il va manœuvrer soit la bonne. Il a envisagé le problème sous tous les angles, mais il n'en a pas vu de plus efficace et surtout de plus rapide. Ce n'est pas un enfant qui se tient devant lui, c'est un gaillard de près de deux mètres. Mais aussi grand et fort qu'il soit, par ce temps de chien, vu l'énergie et la rage qu'il transpire, Samuel ne donne pas cher de sa peau. Son ami Aimé, qui se tient à ses côtés, est d'accord avec lui. Encore faut-il convaincre le colosse de faire une pause. Au regard noir de Jean-Toussaint lorsqu'ils apparaissent à découvert dans la clairière, ce n'est pas gagné. Samuel brandit un torchon noué autour d'un pain rond et une bouteille de vin.

— Je suis Samuel, tu te souviens de moi ? Tu es venu réparer ma tonnelle l'été dernier. Et lui, c'est Aimé, il nous a aidés…

Jean-Toussaint grogne un oui sans lâcher son ciseau.

1. Formule attribuée à l'instituteur de Saint-Pierre-de-Fursac accueillant les enfants de Chabannes ayant obtenu le certificat d'études.

— On a appris pour ta statue. C'est vraiment moche. On s'est dit que tu aurais besoin d'un petit remontant.

— La statue, qui ? Vous savez quelque chose ?

— Non, je suis désolé, mais on peut t'aider… En attendant, ça te dit de casser la croûte avec nous ? Avec ce froid, faut se remplir le ventre !

Jean-Toussaint hésite. Il prend une grande inspiration et l'air en traversant ses poumons, produit un ronflement douloureux. Il crache.

Samuel et Aimé se regardent. Il ne va pas falloir traîner.

— Je bouge pas d'ici, finit par concéder Jean-Toussaint.

Samuel partage le pain, Aimé le garnit d'une généreuse tranche de fromage. Jean-Toussaint range son outil et se frotte les mains contre son pantalon. Du pied, Samuel dégage la neige d'une souche et s'assied. Les trois hommes mâchent sans mot dire sous les mauresques des flocons. En une série de bonds gracieux, Safre s'est invitée. Elle se gave de miettes et d'offrandes. Jean-Toussaint vide son verre de vin et désigne celui de Samuel qui est encore plein.

— Tu bois pas ?

— C'est qu'on a déjà pris un peu d'avance, répond Samuel gêné. On a encore de la route et avec les gendarmes qui patrouillent…

Jean-Toussaint semble se satisfaire de cette explication. Pourtant, quelque chose ne tourne pas rond. À commencer par sa tête. Et cette pesanteur dans ses jambes et ses bras. Sans compter les regards que ces deux-là s'échangent. La vision de Jean-Toussaint se trouble. Avant de sombrer, sa dernière pensée est pour Bourlot-l'empoisonneur. Son corps bascule. Samuel le reçoit dans ses bras ouverts.

— Tu avais dit quinze minutes, Aimé ! J'ai cru qu'il était périmé ton médoc !

— M'enfin ! Tu me prends pour qui ? J'ai été infirmier d'État, pas rebouteux ! Il est drôlement résistant quand même, ce bonhomme…

Ce n'est pas sans mal que les deux retraités transportent leur malade et le chargent à l'arrière du pick-up. D'autant que Safre ne leur facilite pas la tâche. Elle saute en tous sens en poussant des cris apeurés. Samuel n'a pas le cœur de la chasser de la banquette où elle s'est pelotonnée contre le corps de son ami.

— Bah… Peut-être qu'en la voyant, quand il se réveillera, il nous en voudra moins.

L'instituteur ne peut se défaire d'un fond de mauvaise conscience. Sa méthode de sauvetage ne le remplit pas de fierté, c'est peu dire. Et s'il était pareil à ces gens qui s'octroient le droit de décider de ce qui est bien ou mal pour les autres ?

— Je sais bien à quoi tu penses, Samuel, lui dit Aimé. Mais je te le garantis, avec sa fièvre et sous la neige, il passait pas la nuit. On pouvait pas le laisser mourir tout seul comme ça. Il est vraiment très faible… J'arrive pas à m'expliquer comment il faisait pour tenir encore debout.

Samuel ne veut pas entendre la suite. Il serre ses mains sur le volant.

Si Jean-Toussaint meurt, au moins ce sera parmi

les hommes. Il jette un coup d'œil dans le rétroviseur. Safre a calé sa tête sur la poitrine du Cafre. Ses yeux sont brillants et inquiets. On croirait qu'elle pleure. *Même si depuis trop longtemps sa seule famille, ce sont les bêtes. À se demander pourquoi on les appelle des bêtes, d'ailleurs...*

62

Jamais secondes ne s'étaient étirées avec plus de lenteur. *Les salauds, ça met autant de temps à mourir que les autres.* Grégoire écrasa sa deuxième cigarette et en fit sauter une troisième de son paquet. Leoni porta son regard vers le ciel. Le vent y avait chaluté une nouvelle race de nuages, plus compacts et plus sombres. L'horizon s'était encore affaissé d'un cran. *Les salauds, ça reste des hommes. Des hommes... Sauf que toi, au bout de cette corde, ce n'est pas un homme que tu as vu. Tu as vu un monstre, un bourreau, une bête... Et la prochaine fois, alors ? C'est toi qui feras le nœud ?*

— C'est quoi la suite, commandant ?

Leoni se remit debout en secouant la fine couche d'aiguilles glacées collées à ses vêtements. Dans le tourbillon de ses pensées, seules deux choses lui apparaissaient clairement. Les victimes de Carlier étaient en droit de recevoir sa demande de pardon. Lui mort, le secret de Sandrine pourrait rester celé.

— On dit la vérité à douze minutes près. Et si

jamais ça dérape, tu es hors de cause. Tu n'as pas à couvrir ma décision.

Grégoire accepta la main tendue de Leoni et se redressa à son tour. Une fois sur ses deux pieds, l'ancien militaire asséna une claque dans le dos de son patron.

— Si j'avais voulu le décrocher, et sauf votre respect, commandant, un tank ne m'aurait pas arrêté. Je suis aussi sur ce coup. Pour Thierry, sa mère, les autres gamines qu'il a... Il s'est bazardé et c'est très bien comme ça.

Bien comme ça. Le commandant aurait aimé être aussi catégorique. Les frontières avaient glissé. *Un jour, si ça se trouve, tu ne sauras plus de quel côté tu es.*

— Disons que c'est comme ça.

— Et pour la mère de Thierry, commandant, on dit quoi ?

— Dans ses aveux, Carlier n'en fait pas mention. Je suppose que Thierry lui a demandé des comptes en direct. C'est bien assez que ce pervers soit son oncle, personne n'a besoin de savoir qu'il était aussi son père. Ça lui appartient. Éléanore ne sait encore rien. Si elle doit l'apprendre, ce sera de sa bouche.

Grégoire tira sur sa Gitanes, réalisa qu'elle s'était éteinte et la cracha en même temps qu'un bout de tabac coincé entre ses lèvres.

— OK. Donc on s'en tient à cette version : Thierry a découvert les crimes du demi-frère de sa mère. Il a réuni les preuves, obtenu ses confessions et nous a indiqué où le cueillir... Mais on est arrivés trop tard.

Trop tard ou trop tôt ? Le soupir de Leoni fut soufflé par une bourrasque.

— C'est ça. Tu contactes la PTS et Éliane. J'essaie à nouveau de joindre Thierry et j'informe Éléanore de ce qu'elle doit savoir. Si quelqu'un peut le faire revenir, c'est elle. Il faut qu'on lui mette la main dessus, Grégoire. C'est la vraie priorité. Si je dois en arriver à faire borner son téléphone, eh bien je n'hésiterai pas… Et tant pis s'il m'en veut ! On peut pas le laisser tout seul comme ça dans la nature.

Le commandant fixa l'écran noir de son téléphone. Encore fallait-il trouver les mots. Il remonta le sentier en laissant la ferme derrière lui. Chaque pas l'éloignant de ce cloaque lui parut une délivrance. Parvenu à la jonction de la départementale, Leoni entrevit une seule vérité et une seule façon de la dire. *Ta vraie famille, Thierry, ce n'est pas cette boue. Ta vraie famille, c'est Éléanore, c'est nous. Tu vaux plus que ce qu'on a fait de toi. Tu vaux tellement mieux que ça. Allez, Thierry, je sais que c'est dur, mais il est temps que tu rentres au bercail.*

63

En scandant un « Je vous salue, Marie pleine de grâce », Colette fit coulisser la barre de fer condamnant la porte de l'intérieur, alluma la lumière et évalua la situation. Le soupirail donnant sur la rue avait été muré et elle avait oublié son portable chez elle sur la table de sa cuisine. *Prise à ton propre piège, sans aucun moyen de communiquer avec l'extérieur... Ah tu voulais voir l'antre ! Ben te voilà servie !* La porte derrière laquelle elle s'était barricadée résisterait une demi-heure, mais guère plus. Une fois que son voisin l'aurait franchie, Colette se donnait au maximum dix minutes d'espérance de vie. Ayant épuisé son unique référence en matière de liturgie, elle enchaîna quelques formules de son invention destinées à repousser le Malin. Le fait est que son salmigondis produisait l'effet recherché. De l'autre côté du panneau de bois, Barret tentait d'établir le dialogue.

— Ouvrez, Colette. Je vous assure que c'est une méprise. Je ne sais pas ce que vous êtes allée vous imaginer, mais...

— Les ruses du Diable, je les connais, vous savez. Si vous n'êtes pas cette, cette… chose immonde, c'est que vous êtes possédé.

Elle se mit à psalmodier :

— Je m'en remets à toi, Christ, notre Sauveur et Notre-Seigneur. Car toi seul es capable de commander aux démons. Retire-toi, Satan. Par la foi et le signe de la Croix. Abdique devant la toute-puissance de Jésus et de notre Sainte Mère l'Église.

— J'ai la Bible dans ma bibliothèque. Vous l'avez vue. Réfléchissez, Colette, si j'étais possédé, j'aurais cet objet en horreur.

— J'ai vu le dos du livre. Je n'ai pas eu le temps de l'ouvrir. Satan est le prince des subterfuges. Je te conjure, toi qui trompes le genre humain ! Plie-toi à l'Esprit de grâce et de vérité, reconnais celui qui t'a vaincu et quitte le corps de cet homme !

— Vous faites erreur ! Si vous saviez, je… C'est pour ça que vous m'observiez ? Mais qu'est-ce qui a pu vous mettre pareille idée en tête ?

Colette se laissa glisser contre la porte et scruta le fond de la cave.

Et enfin elle la vit en entier. Son regard se portait droit devant elle. Ses lèvres quêtaient un baiser. Une main était alanguie sur son sein et l'autre sur sa hanche. La moire de son bois palpitait d'accents chocolat en créant l'illusion de la chair. Une Vénus noire, à mille lieues de l'iconographie religieuse. *Quelle splendeur ! La vérité, Colette, la vérité dans un miroir... La vérité inversée.*

— J'ai aperçu la statue noire quand elle est tombée. J'ai vu votre réaction. Elle est là, sous mes yeux !

Qu'avez-vous à répondre à ça ! Si ce n'est pas le Diable qui est entré en vous, c'est elle. Vous êtes sous son emprise ! Vous avez besoin de l'aide d'un homme d'Église, Michel. Michel ?

64

L'ambulance disparut sur le chemin en emportant Carlier. Les agents de la PTS repliaient bagage. En travers de la porte remise sur ses gonds, le ruban jaune, pincé par le vent, improvisait un requiem. Leoni embrassa la scène d'un dernier regard. S'il n'avait tenu qu'à lui, la ferme aurait été brûlée, ses ruines rasées, les souvenirs vénéneux déracinés. *Fora u denti fora a pena. S'ell'era vera*[1]... Il tendit ses clés à Grégoire.

— Si tu veux bien remonter ma voiture… Éliane me raccompagne. On se retrouve à la DIPJ.

Grégoire plissa un œil en direction du coupé Mazda où la légiste avait déjà pris place.

— Bien. Et les autres, on s'en tient à la version officielle ou…

Le lieutenant tordait le nez, peinant à terminer sa phrase. Leoni passa la main dans ses cheveux en bataille, désorienté par des injonctions contradictoires. *Partager avec le groupe ou le protéger ? Sois*

1. « Une fois la dent arrachée, le mal disparaît. Si c'était vrai… »

honnête... Si tu avais été seul, tu aurais pris sur toi. Ta décision, ta responsabilité.

— Tu en penses quoi ?

— Là, au débotté, j'en sais foutre rien ! s'exclama Grégoire.

— On se donne un peu de temps. C'est peut-être pas le meilleur moment. Thierry d'abord. Je crois qu'il doit être le premier informé.

— C'est correct. Allez, commandant, faut pas vous mettre martel en tête. Carlier a fait le grand saut et, pour une fois, il a vu juste. Il n'a eu que ce qu'il méritait. Tout le monde serait d'accord avec ça. Et puis, c'est pas comme si on lui avait mis la corde au cou ! ajouta Grégoire en grimpant dans le 4 × 4.

Leoni referma la portière sur un sourire crispé. *Alors, pourquoi ce sentiment de perdre pied ?*

Dans la voiture d'Éliane, il étendit ses jambes, se cala dans le siège et ferma un instant les yeux en s'enivrant de l'alchimie peau-parfum de son amante, unique et animale. Il posa la main sur sa cuisse en essayant de se vider l'esprit. De n'être connecté qu'à cette double sensation de la chair aimée sous ses doigts et de sa signature sensuelle dans l'air.

— Dure journée, hein ? Tu n'as qu'à dormir un peu si tu veux...

Le Corse rouvrit les yeux.

— Dormir ? J'en serais bien incapable.

Éliane lâcha la ceinture de sécurité, coupa le moteur et fixa Leoni. Ce regard zébré de veines minérales, les griffes de lion barrant ses sourcils et les maxillaires ombreux, elle connaissait par cœur. Il y avait pourtant autre chose qu'elle n'y avait jamais lu. La peur. La légiste lui caressa la joue.

— Qu'est-ce que tu ne m'as pas dit, commandant ?

Leoni porta la main d'Éliane à ses lèvres et y déposa un baiser. Il lui sembla entendre la voix de mémé Angèle. *« A donna hè più fina chè l'oliu*[1]. *» Et maintenant ? Que vas-tu lui dire ? Un demi-mensonge ? Une demi-vérité ? Les membres de ton équipe, leur réaction, tu la connais. Ils seront derrière toi. Si tu hésites, c'est pour les épargner. Mais elle... Peut-être qu'après ça, elle te regardera différemment. Et dans le fond, elle n'aurait pas tort. Tu ne sais plus toi-même où tu en es. Tu as la trouille. Comme Fievet, comme Ali. Il n'y a guère que les Fournier qui ne doutent jamais de rien...*

— C'est en rapport avec moi. Carlier s'est jeté dans le vide avec la corde au cou au moment où on a enfoncé la porte. Je n'ai pas voulu le sauver, Éliane. C'était au-dessus de mes forces... Je l'ai laissé crever, je... On est sortis et on a attendu que ce soit fini. Tu vas penser que...

— Chut !

Éliane prit le visage de Leoni à deux mains et appuya son front contre le sien. Elle percevait la tension dans ses muscles, les zones de dureté, les pulsations erratiques. Du granit et des failles... *Il n'y a rien qu'il pourrait faire ou ne pas faire pour que je cesse de l'aimer. Sauf si lui ne m'aimait plus.*

— Je m'en suis doutée. Tu m'as accompagnée et tu es ressorti sans attendre mes premières conclusions.

1. « La femme est plus fine que l'huile. »

Quand j'ai annoncé l'heure approximative du décès, Grégoire regardait ses pieds. Je me suis demandé ce que j'aurais fait à ta place. Et… C'était idiot. Personne ne peut connaître la réponse à moins de se retrouver face à la situation. Je ne te juge pas, et je t'aime.

Leoni se laissa embrasser. En goûtant la langue d'Éliane, il pensa qu'il vivait le seul instant de grâce de cette sale journée.

65

Rémi essuya la goutte perlant à son nez et leva les yeux pour la centième fois vers l'horloge du théâtre de la Grand-Place. Une heure de retard, aucun message d'excuse, pas de réponse à ses SMS. *Y a pas, Rémi, elle t'a mis un vent et puis c'est tout.* Colette lui aurait dit qu'il suffisait d'additionner deux et deux pour en tirer cette conclusion irréfutable : Alice lui avait posé un lapin.

Il avait tant espéré que cette fois serait la bonne. Tous les marqueurs étaient positifs. Une permission de sortie jusqu'à pas d'heure. Assez de fric pour lui offrir le resto et même une chambre d'hôtel. Pas le Carlton, non. Mais l'Ibis, ça le faisait aussi, même si après il aurait dû rentrer à pied. Dans la poche gauche de son jean, il avait glissé la petite boîte contenant la bague en argent ornée du symbole de l'infini. Emballée dans un joli papier vert émeraude, la couleur préférée d'Alice, celle de ses yeux. Dans la poche droite, des préservatifs. Il avait prévu large. De là à dire qu'il était prêt, c'était une autre histoire. Il en crevait d'envie autant qu'il était mort de trouille. Ses désirs et ses craintes gribouillaient des loopings dans son ventre. Il pétochait de ne pas assurer, de passer pour un nul. Un puceau… Ce qu'il était.

En désespoir de cause et avant résiliation complète de ses desseins, Rémi se connecta sur la page Facebook d'Alice. Décélération, puis le crash : « En couple avec Ethan. » Sonné, l'adolescent s'affala sur la margelle de la fontaine, où ses fesses se collèrent instantanément à la pellicule de glace. Il n'avait plus qu'une seule envie, rentrer et se cacher sous la couette. Il dirait à sa grand-mère qu'il ne se sentait pas très bien. Il se moucha. Le rhume, voilà. Ou mieux, la grippe. Il en profiterait pour se faire dorloter. Le cœur en berne et l'amour-propre meurtri, Rémi reprit le bus.

Il sonna. Pas de réponse. Il introduisit la clé dans la serrure et l'actionna d'un demi-tour. Colette avait juste claqué la porte, elle ne devait pas être bien loin. Dans le jardin peut-être ? Dès le corridor, Rémi plissa les narines. Une odeur de brûlé s'échappait de la cuisine. Les carreaux de la pièce étaient voilés de buée. *La cocotte-minute, merde ! Mais comment ça s'arrête, ce truc ?* Muni d'un torchon, Rémi saisit la machine infernale et la déposa dans l'évier sous un jet d'eau froide. Il ouvrit la porte donnant sur le jardin. Personne. Il se rendit à l'étage, étreint par une appréhension grandissante. De Colette, nulle trace. Au moins, il ne l'avait pas trouvée morte ou agonisante. Compte tenu de son âge, sans qu'il sache lequel au juste, l'idée lui avait traversé l'esprit. *Elle est vieille maintenant, quand même…*

Mais elle est où ? Rémi envisagea différentes

éventualités. *Elle a rendu visite à quelqu'un dans le quartier. Non, elle m'a dit qu'ici elle n'est copine avec personne. Une course de dernière minute. Non, il n'y a plus rien d'ouvert à cette heure. Et puis, elle a préparé sa soupe... Elle a oublié sa cocotte sur le feu. Elle n'a pas fermé la porte à clé. Et elle n'a pas pris son téléphone.*

L'adolescent redescendit dans la cuisine. Sur le buffet, il repéra la tablette de Colette posée sur un cahier. *Peut-être que dans sa boîte mail...* Rien. Il afficha les dernières recherches effectuées. « Le corps d'une jeune fille retrouvé dans une cave à Roubaix. Disparition et meurtre d'une jeune fille de Genech, l'enquête confiée à la DIPJ de Lille... » Les trente derniers articles consultés par sa grand-mère traitaient tous de ce fait divers. Rémi se gratta la tête et ouvrit le cahier. Les pages étaient noircies de pattes de mouche et divisées en deux colonnes. « La jeune fille de la cave », à gauche, et « X et la statue de la cave », à droite.

Rémi se donna quelques minutes de réflexion supplémentaires. Peut-être tirait-il des conclusions hâtives ? Peut-être l'explication était-elle si simple qu'il passerait pour un triple idiot ? *Pour la seconde fois de la journée. J'avoue... Mais quand même, ça craint, ce truc de cave ! Si jamais... De toute façon, si le ridicule tuait, grand-mère serait déjà atomisée.*

Rémi composa le 17, supporta trois minutes de musique d'attente. *Complètement pourri, ce morceau... Si c'est pour dégoûter, c'est réussi... Qu'est-ce que tu vas leur dire ? Je crois que ma grand-mère a été kidnappée parce qu'elle a démasqué un assassin ? Putain, le temps qu'ils arrivent, et ça c'est s'ils te croient...*

Rémi raccrocha, prit le cahier, la tablette et quitta la maison en courant.

66

La mer lançait ses vaisseaux d'écume à l'abordage de la falaise. À chaque nouvel assaut, les légions de rouleaux grossis d'un vent féal pirataient un peu plus de terres. La victoire semblait proche. Un grappin de mousse percuta la véranda du petit pub en à-pic de la plage où Thierry avait trouvé refuge. « Il est temps que tu rentres maintenant. Leoni ». Il vida d'une traite sa chope de bière et repoussa son téléphone en s'essuyant les yeux. Sursauta au tapotement sur son bras.

— Coucou ! Pourquoi tu pleures ? Papi, il m'a dit que même les garçons ça pleurait, mais j'en avais jamais vu en vrai…

La petite fille qui le dévisageait devait avoir dans les cinq ou six ans. Ses yeux ronds couleur ciel de printemps mangeaient une frimousse triangulaire éveillée et mutine. Elle entortillait une tresse blonde pas plus épaisse qu'un spaghetti autour de son index. Thierry se surprit à sourire.

— Et pourquoi on pourrait pas pleurer nous aussi ?

La curieuse haussa les épaules et les sourcils en faisant la moue.

— J'sais pas… Parce que vous voulez pas qu'on dise que vous êtes des poules mouillées ? Et toi, pourquoi tu pleures ? C'est parce que ton amoureuse elle veut plus être amoureuse de toi ?

Thierry se frotta le menton, pantois.

— Si c'est pour ça, elle est bien bête, parce que moi, je trouve que tu es plutôt joli pour un garçon.

— Ah… c'est gentil. Mais non, c'est parce que je pensais à des choses tristes.

— Ben, c'est pas trop grave alors ! T'as qu'à penser à des trucs rigolos !

Sur ce, le lutin fit volte-face pour retourner s'asseoir à deux tables de là. Une jeune femme qui revenait du fond de la salle s'arrêta à la hauteur de Thierry en lançant un regard réprobateur à la fillette.

— Elle ne vous a pas embêté, j'espère ? Parce qu'elle n'en rate pas une !

— Non. Au contraire… Elle est chouette. Elle s'appelle comment ?

— Sandra.

Thierry fit un signe de la main à Sandra, qui lui répondit du bout des doigts en siphonnant les dernières gouttes de sa grenadine. Il allait suivre son conseil. Penser à des trucs rigolos. Se souvenir d'Éléanore. S'inventer d'autres ailleurs. *Encore dix minutes et tu mets les voiles. Non, c'est la petite Sandra qui donnera le signal du départ. C'est bien comme ça.*

67

2007, département de la Creuse.

Au plop !, Safre prend la poudre d'escampette. Elle n'a pas oublié. Jean-Toussaint laisse sauter un rire enroué et tend son verre. Le vin coule. Faut dire que, chaque fois que Samuel lui rend visite, il a au moins une idée derrière la tête. Jean-Toussaint trinque avec son ami. Il a mis des mois avant de le désigner ainsi. *Ami.* Que ce soit dans sa tête ou à voix haute, le mot était puceau. Tout neuf, encore dans son emballage d'origine, jamais servi.

Il y a deux ans, en se réveillant dans des draps blancs, Jean-Toussaint s'est cru au paradis. Sauf pour les douleurs dans sa poitrine, un brasier des enfers. Il a vu le Diable en pyjama. Le temps d'acclimater sa vision, il a compris. S'il en avait eu la force, il aurait pris ses cliques et ses claques sur-le-champ pour retourner auprès de Marie-Ève. Mais il se trouvait plus faible que la fois où Teddy-la-brute l'a plaqué au sol. Plus faible que quand Tarier l'a sorti de la rivière. Il a senti un mouvement et de la chaleur contre son flanc. Il a palpé. Safre lui a souhaité le bonjour d'un petit cri joyeux. Si elle n'était pas inquiète, il n'avait plus de raison de se faire du mauvais sang. Les animaux, ça sent le bon et le mal mieux que les hommes.

Jean-Toussaint s'est laissé apprivoiser le temps d'une guérison. Il lui a fallu quatre bons mois avant de se remettre sur pied. Tout ce temps-là, Samuel l'a hébergé, nourri, et s'est occupé des médicaments avec l'aide d'Aimé. Jean-Toussaint sait qu'il est passé par une belle porte.

Samuel admire l'œil gauche de la nouvelle Marie-Ève. Sa pupille est sertie d'éclats de mica et de paillettes dorées maraudées dans les lits des ruisseaux. Tout l'univers dans un cercle parfait. Samuel en reste bouche bée. Jean-Toussaint est heureux et fier de partager cet émerveillement avec son ami.

— Si tu l'avais vue en vrai !

Samuel hoche la tête. À son air emprunté, Jean-Toussaint comprend que Samuel est venu lui parler d'un sujet important. Samuel est un grand bavard. Mamilouise dirait que sa langue ne connaît pas de dimanche. Ben justement, quand c'est dimanche pour Samuel, c'est que les semaines, les mois et les années se bousculent et qu'il a perdu le bout du commencement.

— Alors voilà, se lance Samuel. La première chose, c'est Marie-Ève. J'ai pensé, si tu es d'accord, qu'on pourrait faire paraître quelque chose dans le journal. Le problème, c'est qu'à la DDASS, personne ne veut me communiquer de photo. Il faudrait que tu en fasses un portrait, c'est dans tes cordes, non ?

— Oui. Mais ça fait longtemps. Qui se souviendra ?

— C'est pour ça qu'il faut faire les choses bien. J'ai

un ami journaliste, il est prêt à écrire un article sur ton histoire. Si tu veux bien le rencontrer et répondre à ses questions.

— Pour Marie-Ève alors, et si tu es là.

Samuel se gratte la tête et se ressert un verre de vin. Jean-Toussaint sait que ce n'est pas fini. C'est toujours en deux temps avec Samuel. Comme la fois où il l'a endormi. D'abord l'amuse-gueule et après le gros morceau. Jean-Toussaint le laisse entamer sa manœuvre d'approche en rigolant sous cape. Samuel est persuadé que Jean-Toussaint ne le voit jamais venir.

— Il y a un collectif qui s'est créé, avec des personnes dans la même situation que toi, pour demander réparation…

— Non.

Cette affaire, ce n'est pas d'aujourd'hui que Samuel la met sur le tapis. Jean-Toussaint ne changera pas d'avis. *Réparation.* Le mot le met en colère. On dirait qu'on est en train de parler d'une voiture ou d'un chantier. S'il y a des gens qui ont des choses sur la conscience, elles n'ont qu'à venir lui présenter des excuses chez lui. Qu'ils retrouvent Marie-Ève, tiens ! Mais ils ne vont pas s'en sortir avec une plaque avec son nom dessus et un billet d'avion. Encore moins avec des sous. Leur sale argent, ils peuvent se le garder. Il y a quarante et un ans, il a eu droit à l'aller. Alors quoi ? Pour effacer tout ça, il suffirait de lui offrir le retour ? Il n'ira nulle part sans Marie-Ève ! S'il renonçait à ça, il vaudrait moins que rien. Et puis des mensonges, il en a eu sa part. Même pliés dans des jolis sourires, emberlificotés dans de grandes phrases ou tout brillants de rouge à lèvres, ça reste des mensonges.

— Promets au moins d'y réfléchir, Jean-Toussaint. C'est pour que les gens sachent…

— C'est tout réfléchi, Samuel. Ça sert à quoi, des excuses qui sont dites par des gens qui ne les pensent pas, pour les conneries des autres qui sont morts ou qui s'en foutent ? Et puis, pour l'État, les personnes ça n'existe pas, c'est toi qui me l'as dit. C'est bien fait, tu vois, parce que je suis personne et que, pour moi, ton État, il n'existe pas. C'est pas maintenant qu'on va se mettre en relation. Je t'ai, toi, et j'ai mes loutres. C'est très bien comme ça.

Jean-Toussaint reprend son souffle en pensant à Tarier. Il vient d'épuiser ses réserves jusqu'à Noël. Il aimerait bien faire plaisir à Samuel, mais cette histoire, c'est non. Il n'a pas envie qu'on parle dans son dos, qu'on commente son cas, encore moins qu'on le plaigne. Il veut la paix et des réponses sur Marie-Ève.

— Bon, bon. Très bien, je comprends. On fait quand même l'article, tu es toujours d'accord ?

— Oui. Si ça peut servir à retrouver Marie-Ève, je suis d'accord.

Samuel se lève et commence à faire les cent pas dans la clairière. Puis il se rassoit à côté de Jean-Toussaint et passe son bras autour des épaules de son ami.

— J'ai encore quelque chose à te dire, Jean-Toussaint.

— Je le vois bien, tu sais.

— Mais promets-moi de m'écouter jusqu'au bout et de ne pas te fâcher.

Jean-Toussaint secoue la tête. C'est sûr que, des fois, Samuel lui court sur le haricot avec ses histoires de procès. Mais c'est aussi le type qui est venu manger sous la neige pour lui sauver la vie. Samuel, c'est son ami. Ce mot-là, il n'est pas près de l'user. La seule chose qui pourrait le fâcher venant de lui, c'est qu'il meure.

— Je te promets.

— J'ai fait des recherches à La Réunion. Pour Mamilouise, je suis désolé, Jean-Toussaint… Mais j'ai retrouvé Eulalie. Je l'ai eue au téléphone. Je lui ai expliqué pour les lettres que tu lui as envoyées. Elle ne les a jamais reçues, comme tu n'as jamais reçu toutes celles qu'elles t'ont envoyées. Mais elle ne t'a pas oublié. Elle est grand-mère maintenant, et elle veut te revoir. Elle vient le mois prochain… je l'ai invitée à la maison.

Jean-Toussaint se met à sangloter comme un gosse de neuf ans.

68

Sur les visages des membres du groupe réunis autour de leur commandant, l'effarement le disputait à la consternation. Dans leur cercle, l'entrée fracassante du couple Thierry-Carlier criait ceci : le mal n'est pas cantonné aux bals de quartier. Depuis la nuit des temps, sa petite musique se joue en tous lieux. Il est l'instrument. Il est la note. La piste et le cavalier. Plus souvent qu'à son tour, le chef d'orchestre. Aucune partition ne se joue sans lui. Il ne refuse aucune passe. Les danseurs sont dans notre lit, à notre table. Nous sommes tous des danseurs en puissance. Pour avoir refusé son bras au pendu, Leoni le savait plus que tout autre.

— J'attends la dernière localisation du portable de Thierry. Dès que j'ai l'info, et s'il ne s'est pas manifesté, je propose qu'on aille le chercher.

Quitte à le ramener par la peau des fesses.

— Un bornage ? Mais comment ? s'étonna François.

— Rien d'officiel, quelqu'un qui me doit un service, éluda le commandant. Pour Thierry, vous êtes OK ?

Pure question de principe.

— Bien. En attendant, on fait un point sur Jessica. On en est où, Baudoin ?

— On a rentré tout un tas de noms, reliés à elle, sa mère, Lille-Sud, Genech et la baraque à Roubaix. Aucun n'a fait tilt avec la zone du Vieux-Lille où elle se trouvait le 14 au soir. Mais Fée a dégoté d'autres cas… On était justement en train d'essayer de dépatouiller le truc.

Fée se sentit rougir sous le regard approbateur du commandant. Sur le tableau blanc, elle projeta trois avis de disparition inquiétante ainsi qu'un article de journal illustré d'un portrait au crayon. En éliminant les critères d'espace et de temps pour ne conserver que la tranche d'âge et les caractéristiques physiques, elle avait ramené d'autres Jessica dans ses filets. Deux jeunes filles dans la région de Lyon. La première, disparue de sa famille d'accueil en 2001. La seconde, signalée fugueuse d'un centre éducatif fermé en 2005. Enfin, en 2007, à Lille, une adolescente vivant seule avec sa mère divorcée. Le père avait été soupçonné de son enlèvement avant d'être finalement mis hors de cause. Juxtaposé à ce tiercé, le dessin publié dans l'article de journal semblait la pièce rapportée d'un vieux puzzle.

— La dernière, il s'agit de Marie-Ève Nativel. Elle n'a plus donné signe de vie à partir de 1976. C'est très loin, je sais… Mais ce visage, on pourrait presque le superposer à la reconstitution de celui de Jessica. Et puis elle était immatriculée à la DDASS. Toutes ces filles ont été suivies par les services sociaux et aucune n'a été retrouvée, alors…

Son minois de poupée soudain durci par une colère rentrée, Fée tendit une photocopie de l'article à Leoni.

— Marie-Ève Nativel était de ceux qu'on a appelés les Réunionnais de la Creuse. Une partie de son histoire est détaillée dans ce papier, commandant. Même si elle n'a aucun rapport avec les autres, je me suis dit qu'on ne pouvait pas la laisser tomber. Elle mérite aussi qu'on lui rende justice.

Le commandant pâlit à la lecture de la pleine page. Placée comme domestique chez un diacre…

— On la garde, sois tranquille. Demain j'appellerai ce Samuel Cyger. Mais pour ce soir, il faut essayer d'avancer sur les cas plus récents. Ce sont ceux sur lesquels nous avons le plus d'informations.

Leoni fit pression sur ses paupières fatiguées. *« Elles ont toutes été suivies par les services sociaux. » « Elle mérite aussi qu'on lui rende justice. » Justice ! « Aucun nom ne fait tilt. » Aucun nom... Mais est-ce qu'on a rentré tous les noms ? « Quelqu'un qui nous a déjà aidées... » Quelqu'un qui pouvait la sauver des griffes de la justice. Et le dernier appel de Jessica borne rue de la Monnaie. Soit derrière le tribunal.*

— Dans le dossier de Jessica, le nom du juge qui s'est occupé d'elle, vous l'avez vérifié ?

69

Michel Barret s'était tu durant douze minutes d'un silence à râper les nerfs. Après plusieurs « Michel ? » demeurés sans réponse, Colette avait réactualisé son analyse de la situation et classé ses conclusions par ordre de vraisemblance. *Il est allé chercher des outils pour démonter la porte, tu dois trouver une arme pour te défendre. C'est un piège, il attend que tu sortes de ton trou, tu ne bouges pas. Il a succombé à une crise cardiaque, tu attends d'être sûre. Il est parti, tu attends d'être sûre. C'est vraiment le Diable, et là, tes chances relèvent de la physique quantique, Colette. Infiniment petites*... Quand soudain :

— C'est vous qui essayez de m'embrouiller l'esprit. J'ai vu l'ombre chinoise et je suis entré chez vous, Colette. C'était pour me provoquer ? Que savez-vous sur moi ?

— Mais de quoi parlez-vous, à la fin ! Moi, j'essaie de vous embrouiller l'esprit ? C'est le monde à l'envers ! Vous m'invitez chez vous et vous bouclez les portes ! Ç'est tout ce que je sais. Ça et le fait que votre bibliothèque est remplie de livres vraiment pas catholiques ! Vous auriez fait quoi à ma place, hein ?

— J'ai bien vu que vous m'espionnez, Colette.

— Ben ! Vous êtes mon nouveau voisin. Normal que je me renseigne.

— S'il n'y a que ça, Colette, vous pouvez sortir sans crainte. C'est un terrible malentendu…

Colette fit la grimace. *Ben voyons. Je sors et couic. Ce type me prend pour une demeurée, ma parole.*

— Si vous le dites ! Dans ce cas, vous appelez quelqu'un dont je vais vous donner le numéro et dès que j'entendrai sa voix, j'ouvrirai la porte. Vous m'avez enfermée, je vous ai un peu surveillé. On remet les compteurs à zéro et chacun retourne chez soi. On fait comme ça, Michel ?

Ce silence, c'est qu'il réfléchit. C'est bon signe…

— Si c'était aussi simple. Mais ce n'est plus possible maintenant que vous l'avez vue.

— Que j'ai vu qui, quoi ? s'affola Colette.

La statue, bien sûr, triple buse ! Elle frissonna au gémissement douloureux de son voisin. Durant de longues secondes, elle ne perçut que sa respiration saccadée. Quand Michel Barret reprit la parole, ce fut d'une voix fêlée, scandée sur un tempo lancinant.

— La démone du vent et de la nuit. Elle est Lilith la lascive. Mais elle porte tant de noms ! Aussi vieille que l'obscurité. Aussi jeune et resplendissante que dans les commencements. Elle a tant de filles, tant de sœurs. Quand l'une s'éteint, une autre prend sa place. Je n'ai qu'un seul maître, c'est notre Seigneur et il m'a assigné le devoir de les combattre toutes. Car je sais flairer les miasmes du stupre sous les parfums de l'innocence. Je l'ai toujours su. C'est le pouvoir qu'il m'a donné. Celle-là est la reine des tentatrices. Elle est entrée dans ma maison en se faisant appeler Marie-Ève. Elle y a semé les germes du Mal. Son pouvoir ne cesse de grandir, son ombre croît… De plus en plus souvent, je l'entends qui m'appelle. Chaque nuit, elle m'envoie des rêves. Vous n'imaginez pas le poids de mon fardeau ! Peut-être qu'il est temps pour elle de retourner à son élément ? Que Dieu me pardonne, Colette, mais si vous ne voulez pas sortir, je ne vois pas d'autre échappatoire.

70

Rémi secoua ses dreadlocks en croisant les bras sur sa poitrine.

— Mais c'est MA grand-mère ! Pas question que je reste ici ! Je viens avec vous ! hurlait-il à la cantonade.

Leoni enfila son gilet pare-balles en secouant la tête. Bien sûr, il comprenait. *C'est sa mémé, c'est important.* Mais déjà, l'adolescent survolté ne tenait plus en place. Comment l'emmener en s'assurant qu'il ne coure aucun danger ?

— Je peux m'en occuper si vous voulez, commandant, intervint Baudoin en mettant fin à son dilemme.

— Merci. Si c'est toi, j'aurai l'esprit tranquille. Tâche de le rassurer. Et surtout, tu le gardes bouclé à l'intérieur tant que la situation n'est pas sous contrôle.

Rémi s'engouffra en ronchonnant à l'arrière du véhicule et s'installa aux côtés de son imposante nounou. Les portières claquèrent. Trois voitures quittèrent la DIPJ toutes sirènes hurlantes. Direction, le domicile de Michel Barret, juge des familles en charge des dossiers des quatre disparues et trésorier de l'association venant en aide aux plus démunis, dont feu le propriétaire de la maison roubaisienne devenue sépulture. Les événements s'étaient brutalement télescopés : l'irruption de Rémi, causant un tintouin de tous les Diables à l'accueil – « J'exige de parler au commandant Leoni chargé de l'enquête sur Jessica Diao ! Ma grand-mère a été enlevée ! » – et les recoupements entre les données récoltées par Fée, lesquelles désignaient le juge Barret, à quelques vérifications en cours près.

À la satisfaction un peu surprise de Rémi, ses arguments avaient porté. Une grand-mère en détresse dont l'adresse était voisine de celle de leur principal suspect, les conditions étaient suffisantes pour déclencher une intervention en urgence.

Le cortège relia Wambrechies en moins d'un quart d'heure et bloqua l'impasse peu avant la propriété de Colette Chabroux. Rémi esquissa un mouvement pour quitter la voiture, mais la pogne de Baudoin sur son avant-bras le rappela à l'ordre. L'adolescent se mit à ronger les ongles de sa main libre en observant les policiers se disperser. Un groupe emmené par Grégoire pénétra dans la maison de Colette afin de couper toute retraite éventuelle par les jardins. Au même moment, au signal du commandant, la porte d'entrée de Barret fut défoncée au bélier. Leoni et François suivis de quatre agents s'engagèrent à l'intérieur. Rémi s'arc-bouta sur la banquette.

— Tu te calmes et tu respires, conseilla Baudoin. Ça va aller. De toute façon, ils sont entrés. Maintenant, ce ne sera plus très long. Allez. Calme-toi, fit-il encore en lui tendant un paquet de Pépito.

L'adolescent s'en enfila six coup sur coup. Pensant

à sa grand-mère. *« C'est bourré d'huile de palme ces cochonneries, Rémi ! Pour la santé des forêts indo-malaises et des orangs-outangs, c'est une calamité... »*

En songeant qu'elle ne lui ferait peut-être plus jamais la leçon, Rémi ressentit un coup de poinçon dans l'estomac. Aussi chelou et bizarroïde qu'elle fût, sa grand-mère venait de lui apparaître tel un centre de gravité. Un point parfois suant à calculer, mais sans lequel l'équilibre n'existait pas. Baudoin vit le garçon au bord des larmes et lui lâcha le poignet pour lui serrer la main.

— Allez, allez, essaie de penser à des trucs sympas.

Sur ce, il saisit lui aussi une rangée de biscuits empilés et les enfourna. *Ils en mettent du temps à ressortir quand même...*

71

L'appel de Leoni ne fut suivi d'aucune réponse. En contrepoint des flux d'air aspirés par le trou béant, leur parvint le staccato d'un martèlement. Dans le ping-pong hasardeux des échos, impossible d'en détecter l'origine. Le groupe se sépara au milieu du couloir. François continua sa progression au rez-de-chaussée et Leoni s'élança dans l'escalier menant aux étages, deux hommes sur ses talons. Le palier desservait six portes closes.

D'un geste, le commandant répartit ses agents de part et d'autre et courut vers les portes du fond. La première desservait une salle de bains. Vide. La seconde était fermée à clé. Il dégaina son arme, fit exploser la serrure et déboula dans la pièce. Une chambre immense, cambriolée de vents monte-en-l'air. Dans l'encadrement de la fenêtre grande ouverte, la silhouette d'un homme sur une chaise. *Alors, c'est toi.* Le fuyard se tourna vers lui, ses yeux exorbités et luisants le fixèrent. Leoni le mit en joue, ajusta son tir et fit feu sans hésiter. Michel Barret s'effondra dans un vacarme de bois brisé.

En une dizaine de pas, Leoni fut sur lui. Ses agents accouraient.

— Tout est OK. J'ai tiré sur le pied de la chaise avant qu'il ne saute… Je ne serais jamais arrivé à temps.

Il menotta le juge groggy et le plaça sur le flanc. Enfin, il prit quelques secondes pour le dévisager. *Tout ce qu'il y a de plus banal, la gueule de la folie ordinaire.* Celui-là, il ne l'avait pas laissé plonger. *Celui-là nous doit encore des explications. À commencer par les lieux où il a caché les corps des autres petites.*

— Vous me l'embarquez. Je vais voir où en sont les autres.

Leoni se laissa guider par les bruits de masse. Dans le corridor du rez-de-chaussée, les policiers s'escrimaient à dégager une porte condamnée par des planches et des barres de fer. François s'avança vers son commandant à pas heurtés et gauches.

— Quand j'ai entendu…

— Il est maîtrisé. Pas de bobo. Et elle ?

— Indemne apparemment. Je parle avec elle à travers la porte, elle a du tempérament et du sang-froid à revendre. Faut juste qu'on finisse d'arracher tout ce qui bloque. D'après ce qu'elle dit, ce bricolage n'était que provisoire. Barret lui a dit qu'il allait l'emmurer.

Dans la cave… Un spasme contracta les mâchoires du Corse.

— Il n'enterrera plus personne. J'appelle Baudoin. Le gamin doit être sur les charbons ardents et j'imagine qu'elle sera contente de voir son petit-fils quand elle sortira.

Quelques minutes plus tard, Colette fut libérée. Leoni s'effaça pour laisser grand-mère et petit-fils à leurs retrouvailles. *Et vice-versa. De la joie partagée, c'est toujours bon à prendre.* Il s'amusa de voir l'échalas aussi épais qu'un bâton de réglisse soulever sa mamie modèle réduit en la faisant quasi disparaître sous la pluie de cordes de sa coiffure. Puis il ne put s'empêcher de rire franchement aux protestations de l'aïeule « C'est bon, Rémi. Moi aussi, je suis contente, mais tu peux me reposer maintenant. »

Aussitôt après avoir touché terre, la septuagénaire se dirigea vers lui et lui tendit une main sèche et décidée.

— Colette Chabroux. Commandant Leoni, je vous dois une fière chandelle.

— C'est à Rémi que revient le mérite. Il a réfléchi vite… et juste.

— Oui, répondit Colette avec fierté. Il m'a battue. Moi, j'ai réfléchi un peu trop vite en acceptant l'invitation de mon voisin. Notez que j'avais vu juste, même si j'ai failli avoir tout faux. Enfin ! On a eu le temps de parler, lui et moi. Je vous passe le galimatias religieux, sauf en tant que symptôme, et si l'on veut comprendre son système de pensée, ça n'a pas grand intérêt. Mais il a évoqué plusieurs fois une Marie-Ève. La statue dans la cave, c'est elle apparemment. Vous verrez, c'est une merveille ! Je suis persuadée que c'est une femme qui existe ou qui a existé. Dans cette cave… il n'y a pas que la statue, mais j'ai préféré ne pas creuser la question. Hier, je n'aurais jamais dit une chose pareille, mais ce soir, je pense qu'il y a des choses qu'il vaut mieux ignorer.

Quand on a le choix de les éviter, autant se préserver.

— Vous avez été bien inspirée. Eh bien, merci pour ces informations. Des policiers vont vous raccompagner pour prendre votre déposition. Et puis, si à l'avenir vous menez vos propres enquêtes, pensez à nous prévenir de l'avancée de vos investigations.

— Je n'y manquerai pas, rétorqua Colette le plus sérieusement du monde. Mais vous savez, d'habitude, je préfère m'occuper des oiseaux, ils sont moins nuisibles que les hommes.

Entièrement d'accord avec vous. Leoni confia Colette et Rémi aux bons soins de Baudoin et fit signe à François.

Pour eux, la question du choix ne se posait pas. Les deux enquêteurs enfilèrent leurs gants et descendirent à la cave.

72

La folie de Barret était contenue dans sa cave, son obscurité reléguée à l'obscurité du sous-sol. Là, rien d'ordinaire ou de banal. Pendus à des pitons, disciplines et cilices brunis de sang séché ainsi que des tressages métalliques aux mailles hérissées de picots. François en examina un en forme de croix.

— Des chaînes, je croyais ne plus jamais voir ça…

— Là, François, tu dois m'éclairer.

— On les pose sur les membres, autour de la taille ou, comme cette croix, à l'épaule et on serre pour faire entrer les pointes dans la chair. Barret est un doloriste.

— Se rapprocher de Dieu par la souffrance ?

— C'est ce qu'ils prétendent, articula François d'un filet de voix. Des pratiques d'un autre âge, une pitoyable manifestation d'orgueil et d'aveuglement. C'est par l'esprit et par l'ascèse morale que l'on s'élève vers Dieu. Pas en se mortifiant. Ces fous finissent par se complaire dans la douleur et jouir du mal qu'ils s'infligent. Plus que quiconque, ils sont prisonniers de leur corps, de leurs pulsions, de leur faiblesse. Jessica et les autres en sont la triste preuve…

— Et ce type est juge ! commenta Leoni en secouant la tête. (Il désigna une armoire à son capitaine.) Je te laisse faire l'inventaire, s'il y a quelqu'un ici qui peut nous faire entrer dans sa tête, c'est toi. Je vais jeter un œil à cette sculpture.

Colette n'avait pas exagéré. Leoni fit le tour de la pièce de bois, abasourdi. Ses formes, sa pose et son essence invitaient à la caresse et à l'abandon de l'amour. Bien que l'attraction fût grande, par respect autant que par pudeur, il se garda de la toucher. Dans la facture de l'œuvre, il reconnut la patte du dessinateur de l'article de journal. *Jean-Toussaint Éthève... Ce serait donc toi, Marie-Ève Nativel, disparue en 1976... Marie-Ève, je ne sais pas ce qui t'est arrivé, mais avant de mourir, tu as été aimée. Follement aimée.*

— Dis-moi, François, il avait quel âge, Barret en 1976 ? Cinq, six ans ? Il n'a quand même pas pu…

François releva la tête, livide. Il tenait un cahier ouvert.

— François ? Tu m'as entendu ? Qu'est-ce que tu es en train de lire ?

— Pardon, commandant. Ce sont des sortes de journaux intimes. Classés par date, mais dedans, les événements sont mélangés. Dans celui-là, il parle de Jessica. Il dit qu'elle lui a tendu un piège, qu'elle a essayé de l'apitoyer avec des mensonges, qu'elle l'a soumis au supplice de la tentation en lui dévoilant sa gorge… Pauvre petite ! Dire qu'elle était allée chez lui chercher de l'aide !

— Quelque chose sur Marie-Ève ?

— Il ne parle que d'elle, commandant. Il l'appelle

Lilith, il écrit que toutes les autres sont ses filles et il se voit comme le guerrier destiné à les détruire. Il dit qu'il sait la reconnaître depuis qu'il est enfant. Que son père lui a montré la voie en la nommant et en la combattant devant ses yeux ! Il a repris le glaive de son père au nom du Père…

— Le diacre ! C'est le fils du diacre ?

— Oui, commandant, Michel Barret a vu son père se livrer au viol et au meurtre de Marie-Ève. Et il a essayé de donner un sens supportable à ces scènes. L'éternel combat de la lumière et de la nuit.

Leoni se compressa les tempes. Les élancements se faisaient plus aigus. *Le bien versus le mal... Si les choses étaient si tranchées, ce serait tellement simple !*

Dans le fond de l'armoire, sous les piles de cahiers, restait un coffre qui n'avait pas été ouvert. Leoni en fit sauter le cadenas à l'aide d'une pierre. François laissa échapper un « Seigneur ! » caverneux.

— Les tresses de Jessica ! Mais… il y en a vraiment beaucoup. J'ai bien peur que Barret ait largement plus de quatre victimes à son actif…

Leoni referma le couvercle d'un coup sec.

— Allez, François, on a vu tout ce qu'on devait voir. On a eu notre dose pour la journée. La PTS finira le boulot.

Ils grimpèrent les marches plus vite qu'ils ne les avaient descendues. Pendant que François distribuait des consignes aux agents postés à l'entrée, Leoni rejoignit Baudoin et Grégoire en pleine discussion sous le porche du jardin. Après la démence de Carlier, celle de Barret. L'air de ces maisons lui viciait le moral.

En chemin, un *bip* lui annonça la réception d'un message. Le téléphone de Thierry venait d'être borné. *Ah ben voilà ! Il ne reste plus qu'à aller le chercher.*

— Ault, vous savez où ça se trouve ? Thierry est là-bas.

Baudoin gloussa.

— En baie de Somme. Pas de risque que j'oublie, c'est là que j'ai fait ma demande en mariage. Mais ça va nous faire une petite trotte… Bah ! on prendra le petit déjeuner sur place, tous ensemble ! Je connais une boulangerie…

Leoni décrocha son téléphone. Un appel direct. Il sourit à l'affichage du nom de l'émetteur. *Et quand on parle du loup…*

— Allô, Thierry ?

73

Le lutin avait usé de tous ses sortilèges pour une limonade. « Oh ! S'teuplé ! Ça fera comme si je boivrais des vagues sucrées. » Bisous pingouin, maminouche-que-j'aime-à-la-folie, œillades, maminette d'amour, bisous papillon, sourires à damner un saint… Maman n'était pas de bois, maman céda. Avec sa paille, Sandra touilla, aspira et souffla en provoquant tsunamis, dépressions et microclimats dans son verre. Entre deux pschitts, Sandra zyeuta Thierry qui se laissa dévorer sans fausse pudeur. C'était bon, ces bulles.

Après la dernière goutte, ce fut le moment de partir. La mère de Sandra remercia Thierry d'un sourire, en réglant sa bière, il avait payé la tournée. La fillette lui colla un « bisou-fée » sur la joue, râla un peu, « Tu piques », et donna un dernier conseil : « Faut que tu te rases pour ton amoureuse. » Thierry la remercia pour les trucs rigolos. Sandra pouffa dans sa menotte.

Elles partirent.

Thierry leur emboîta le pas.

Dehors, sa moto était garée à côté de leur voiture.

Sandra échappa à la main de sa mère et se mit à courir sur le parking bras déployés. Elle était une mouette. Thierry prit une nouvelle rasade de bon. Et puis la plaque de tôle se détacha. Thierry l'entendit avant de la voir. Un sifflement déglingué. Une tessiture zappant du grave au cristal. Missive d'acier postée par une Cassandre anonyme. Thierry la vit enfin. Thierry la lut.

Le vent avait décidé d'un rapt violent. Sandra avait décidé de la courbe de sa course. Thierry avait décidé de s'interposer entre l'enfant et le vent. Quand la lame lui heurta l'occiput, il pensa au passé de Sandrine, à l'avenir de Sandra. À ce battement d'oiseau contre son cœur, entre ses bras, à cet épi blond qui lui grattait le menton… *Putain de vent !*

74

Cette année, département de la Creuse.

Jean-Toussaint dépose un bouquet de roses sculptées et s'agenouille sur la terre fraîchement retournée. Les roses en hiver, ça coûte cher. Au printemps, il la recouvrira des fleurs de la forêt. Marie-Ève n'a pas besoin de croix. Si le bon Dieu existe, elle le tutoie. Sous le monticule, elle est enfin allongée. La statue de Marie-Ève veille sur Marie-Ève. Et c'est très bien comme ça. C'est Samuel qui s'est occupé des démarches pour que son ange puisse être enterré dans son cimetière familial. La DDASS voulait s'en charger pour l'envoyer encore Dieu sait où ! Jean-Toussaint en était tombé malade. Ils allaient décider aussi de ça ? Même après la mort, ils disposaient d'eux ! Mais Samuel n'a pas lâché, il a ameuté la presse, les associations, et les grands manitous ont fait profil bas. Ça a été un tel tourbillon…

Tout a commencé par le coup de téléphone d'un flic de Lille qui disait avoir retrouvé la statue. Jean-Toussaint parierait que Samuel ne lui a pas tout raconté en une fois, qu'il y a été par petits bouts.

C'est bien le genre de Samuel, ça. Mais il s'est douté qu'il y avait anguille sous roche. Il a su que son attente allait prendre fin. Que bientôt il n'aurait plus à chercher Marie-Ève. Les policiers ont fait le voyage depuis le Nord. Jean-Toussaint et Samuel se tenaient sur la placette quand ils ont forcé la porte de la maison. Depuis la mort du diacre et de sa femme, plus personne n'y avait mis les pieds. Le diacre… Quand Jean-Toussaint a appris ce que ce salaud avait fait à Marie-Ève, il a failli aller le déterrer pour lui écraser les os. Quand il pense que, tout ce temps, elle était dans la cave ! Sous cette maison de malheur ! Il se souvient de la tête de la femme du diacre quand il est venu la voir, ce jour-là, pour la questionner sur Marie-Ève. Il se demande si elle savait. Il se demande ce qu'est devenu le bébé qu'elle tenait dans ses bras. S'il s'est aussi transformé en Diable comme le petit garçon qui l'observait avec des yeux brillants, à demi caché derrière l'horloge du couloir. Jean-Toussaint croyait lui avoir fait peur avec son allure d'épouvantail. Le diacre lui a pris Marie-Ève. Son fils la lui a volée. Une sale engeance.

Il a vu le sac plastique quand les agents sont sortis de la maison. Alors, il a repensé à la rivière. Il n'avait plus à hésiter, il savait où était Marie-Ève et il savait quoi faire pour la rejoindre enfin. Mais Samuel le tenait serré contre lui. Il paraissait si fragile et si vieux. Il n'arrêtait pas de répéter : « Pense à Eulalie, Jean-Toussaint. Respire et pense à Eulalie. » Et puis il y a eu ce grand type avec des yeux semblables aux pierres du ruisseau, c'était le flic de Lille. Il voulait lui parler. Jean-Toussaint n'était pas très chaud. Les flics et les gendarmes… Mais c'est grâce à lui qu'on a retrouvé Marie-Ève et les autres. Jean-Toussaint lui devait bien ça. Leoni, il s'appelle. Drôle de nom de famille. Ça ressemble à un prénom de fille. Jean-Toussaint le lui a fait remarquer et le grand type lui a dit de l'appeler Pierre-Arsène.

Pierre-Arsène avait reçu une sacrée beigne, sa lèvre était toute gonflée et fendue. Comme la sienne quand il s'est battu contre Teddy-la-brute. Jean-Toussaint lui a demandé ce qui lui était arrivé. Les flics qui prennent des gnons, c'est pas si souvent. Pierre-Arsène lui a raconté qu'il s'était expliqué avec un gendarme, un gendarme qui n'avait pas fait son boulot pour retrouver une Jessica. Il a ajouté en rigolant que si lui, il était bien arrangé, le gendarme Barbier en avait pris pour son grade. Après, entre eux, le courant est passé. Avant de repartir, Pierre-Arsène a accepté de prendre le casse-croûte avec Samuel et lui dans la clairière. Jean-Toussaint lui a montré sa nouvelle Marie-Ève. Pierre-Arsène retenait ses larmes. Un flic qui prend des gnons, un flic qui pleure… Ils ont causé. Jean-Toussaint lui a présenté tout son petit monde en bois et son chemin à l'envers. Pierre-Arsène, tout du long, il a serré les poings et les dents, ça avait l'air de le retourner, cette histoire. Il lui a confié que lui aussi venait d'une île. Que lui aussi avait une Mamilouise qui s'appelle mémé Angèle, même qu'ils habitent ensemble. Jean-Toussaint n'en revient toujours pas. Un flic qui prend des gnons, qui pleure et qui habite avec sa mémé !

Pierre-Arsène lui a dit d'autres trucs que Jean-Toussaint

n'oubliera pas de sitôt. « Je ne suis pas sûr que j'aurais eu votre force. Vous êtes resté un type bien, Jean-Toussaint. Mamilouise doit être fière. Elle a bien fait son travail. » Ces paroles, elles lui sont montées droit à l'âme. Pierre-Arsène lui a dit aussi qu'il y a des choses qu'on a au cœur qu'aucune loi ni aucun homme ne peuvent vous arracher. Des choses si essentielles qu'on préfère mourir avec que vivre sans. Après ça, Samuel s'en est mêlé et ils ont commencé à parler de leurs conneries d'État et de politique. Le pire, c'est qu'ils avaient l'air de s'entendre. Un drôle de flic quand même…

Jean-Toussaint se redresse. Il envoie un petit signe à Samuel qui l'attend à la sortie du cimetière. Il est inquiet, Samuel. Mais il a tort de se tracasser. Jean-Toussaint a décidé de faire les choses dans l'ordre. D'abord, il va revoir Eulalie. Sur les photos qu'elle a envoyées, il a eu un peu de mal à la reconnaître. Elle est devenue aussi grosse que Mamilouise. Jean-Toussaint pressent que ce sera un sacré bon-mal-au-cœur de la serrer dans ses bras. Comme d'embrasser le passé… Il lui donnera le pendentif de Mamilouise en lui demandant de l'accrocher sur sa croix à son retour. Et celui qu'il a fait pour elle, bien sûr. Peut-être d'ailleurs qu'il faudrait qu'il lui en confectionne un nouveau, un plus grand. Jean-Toussaint ne croit pas qu'il aura un jour le courage de revenir dans son pays. Marie-Ève est ici pour toujours maintenant… Et puis, il a sa nouvelle Marie-Ève à terminer. Ça, c'est la deuxième chose. La troisième chose, c'est Samuel. À part Aimé, Samuel, est tout seul, comme lui. Alors, il ne va pas le laisser tomber. Comme ami, Jean-Toussaint vaut mieux que ça. Quand Samuel mourra, ce sera une autre paire de manches. Jean-Toussaint caresse la tête de Safre et se met en route en se disant qu'à chaque jour suffit sa peine.

De l'autre côté de la grille de fer, Samuel attend. Quand il voit cet immense bonhomme marcher le dos droit et d'un pas si digne, il se sent privilégié de pouvoir l'appeler mon ami. Jean-Toussaint, c'est comme un géant parmi une race qui compte de plus en plus de nains. Et plus ils sont nains, plus ils compensent en occupant des fonctions importantes. Samuel est parfois taraudé par un fond de mauvaise conscience. Il n'a pas tout dit au sujet de Marie-Ève. Surtout pas qu'elle était enceinte. Il a eu peur que ce ne soit le coup de trop. Leoni lui a promis que cette information ne filtrerait pas dans la presse et il a tenu parole. Mais Samuel n'est pas à l'aise avec ce sujet. Même si c'est pour la bonne cause, c'est tout de même une forme de trahison…

Avant-hier, en pêchant, ils ont parlé de La Réunion. Samuel a proposé à Jean-Toussaint de l'y emmener. Le fameux couteau caché dans le camphrier, il avait peut-être envie de savoir s'il y était encore, non ? Jean-Toussaint a haussé les épaules. « Et qu'est-ce que ça changerait, maintenant ? » Samuel lui a demandé : « Et justement, si tout était à refaire, ce couteau dans la boutique de M. Guo… »

Jean-Toussaint ne lui a pas laissé terminer sa question. Ce couteau, c'était son désir, et ce désir lui avait appartenu. Après son départ de La Réunion, trop de choses lui avaient échappé, il avait été ballotté pire qu'une valise, mais quand même… Il l'avait désiré, ce couteau, il avait rencontré Marie-Ève, ils s'étaient aimés, il l'avait cherchée et attendue. Ça, c'était à lui. De ce qu'on avait fait de lui, même si ça n'avait pas pesé bien plus lourd qu'une feuille dans le vent, il avait fait une vie d'homme. « Et maintenant, j'ai un ami. »

Samuel en a chialé.

75

Leoni avait ouvert les yeux à trois heures et demie du matin. Tiré de sa torpeur par des battements répétés dont il n'avait su déterminer s'ils étaient enfantés par un rêve ou le réel. Depuis des semaines, ses nuits s'apparentaient à un entre-deux d'état de veille et de somnolence. Une poignée de secondes plus tard, les bruits s'étaient reproduits. Ils provenaient du jardin. Leoni avait enfilé un jean et un pull, puis il était descendu en prenant soin d'éviter les marches qui couinent des chansons de nuit. La porte de l'appentis, gauchie par l'humidité, lui avait donné du fil à retordre. Nez en l'air et malgré la bourrasque, il déambulait maintenant sur la pelouse dans l'espoir d'apercevoir des étoiles. Une seule aurait suffi… En vain. Un tintamarre familier le tira de sa rêverie nostalgique. Dans la cuisine, les lumières étaient allumées. Le visage de mémé Angèle apparut derrière la porte vitrée.

— *A chi fischja di notte, alletta a morte… Incù stu tempu, in più*[1] *!*

1. « Celui qui siffle la nuit appelle la mort. Avec ce temps en plus ! »

Dans son peignoir molletonné bleu marine, une fine tresse lui battant le bas des reins, mémé Angèle avait l'allure d'une reine levée tôt pour vaquer aux affaires de son royaume. Leoni grimpa les escaliers deux à deux et l'étreignit en jouant avec sa natte. Sa grand-mère, en altesse, déposa un petit baiser de biais sur sa joue rêche.

— Alors, des étoiles, il en reste ou le vent les a toutes balayées ?

— Plus une ! Il a dû les emporter pour les semer sur le Cintu.

— Quand je pense que, quand tu étais petit, tu craignais la tempête ! Le nombre de fois où l'orage t'a chassé dans mon lit, et maintenant…

Et maintenant, j'ai toujours autant besoin de toi. Ce matin plus que jamais. Leoni passa dans le dos de sa grand-mère et la ceintura en la berçant tendrement.

— Dis-moi un peu ce que tu fais debout à une heure pareille ? Tu m'as entendu descendre ?

Mémé Angèle leva un sourcil en haussant les épaules.

— *Humbè !* J'ai pas besoin de t'entendre pour savoir que tu es réveillé. Je suis peut-être vieille, mais j'ai le wifi moi aussi ! Une fois que j'ai ouvert les yeux, il faut que je me lève. Si c'est pour tourner dans le lit… Quelle heure il est ? Cinq heures ! La journée va être longue. *Mì*, si tu veux, on se fait des *brilluli*[1] !

Tandis que mémé Angèle tamisait la farine de châtaigne, Leoni déposa une grande casserole d'eau

1. Bouillie de farine de châtaigne accompagnée de lait froid.

sur la gazinière. Lorsque l'eau se mit à bouillir, la grand-mère poussa le petit-fils de la hanche.

— Et qu'est-ce que tu veux ? la taquina Pierre-Arsène.

— La place, tiens !

Leoni agita la cuillère en bois sans bouger d'un poil.

— Allez, va t'asseoir. Aujourd'hui c'est moi qui tourne.

— Hou ! Mais laisse-moi faire, je te dis, tu vas encore faire plein de grumeaux !

— Fais-moi plaisir et arrête de discuter.

En ronchonnant, mémé Angèle alluma la radio et mit la table. Leoni versa sa préparation dans les assiettes creuses sous le regard évaluateur de l'aïeule. L'un et l'autre arrosèrent la bouillie encore brûlante de lait froid.

— C'est pas trop mal… Mais il y en a un peu quand même.

Leoni commença à manger. Au-dehors, des hululements modulés dans le spectre des basses accompagnaient la naissance d'un jour aussi déchiré que les précédents. *Allez, prends des forces. Tout à l'heure, il y aura ce bureau vide…*

Une heure plus tard, sur le pas de la porte, Leoni soufflait un énième baiser à sa fille, qui s'agitait tel un sémaphore dans les bras de son arrière-grand-mère. Les trottoirs de la rue étaient jonchés de détritus qu'un vent éboueur faisait ramper, sautiller et fuser à l'envi. Il en surgissait de toute part. La ville, parcourue de frissons de papier, s'était muée en mine à ciel ouvert. Plantée sur un filon de rebuts aux ressources inépuisables.

Avant de monter en voiture, Leoni délivra un prospectus prisonnier de son balai d'essuie-glace. C'était une profession de foi qu'il parcourut avant de la froisser dans sa poche. *Liberté, égalité, fraternité, hein...* Ses lèvres s'étirèrent en un sourire désabusé. *Avec de vrais morceaux d'idéal dedans.* À quel moment la devise s'était-elle vidée de sa substance, il n'aurait su le dire. Ce matin, elle lui apparut comme un slogan publicitaire vantant les mérites d'un produit dont la formule n'avait jamais existé, que nul n'avait plus l'ambition de mettre en fabrication. L'arche de la République était vaste. Haut, son fronton. Mais le passage de plus en plus étroit. Jean-Toussaint, Marie-Ève, Jessica et tant d'autres ne l'avaient jamais franchi. Ils avaient grossi l'armée de ceux, toujours plus nombreux, condamnés à zoner en périphérie du mythe. Un territoire grignoté par les Fournier. Un territoire qu'il était las d'arpenter. *Parce que je n'en peux plus de compter les morts.*

76

Julia Aslan redressa les épaules et fit face à René Fournier, père de Charles. René cessa de sourire. Il prit la carte d'un confrère qu'elle venait de lui remettre en même temps que sa « démission ». Elle ne pourrait pas assurer la défense de son fils. Il accusa réception avec l'arrogance qu'il avait léguée à Charles et conclut leur entretien sur des menaces. Quand elle eut le dos tourné, il la traita de putain d'Arabe.

Après réflexion, Louise Soler décida d'en remettre une louche. Elle secoua sa bombe de peinture et se remit à l'ouvrage. « Les fachos ont tous une petite bite. » « FN = Fabrique de Nazis. » « Tous nés d'un homme et d'une femme, même Hitler. » Après tout, elle pouvait décorer sa grange comme elle l'entendait, non ?

Ali reposa le fusil du grand-père de Louise avec soin. Elle le lui avait prêté en lui faisant promettre la plus grande prudence. Il courut à l'autre bout du champ. Sur la cible de papier, il avait fait carton plein. Bien. Si Fournier ou une autre de ces pourritures se pointait à nouveau dans les parages, il était prêt. Il avait lu les courriers de menaces que Louise lui avait cachés. Il n'avait pas su protéger Jessica. Il serait là pour Louise. Il n'y avait qu'une seule manière de leur enlever leurs sales idées de la tête.

Sur le rebord de la boîte en carton, le pinson hésita. Le vent lui ébouriffa les plumes de la tête une fraction de seconde, et il prit son envol.

Note aux lecteurs

Je tiens avant toute chose à préciser que les propos que j'ai mis dans la bouche de Fournier ne sont pas le fruit de mon imagination. Il m'a suffi de me promener sur les réseaux sociaux et de blog en blog jusqu'au dégoût. Si j'ai apporté des corrections à ce que j'ai lu, elles sont orthographiques. Des Fournier, il s'en usine en masse. Leurs pensées nauséabondes sont libres d'accès.

Sur le fond de mon propos et après avoir décidé de lancer Leoni sur la piste d'une enquête liée à l'histoire de ces enfants que l'on a nommés les Réunionnais de la Creuse, je me suis abondamment documentée. J'ai ainsi découvert que la Creuse n'était pas le seul département concerné, bien qu'il soit devenu emblématique pour avoir accueilli un nombre important de ces « pupilles » sur une période concentrée. Avec tous les problèmes de suivi ou plutôt d'absence de suivi qui en ont découlé. Mes lecteurs trouveront toute la documentation possible, témoignages et travaux d'historiens, pour se forger leur propre opinion sur le sujet.

D'autant qu'une commission présidée par Philippe Vitale, sociologue, a été créée en février 2016 pour faire toute la lumière sur cette affaire. Et cela après qu'un rapport de l'Inspection générale des Affaires sociales (IGAS) a conclu en 2002 que « la mission n'est pas conduite à dresser un bilan négatif de la politique de migration des pupilles. C'était un des aspects d'une réponse organisée pour faire face à l'urgence des besoins des populations ». On ne s'étonnera pas que l'Administration enquêtant sur l'Administration aboutisse à ce genre de conclusion. C'est un petit peu comme si on demandait au patron d'une grande banque d'enquêter sur les paradis fiscaux... Mais ceci est une autre histoire. Quoi qu'il en soit, durant cette période, et quand on prend connaissance des récits de ces enfants, il est manifeste que cette opération de déplacement a cumulé nombre de manquements et de fautes morales graves, cela sous couvert de légalité. Et c'est probablement ce qui peut paraître le plus révoltant.

Cet épisode qui vient de fêter son triste cinquantenaire m'a touchée pour bien des raisons. Parce que je viens d'une île à laquelle je suis corps et âme attachée. Parce que je crois qu'il y a des choses qu'on a au cœur qu'aucune loi ni aucun homme ne peuvent vous arracher, sous peine de nous faire mourir ou devenir fous. Parce qu'en découvrant la souffrance et le gâchis engendrés par la violence de ces exils forcés, j'ai pensé « c'est pas juste, ça se fait pas, ça peut pas être comme ça ! ». Mais ce qui continue de m'interpeller, c'est que cette politique relève aussi d'un idéal républicain tout-puissant. Il n'y a plus d'hommes, il n'y a que des citoyens interchangeables. Et par un curieux détournement des concepts, l'égalité justifie qu'on nie les différences. La grande machine à laminer se met en marche. Langue, culture, attachement à la terre, tout cela a été allègrement broyé et labouré pour semer les graines de la renaissance. S'ils gênent ici, envoyons-les là-bas ! S'ils sont misérables ici, offrons-leur un avenir meilleur là-bas ! Quand l'État se mêle de notre bonheur, le malheur s'invite.

Alors, après ce travail de recherche, j'ai tâché d'oublier ce que je venais de lire pour donner naissance à Jean-Toussaint et Marie-Ève et les laisser aux prises avec leur destin. Jean-Toussaint, je l'ai voulu comme un personnage de fiction à part entière. Il n'est ni un étendard ni un symbole. Il ne représente que lui-même. Et surtout, Jean-Toussaint n'est pas le porte-parole de ces enfants déplacés même si, bien sûr, il les aime tous.

La découverte de cet épisode peu glorieux de l'histoire récente m'a appris une chose, s'il était besoin : chaque cas est unique. Chaque être est une île et un pays à lui tout seul. Ce n'est pas de 1630 enfants dont on parle, mais bien de chacun d'entre eux. N'y en aurait-il eu qu'un seul que cela aurait été un de trop. Nous ne sommes pas des numéros. Je laisse les chiffres aux politiques qui comptent leur générosité et leur absence d'humanité aux frontières. Jean-Toussaint n'est personne. Pourtant, dans l'éternelle bataille du pot de terre et du pot de fer, nous sommes tous des Jean-Toussaint en puissance. De le côtoyer au fil des pages m'a nourrie. Il ne me quittera pas de sitôt. Je veux croire que de le créer m'a rendue meilleure.

Remerciements

Dans l'ordre et zou !

Il y a deux ans, Frédo me suggérait l'idée de me pencher sur l'histoire des Réunionnais de la Creuse. De gros becs à lui.

Entre l'intention et le point final, le chemin est jalonné de doutes. Merci à Yvette de les accompagner fidèlement, chapitre après chapitre, depuis toutes ces années.

Écrire, c'est voler du temps aux siens. Il y a des jours où ma tête est une vraie ménagerie. Merci aux miens pour leur patience et leur compréhension.

Merci à mon cousin Antoine pour son accompagnement « juridique ». Pour ma prochaine garde à vue je serai au poil et acqua in bocca.

Merci à ma cousine Karine pour les parties en corse dans le texte. T'abbracciu.

Merci à Véronique pour la finesse de son regard éditorial.

Merci à Maxime pour ses relectures attentives et son amitié.